2021

年

中国

微型小说

排行榜

微型小说选刊杂志社

选编

百花洲文艺出版社

BAIHUAZHOU LITERATURE AND ART PRESS

图书在版编目（CIP）数据

2021年中国微型小说排行榜 / 微型小说选刊杂志社
选编. –– 南昌：百花洲文艺出版社, 2021.12（2022.7重印）
ISBN 978-7-5500-4462-3

Ⅰ.①2… Ⅱ.①微… Ⅲ.①小小说 – 小说集 – 中国
– 当代 Ⅳ.①I247.8

中国版本图书馆CIP数据核字（2021）第221733号

2021年中国微型小说排行榜

微型小说选刊杂志社　选编

出 版 人	章华荣
责任编辑	李梦琦
书籍设计	方　方
制　　作	何　丹
出版发行	百花洲文艺出版社
社　　址	南昌市红谷滩区世贸路898号博能中心一期A座20楼
邮　　编	330038
经　　销	全国新华书店
印　　刷	苏州彩易达包装制品有限公司
开　　本	720mm×1000mm　1 / 16
印　　张	19.75
版　　次	2022年1月第1版
印　　次	2022年7月第2次印刷
字　　数	310千字
书　　号	ISBN 978-7-5500-4462-3
定　　价	42.80元

赣版权登字　05-2021-405

邮购联系　0791-86895108
网　　址　http：//www.bhzwy.com
图书若有印装错误，影响阅读，可向承印厂联系调换。

目 录

2021

真　牛

徐慧芬

爷爷对小学一年级的孙子说，牛年了，今天爷爷带你到一个地方去，让你见识一下各种各样的牛。孙子以为爷爷要带他参观动物园，开心得跳了起来。

爷孙俩乘了一辆车子到了一家单位门口，爷爷指着外墙上整齐划一的满墙铜皮牌子对孙子说，这就是我让你看的牛！牛在哪里呀？孙子有点莫名其妙。爷爷说，这上面的每一块牌子都代表一种荣誉，我退休前就在这家单位工作，你数一下多少牌子就知道爷爷的单位多么牛！

孙子开始数起来，数到一半说数不过来了。爷爷有些生气地说，你个小鬼，已经读书了，数个数都不会啊？嫌烦不想数就算了，那么你看看每一块牌子上写着什么。

小学生就仰头盯着一块块牌子，结结巴巴念起来：什么什么先进单位、什么什么模范基地、什么什么示范点、什么什么中心……有些字小学生不识，爷爷就在旁边帮他读。念了没几块牌子，小学生对爷爷说，这个奖牌贴得那么高，我看得脖子也累了。爷爷又说，那你就从最下面的那块念起。孙子说，往下面看，我蹲下来也要累的。

唉！爷爷叹了口气说，知道你识字不多，但是你要明白爷爷带你到这儿来看的目的，爷爷是希望你在学习上也能获很多很多的奖状，将来也当一个牛人。

孙子说，这个我懂，但是你们单位也有点笨耶！哪里笨呀？爷爷诧异。你们单位在外面墙上挂那么多牌子，就是想让别人知道你们单位牛，但是那么多牌子，走过路过的人谁会有耐心一块一块看呀，再说这么多牌子贴在墙上，也不好看，还不如在大门口放一头牛呢，牛在那儿一站，大家就知道你们单位牛了！

瞎三话四！你看看周围哪里有活牛站在大门口的？

不是的，我是说做一个假的牛，就是那种石头狮子一样的，放在门口，这样不是挺有意思吗？

假牛有啥意思？我们单位这些牌子，都是真货，不是随便想有就有的，那是

2021

全单位人上下一致的努力，经过上级部门的批准才能获得的。反正我跟你说，你要获得荣誉就要努力，以后你也要从学校里多拿些奖牌奖状回来让爷爷高兴高兴。

那么我有了奖状以后，是不是也可以贴在家门口呀？

你又瞎三话四了！你看看谁家孩子拿了奖状贴在大门口啊，做人要谦虚，要低调，才会不断取得进步。

那么你们单位为啥要把这些牌子都挂在外面墙上呀？

那是集体的荣誉！好了，我不跟你说了，你个小鬼真烦！

快到吃午饭时间了，爷爷说，现在我带你去尝尝真正的牛肉生煎，那家店可真是牛啊，门口天天有人排队，去晚了就吃不到了。到了那家店门口，真的有很多人在排队。孙子看了看门口对爷爷说，这么牛的单位，他们为啥墙上没有一块奖牌呀？

这么小的店要奖牌干什么？大家都说好才是真好，口碑才是最好的奖牌，你懂吗？爷爷很严肃地说。小学生歪着头吐了吐舌头转动着眼球，又不知道要讲出哪些话来让爷爷对付他了。

老相

胡 炎

　　老相摆了六个菜，四荤两素。荤菜是烧鸡、牛肉、猪耳、羊蹄，素菜是油炸花生米、拌黄瓜。房间狭窄，几件旧家当，冷冷清清，衬托着他的寒酸。在此之前，我踩着泥泞和污水穿过了好几条七弯八拐的小胡同，若不是他来接我，我一定会迷路。我被满屋的肉香熏得有点蒙，对他说，这是干啥？他冲我作了个揖，你可是我的贵人，咋着也得喝几杯。

　　他把我让到破沙发上，自己搬了条老式的马扎，上面有不少灰黑色的积尘，一屁股坐上去，开了酒，斟在新买的玻璃杯里。我说，我酒量不行。他恭恭敬敬把杯子捧起来，说，蒙你看得起我，我敬你。我拗他不过，只得象征性地抿了一下。

　　老相并不是我的熟人，准确地说，在昨天他从三米多高的桥上跳进河里之前，我们还素不相识。当时我有重要的采访任务，只是匆忙记下了他的电话号码，便离开了。之后，我就多次接到他的电话，问我何时见他。我多少觉得有点可笑，他倒是急于出名，不像那些做了好事不愿留下姓名的人，低调，不事张扬。

　　老相一口酒下去脸就红了，嘴里嚼着花生米，说，我等你好久了！我说，你认识我？他摇摇头，憨憨地一笑，不是那个意思，我是说，我等你这样的贵人已经好久了。我盼星星盼月亮，终于把你盼来了！我蹙蹙眉，听得一头雾水。

　　在这个寒碜又邋遢的地方，我并没有打算待多久。我还有更重要的事，所以我想单刀直入，赶快把他昨天跳河救人的事整明白。但老相似乎比我还迫切，一边喝酒一边滔滔不绝。他说昨天那事不算啥，这五年里这样的事他干得太多了，家常便饭。我说，河里那人你认识？他说不认识。我说河那么深，现在又是深秋，你就不怕自己有个闪失？他说，见死不救，那不是人干的事。我笑笑，这句话我喜欢。

　　我准备告辞，普通市民见义勇为，也就是个短消息的料。可老相一把攥住我

2021

的胳膊，坚决不放我走。他手劲奇大，这样逼我留下，让我微微有些不快。

我还有好多事没说呢！他看着我，五年了你知道不？五年了我一直等着给你这个贵人好好说说呢！

我说，好吧，你说。

于是，老相告诉我，他救过很多人，干过很多好事，比如从流氓手里救过小姑娘，从火海里救过邻居刘大爷，在公交车上勇斗扒窃团伙，胳膊上挨了三刀。说着他将起袖子给我看，果然有几条褐红色的伤疤。信了吧？他问。我点点头，心中将信将疑。伤疤是真，但因何留下的无从考证。干记者的，眼见为实，不能轻信他的一面之词。

给你说个更绝的！他越说越来劲儿，去年有个二百五被女朋友甩了想跳楼，我一个人爬到楼顶，往围栏上一跨，当时把那家伙吓傻了。他问我干啥，我说我娘死了，我不想活了。我打小死了爹，是我娘一把屎一把尿把我拉扯大。除了我娘，再没有别的女人对我好过。就我这熊样，长得又黑又老，二十岁人家看我就像五十岁。我他娘的没钱，没工作，没女人，要啥没啥，倒不如死了去陪我娘。跳吧哥们儿，咱们一块脑袋开花，黄泉路上还有个搭伴的。那家伙竟从围栏上退回来，跑过来拉我的胳膊，还劝我，别死呀，老哥，好歹我还有过女朋友，你连女朋友都没处过，死了多亏。下来下来，咱喝酒去！就这么着，我把那个二百五救了。

看得出，老相颇有些智勇双全的得意。他端起杯子，把大半杯酒一饮而尽，舒服地哈了一声。我看着他。他确实像他的称谓一样，长得老相。我感觉这个其貌不扬的人着实有点儿意思，先前的不快也烟消云散了。

你今年多大？我问他。

三十五。

尽管我猜测过他的年龄，但他的回答还是让我吃了一惊。他竟比我还小两岁，我以为他至少是奔五的人了。

你刚才说的都是真的？我问。他说千真万确，我发誓。我补充道，我的意思是，你说的那些关于你的身世都是真的？他说都是真的，没爹没娘没工作没钱没女人。他指了指他的屋子，你都瞧见了，这就是一个老光棍的家。我说你才三十五，不老。他挠挠头，痛快地"嗨"了一声，五年了，一肚子话终于说出来了，真他娘舒坦！

我突然意识到他多次提起"五年"这个时间概念，颇觉蹊跷，就问，五年前你在干啥？他突然黯了脸，半晌说，坐牢。我心里一沉，为啥？他低下头，说，盗窃。良久，又说，没人瞧得起我，一辈子都没人瞧得起我……我跟人说我干了很多好事，可没人愿意听，更没人相信。我就想遇见一个记者啥的，写写我，让我露个脸！

老相第三天就上报了。据说他四处搜集报纸，满世界指着自己的报道给人看。不久，他被一家企业聘为了保安。上班当天，他给我这个"贵人"的微信里发来了一张照片。照片上的老相穿着保安服，头戴大盖帽，神情庄严，看上去竟有了几分英武。

风 景

于德北

　　我仔细地打扫了一下我的记忆，我应该是十二岁的时候，最后一次去母亲曾经工作过的地方——松城阀门四厂，离家很远，需倒两次有轨电车，再走两公里路才能到。厂子的南侧是大片的沼泽地，有水鸟在沼泽地上飞来飞去。母亲对我看管很紧，不许出工厂的大门，更不允许去沼泽地的边缘，因为那里不但淹死过许多鸡鸭鹅狗、骡马猪羊，还淹死过许多人。一脚踏空，就进了泥淖，挣扎几下就没了，救都来不及，只能眼睁睁地看着当事者死去。

　　工厂里有一个马姨，个子矮，但很漂亮，穿一件红毛衣，故意把针收得很紧，那样，她的胸就显露出来，男人们看了都流口水。马姨和母亲一样是翻砂工，沉重的模板在她们手上翻飞，像武术师傅在演练一种奇怪的兵器，钺，或者钩，要么就是乾坤轮。马姨和母亲大臂上的肌肉比她们丈夫的还要大，轻轻一握拳，就鼓起两个大包。

　　厂子里有一个铜堆，里边藏尽了各种古玩，同鹤碗、佛像、香炉，各个朝代的"大钱儿"，我曾收集全了包括齐刀币在内的所有朝代的钱币，用麻绳穿了五大串儿；洪武钱、太平钱都有，从春秋到战国，秦皇汉武、唐宗宋祖无不在列。非常可惜的是，我的知识分子父亲害怕"封资修"，加之家中缺钱用，他把它们全当废铜给卖了。

　　我妹说："哥，你说你攒的那些大钱儿要是留在现在是不是老值钱了？"

　　是。

　　但我想没有它们，我们也活下来了，而且活得也挺好，全须全羽的，都在呢。

　　翻砂车间的外边是大炉，所有的炉工都在这里，一共三个，张师傅，李师傅，徐师傅。大炉是用来熔铜的，铜水浇铸在模子里，再经过母亲她们的手，就翻成了新的铜件，最多的是水龙头，一排一排的，就差把"龙身子"和"龙尾"续上了。炉子温度高达千度，离十几米远呢，脸就被烤红了。张师傅吓唬我说：

"离炉子远点，你要掉炉子里，你妈就再也找不到你了。"李师傅说："可不是，那一年，花美丽跳炉子，只剩下一个影了，余下的全在铜件里呢。你说，谁家用了有她血肉的水龙头，那流水的声音是不是像她唱的歌那么好听呢？"这话太瘆人了，我不敢听，话不敢听，却听见徐师傅的一声叹息，说："一晃，死十年了。"

张师傅、李师傅、徐师傅他们三个人中午吃饭的时候是要喝酒的。那时候的人喝酒，和现在的人不一样，他们一人一个大饭盒儿，里边儿有饭有菜，可是，饭盒里的菜不是用来就酒的，那是用来就饭的。就酒喝了，饭可咋办。他们都这么说。于是，饭盒放在那里不动，每个人从怀里掏出一个一两的白瓷蓝边儿散沿儿的酒盅，往桌子上一摆，跟牺牲用具似的。酒是三个人合伙买的，装在一个铁皮桶里，盖儿拧得很死，无论谁拧，都吹胡子瞪眼的。不偏不倚，一人一盅，碧绿，悠悠地挂在盅沿儿上，一滴也不洒。

张师傅拿出一个纸包，里边是几粒儿砸碎的花生米；李师傅拿出一个纸包，里边是几片虾皮子；徐师傅拿出一个纸包，里边是三十多粒儿粗砂糖。这就是他们的下酒菜。马姨是喜欢喝酒的，但她不参与买酒，她每天给张、李、徐三位师傅带一块二分五的大豆腐，放葱花、酱油，算得上美味。马姨和他们坐一桌儿——其实就是一块预制板，把大茶缸子一放，"咚咚咚咚"地倒半杯，她爱喝，能喝，后手高点儿，半斤；心疼他们仨了，就三两。三位师傅只是笑，谁也不拦，心里急着吃豆腐，然后和马姨没完没了地开玩笑。

他们开玩笑我听不懂，但我知道不是什么好嗑儿。

有时他们问我："小罐子，你爸和你妈晚上睡觉不？"

我说："睡。"

他们又问："谁在上边儿？"

我说："并排儿。"

他们就笑，张师傅还用胡子扎我，笑够了，接着喝酒，除了马姨，都是一小口一小口的。张师傅有一块"老上海"，马姨抢了几次也没抢去。张师傅只要看表了，我就知道他们吃饭的时间到了，只见他们端起酒盅，仰脖一啁，手在半空停几秒，等酒流尽了，才瞄一眼，然后放进里怀的口袋里。接下来吃饭，打开饭盒盖，"哗哗啦啦"的，不到三分钟，饭吃完了，大手一抬，抹抹嘴巴，干活儿去了。

喝完酒，他们的身上有使不完的劲儿。

那一天，我从阀门四厂的墙豁口翻出去了，我背着我妈去了沼泽地的毛道上，我看见马姨偷偷地在哭，肩膀一耸一耸的，像一件儿在风中抖动的布衫儿。另外，我还看见一只鹤从天空飞过，两条腿直直的，宛如追逐人生的箭。

躲起来玩

刘国芳

快过年了，一个孩子买了爆竹在院子里放。

啪一声响。

啪一声，又一声响。

院里有个老刘，在边上看着。

看久了，手有些痒，便伸手跟孩子说："给我一个。"

孩子说："做什么？"

老刘说："放爆竹呀。"

孩子说："你一个老人家，放什么爆竹，不给。"

老刘讪讪地走开了。

过后，老刘也去买了爆竹来。

在院子里，老刘啪的一声，放响一个。

又啪的一声，再放响一个。

老刘还会玩花样，把爆竹放在矿泉水瓶子里，啪一声响过后，矿泉水瓶炸得
粉碎。

有人见了，摇头。

还走过来，说老刘："你怎么也像孩子一样？"

另一个人说得难听些："也不看自己多大年纪。"

再一个人说："吵死人。"

老刘不敢放了。

老刘后来拿着爆竹出门了，去了一条河边。

河边有一片沙滩。

老刘在沙滩上放爆竹。

啪一声响。

又啪一声响。

2021

河边有人走路，见一个老头放爆竹，便说："那个老头怎么像孩子一样。"

另一个人接嘴："怕是脑子有问题吧。"

再一个人说："肯定有问题。"

老刘又不敢放了。

此后几天，老刘看着那些爆竹，手还是痒。

老刘还想放掉它。

这天，老刘左想右想，出门了。

老刘又去了那片河滩。

是晚上，没人看得清老刘。

刘老也看不清别人。

老刘点了一个爆竹，往天上扔。

啪一声，爆竹在天上炸响。

又点一个爆竹，也往天上扔。

啪一声，爆竹又在天上炸响。

老刘还把爆竹往水里扔。

啪一声，闷响。

老刘接着把爆竹埋在沙子里。

点燃后，老刘跑开来。

啪一声，沙子四散开来。

嘿嘿，老刘乐了。

后来，有个人也来了。

这人也放爆竹。

啪一声，一个爆竹在天上炸响。

啪一声，又一个爆竹在天上炸响。

老刘走过去。

近了，老刘说："哈哈，你也是个老头子呀。"

对方说："我们这把年纪玩爆竹惹人笑话，只有躲起来玩。"

老刘接嘴："不错，躲起来玩。"

说过，点燃爆竹，往天上扔。

啪一声，爆竹在天上炸响。

饭盒

曾 颖

我在媒体上班时，有一位年轻同事小宇，与我一样，在搞新闻的同时，不务正业地喜欢文学。我们俩像在非洲偶遇的老乡，在不通语言的异乡，偶尔交谈一下，回味回味乡音，安慰一下孤独的心。

有天午饭时，我们又坐到一起，小宇说："我刚看了你写的妈妈做菜的文章，忍不住大哭了一场。"

那不过是一篇回忆妈妈做凉拌猪头肉的文字，行文甚至有些自以为的幽默，怎么会惹得对方大哭一场呢？我表示困惑。

他说："那是因为从小到大，我就没有吃过妈妈做的饭菜！"

"你妈妈……在你出生时就走了，你从没见过她？"

"不，她没走，我见过……"

接下来，他给我讲了一个不可思议的故事。

我妈妈是个疯子，流浪到我们村。奶奶见她模样还算标致，就让她洗干净换了衣服，给我爸留下了。我爸自幼患病坏了一条腿，年过三十都没说上媳妇。奶奶想，如果疯子乖，就做媳妇；如果不乖，等她生个娃，就撵她走。留小不留大，村里有人家就这么干过。

一年后，就有了我，中途疯子闹的周折和笑话，自不必说，总之，把她留下来当媳妇的想法，是没办法实现了。于是奶奶找了个拖拉机，把妈妈哄上车，塞给她几个馒头和一个布娃娃，就把她送到了十几里外的乡镇了。

但没过几天，妈妈就又回来了，以疯子特有的执着，跋山涉水，跳桥翻墙，更黑更脏地站在离奶奶不远的地方，直勾勾地看着奶奶手中的我。

这样反复了好多次，让奶奶最终失去了把她往外送的信心和力气。

这时候，我也一天天长大了，开始在村小读书。学校有九十几个孩子，彼此都知根知底的，我是疯子生的，不仅不是秘密，而且是随时可以用来打击我的武器。对我来说，妈妈不是妈妈，而是触碰不得的伤疤。

但妈妈却不管这些，她总会在离我不远的地方，干一些令我尴尬的事，或用乌黑的手捧几个山枣让我吃，或冲着笑骂我的孩子吐口水，或在不远的地方冲我花痴般地微笑……

而所有行为中，最让我无法接受的，就是她给我送饭。

那时候，村小没有食堂，甚至连代蒸饭的伙房都没有。离家近的孩子，可以回家吃，而远一点的，就早饭多吃一点，晚上早点回家吃饭，饿的话，就在小店买根火腿肠或辣条垫垫。我就属于远的这一类，在没看过别人所谓正常生活之前，我觉得人的生活都是这样，一日两餐，中间加一包辣条或薯片，也没什么不好。

但我的妈妈，并不同意这点。从我进学校开始，就在为我的午饭打主意，于是，我的噩梦，便一个一个如滔滔江水绵绵不绝。

每天中午，下课铃一响，就能看到妈妈端着一个不知从哪里捡来的铝饭盒，那饭盒像她的脸和手一样脏兮兮的，泛着黑色的油光，盒子里究竟装着什么，我从来没有看清楚过，因为每次见她，我都像见了瘟神，唯一的反应就是逃，撒开脚丫子，翻墙越户，没命地逃。我实在太害怕听到那几个讨厌鬼同学扯着怪嗓子喊："小宇宇，吃饭饭喽！"

据看过饭盒的同学说，那饭盒里有时是泡饼子，有时是汤饭，有时是菜叶，有时是黑漆麻古的糊，有时甚至能看到青蛙死不瞑目的头。这些东西，不知来自哪里，我也不愿意去深想，反正不可能来自什么正常的地方。

很长一段时间里，午餐成为我的噩梦，我不仅要忍住饥饿东逃西窜，还要忍气吞声听同学们幸灾乐祸的笑闹，为此，我不知吵了多少嘴打了多少架，我在心里恨疯子，恨给我疯子妈妈的老天爷，恨讥笑和嘲弄我的所有人。我多希望疯子不再往学校送饭，为此，我甚至祈求老天爷刮风下雨打雷下雪，甚至希望疯子摔伤甚至死掉。

但这一切，并没有发生，即使老天爷偶尔开恩降下一场大雪，仍不妨碍她端着一盒冒着热气的东西，嘴里鼻里喘着粗气，头发和睫毛上挂着冰凌，笑呵呵地扑将过来。这时，她的脸和手，不再是黑色，而变成鲜艳的粉红……

老天爷靠不住，只有自力更生，去阻止这个噩梦的延续。

2021

读四年级的某一天，心里估摸着不再那么害怕的时候，我决定主动出击。

那天，我悄悄寻到疯子住的山洞里，将她用来煮东西的锅砸烂，三块石头垒成的灶踢平，还把我见的次数最多并深恶痛绝的铝饭盒，踩成一块平板。疯子当时正好不在，我的突袭行动高效而顺利地完成了，我想，疯子和她那些可怕的食物，再也不会来骚扰我了！

然而，老天爷并没有让我得意太久，第二天中午，下课铃响起的时候，熟悉的场景又一次上演——头发蓬乱，手脸黑黑的她，又一次捧着一盒热气腾腾的东西，笑嘻嘻地从远处跑来。唯一不同的，是那个被我费尽九牛二虎之力砸平的饭盒，局部恢复了功能，天知道她是怎么做到的。

在讨厌鬼同学拖着嗓子喊的吃饭吃饭声中，我奔逃着，发誓要离开这个令我难堪和痛苦的地方，越远越好。

在我寻死觅活的要挟之下，父亲终于答应让我进城读书，虽然路程远了很多，还要住校，但一想着可以逃离疯子，以及由她带来的不愉快经历，我就兴奋异常。

住校半年之后，我听说疯子死了，我对此的感觉，是如释重负，总觉得于她于我，都是一种解脱。这种感觉保持了很久，直到有个亲戚告诉我说疯子是饿死的，我才感觉到惊异——因为在我的记忆里，她是能做吃的，虽然并不十分干净，但至少是能填肚子的。如果说是死于肠胃炎，我倒更愿意相信一些，但饿死，有点玄。

那亲戚说，那些食物，是为你做的。你在时，她每天做，也能跟着吃一点。你没在了，她做了也没意义，就不做了……就饿死了。

亲戚的这句话，像一大片乌云，塞到我心中，第一次对疯子，对那个我一直没承认过但的的确确是我的妈妈的可怜女人，产生了愧疚的感觉。我甚至为当初的奔逃，发自内心地追悔起来——曾经，有上千次机会，我可以停下来尝一尝她做的东西，那样，我也不再是一个从没吃过妈妈做的饭的可怜孩子，但我都逃走了。

那天，我专程跑到砸锅的小山洞，想找到那个饭盒。

但山洞已被清扫了，什么都没留下。

仿佛那个烂饭盒和我的疯妈妈，从没来过……

牛　奶

骆驼

在故乡小镇赴完喜宴，我们必须连夜赶回成都上班。

返回前，得先去父亲家里道个别。

天冷，父亲已经打开暖气取暖了。见我们要急着赶回去，父亲有诸多不舍。他叫我们好好休息一晚，明天一早再赶回成都。但成都毕竟与故乡相距数百公里，怎么也得四个多小时车程。

见我们执意要返回，父亲和黎阿姨忙着拿出事先准备好的核桃、花生，拿出一袋刚从园子里挖回的蔬菜。父亲转身进屋，拿出两盒牛奶，放进火炉旁的锅里。我这才看清，锅里已经热着两盒牛奶。很显然，这是父亲为他们自己准备的睡前饮料。

母亲去世几年后，在我们的促成下，父亲便和黎阿姨一起生活了。

几分钟后，父亲拿出锅里的牛奶，要给每人发一盒。我和妻子都没要，说，刚吃完饭，哪里喝得下这些啊。

儿子和他的女友都没有客气，很爽快地接过了牛奶。儿子还拿着牛奶，翻来覆去地把玩。

其实，锅里只有四盒牛奶，我和妻子是想省着让老人们喝。

我看了看儿子，儿子也看了看我。

我估计，他读懂了我的眼神。但儿子只是一笑而过。

父亲忙着劝说，快喝，待会儿又凉了。大冷的天，喝冷东西，伤胃。

儿子说，待会儿喝，现在还饱着呢。

我又看了他一眼，心里很不舒服地说，不喝就放回锅里，等会儿你爷爷自己喝。

儿子没有回应。

按理说，儿子的情商还是很高的，他此时为啥就不明白我的心思呢？我们每天都在喝着不同品牌、不同包装的牛奶。而父亲和黎阿姨，因为身体原因，只能

2021

喝这种纯牛奶。他们自己老是舍不得买,总说,一天三顿饭吃饱,营养就够了。我们只得隔三岔五地给他们买些回去,且是在我们无数次电话督促和追问下,他们才勉强养成了睡前喝牛奶的习惯。

父亲抬腕看了看表,说,你们确实要回去,就抓紧出发,路还远,路上慢点开车。

我们便起身告辞。

儿子看了看他女朋友,对父亲说,爷爷,这种牛奶,你家里还有好多?

父亲说,估计不多了。咋的?

你全部拿给我们吧,我们路上喝。

我的头嗡地一下大了!

父亲连忙跑进屋内。他搬出一个牛奶箱子,说,就这些了,估计还有七八盒。

儿子说,那我们全部拿上,路上就可以不买水了。

父亲连声应着,好,好。现在晓得节约了,好!我去找个袋子。

我看见儿子将箱子里的牛奶,装进了那个袋子。然后,他打开锅盖,连锅里的那两盒,也一并放入了袋子。

我感觉我的血要喷出体外!

时至年关,加之他的女朋友也在场,我长长地出了一口气,将愤怒咽下去了。

我的心,降到了冰点。

儿子将那袋牛奶,交给他女友,独自扛起了那袋蔬菜。我提上父亲准备的花生和核桃,尽量克制着自己的情绪,与父亲和黎阿姨道别。两位老人执意要送我们上车,被我们劝回去了。

儿子转过身说,爷爷,你们再看会儿电视哈,不要睡得太早。

父亲连声应着。

来到楼下,儿子将东西放进了车的后备厢。然后,他径自提着那袋牛奶,往车前方走去。

前面是一个垃圾箱,儿子打开垃圾箱盖,很潇洒地将牛奶丢了进去,然后,轻轻地盖上了盖子。

你？！

我感觉我快要疯了！

我管不了那么多了！我一下子推开车门，直接冲了过去。

但儿子已经绕到了驾驶室那边，打开车门，坐上了驾驶室。

我转身回到车上，变腔变调地对儿子说，你停下，不忙开车！

儿子扭转头说，我知道你会生气。没事的，待会儿再说。

我说，不行，你现在越来越不像话了，我实在忍无可忍！你这人民教师，怎么当的？

儿子笑了笑，放心，我一直都是个好教师。他接着说，我们先去办事，一会儿再说。

他固执地发动了小车。

妻子使劲捏了捏我的腿。

儿子将车停在临街的一个门店前。我知道，那店是他儿时玩伴侯忠开的。

儿子对侯忠说，从今天开始，我每月固定在你店里消费至少两件牛奶，必须是纯的、高钙的那种，必须是最新生产的那种。你每月月初和中旬，亲自送到我爷爷家里。

侯忠说，一月两件，喝得完不哦。

儿子说，你别管，费用我按月支付给你，你必须随时帮我督促他们喝奶，不能断供。

侯忠拍拍儿子的肩说，是个孝顺娃儿。

儿子又说，现在、立刻、马上，你帮我扛一件奶送去，我爷爷他们等着的，喝完好睡觉。

我的心里好受了很多。

侯忠扛起牛奶，很快消失在夜色中。

儿子往清静处走了走，打起了电话。

打完电话，儿子坐上车来，嬉皮笑脸地转过身对我们说，怎么样，现在不生气了吧？

　　我长长地舒了口气，说，后半部分还行。但是，你为什么要把牛奶一盒不剩地拿完？既然从爷爷那里要来了牛奶，为什么又要丢掉？要是你爷爷知道了，你知道他会有多伤心吗？

　　儿子和他女友相视一笑，异口同声地说，那牛奶，已经过期一天了！

唱支山歌给你听

陈 毓

农大毕业考入省直机关工作的第五年，尚天华领命去木鱼包村扶贫。

黎明从省城出发，车在木鱼包村委会门前停稳，落日正皴染群山。老村长逮住驻村干部们的手一番猛摇，之后大声招呼结对子的贫困户站过来，和干部们相认。

许艾香是尚天华结对子的第一户。35岁，初中毕业，守寡，儿子10岁。致贫的原因是患矽肺病多年的丈夫久病无治，留下身后债。

许艾香面对尚天华，两手搓个不停，像是正要洗手时忽然被喊来一般。尚天华就和她约，第二天一早去家里看。

第二天，尚天华被贴窗的鸡鸣叫醒，起床，走到昨晚所见的那片山，他看清除来时那条通村公路，散落山间的农户只能靠蛛网似的小路连接。

回头猛见许艾香就在身后，见尚天华反应过来，许艾香立即转身带路。

穿过一片槐花林，许艾香在一个屋场停住。土墙瓦屋，门里门外，显然用心打扫过，但许艾香的家暴露眼前，尚天华的心还是疼了一下，家徒四壁，最抢眼的，大概算墙上挂着的半块腊肉。

尚天华此刻必须和许艾香说话，更细地了解她，找寻帮扶路径。直觉告诉他，许艾香不懒。许艾香端来一碗蜂蜜水，说去年春天，院里忽然结了一大窝蜂。许艾香说蜂太挤，得给蜂分家。说起蜜蜂，许艾香一脸生动。

许艾香挽留尚天华吃午饭，说不给上门的客人吃饭是会被人笑话死的。

腊肉卸下来，切一半，再挂回去。从屋后竹林掰来竹笋，做竹笋炒腊肉。苞谷面贴饼。有一碗不知什么做成的食物，乌黑、滑爽、酸辣可口。许艾香说是神仙叶凉粉。新鲜叶子晒干，一年四季都能做。

许艾香说集日她都要挑两大盆凉粉去卖，两块钱一碗，收入就靠卖凉粉。

当天夜里，尚天华给大学教授打电话，得知许艾香所说的神仙叶学名叫二翅六道木。作为食品加工，市场上已研发出保鲜、包装工艺，尚天华很激动，这可是好消息。

尚天华请村长统计木鱼包村能做神仙凉粉的家庭，规划许艾香养蜂、凉粉加工所需资金，帮许艾香落实扶贫贷款。

许艾香在槐花林架起二十个蜂箱，开始正经养蜂。尚天华把从淘宝买来的十箱密封罐交给许艾香，嘱咐许艾香严格按蜂蜜食品的卫生标准装罐封口。下一次，尚天华把凉粉加工和包装的设备运来。"木鱼包"牌商标也注册设计好，先做蜂蜜和凉粉。

"木鱼包"牌神仙叶凉粉、蜂蜜正式出品。尚天华又成产品推销第一人。他带着蜂蜜和袋装凉粉回单位，被同事们抢购一空，说支持他的扶贫成果。

又建了木鱼包产品交流群，许艾香是群主，尚天华的女同学女同事也在群里，她们喝过"木鱼包"蜂蜜，大呼不一样，朋友圈推广，订单大增，叫尚天华都感叹。神仙凉粉经一番试吃，也订单纷至。许艾香带头建起电商服务站，帮助村里的富硒茶、腊肉、干槐花、土豆片、蕨菜走出去。

许艾香比蜜蜂还勤快。收蜜装瓶，加工装箱，收单发货。再之后呢，许艾香说，数钱。许艾香家的槐花开了四回。"木鱼包"凉粉、蜂蜜，进了城里的扶贫超市，上了城里酒店的餐桌，销售到许艾香做梦都没去过的远方。许艾香也从家庭小作坊，做到有6个男工、18个女工的小企业，"木鱼包"成了木鱼包人的"木鱼包"。

尚天华返城。他走到那辆来时崭新而今已跑了18万公里的车跟前，看见一群女人在候他，车旁堆放腊肉、鸡蛋、干笋、香椿……尚天华笑：你们这是送红军啊！我不是红军，也不能拿群众一针一线。

女人们都笑。许艾香勾着头，像是突然得了灵感，说：我们也没啥贵重东西送干部，你不收，你是党派来的，我们就给你唱支山歌吧。

许艾香扬声起头，歌声悠扬：兰哟草的花儿哟（哟咿哟号嗨），不呀会的开哟（哟咿哟号嗨），开在那个高山哟陡呀陡石崖（哟号嗨），（哟号哟号）陡呀陡石崖（哟号嗨）

叫了一声妹哟（哟咿哟号嗨），叫了一声郎哟（哟咿哟号嗨），带妹那个一把哟上呀么上高台（哟号嗨），（咿哟号咿哟号哟咿哟号嗨，咿哟号咿哟号哟咿

哟号嗨）带妹那个一把哟上呀么上高台（哟号嗨）

女人们给许艾香伴着和声，共同演绎一首歌。

尚天华在木鱼包常听人唱山歌，这一次，他听得最动情。不知不觉中，眼睛湿润了。

荣誉村民

芦芙荭

老秋住在上源村，从我们镇子旁的那条沟进去，整条沟都叫上源村。

不知从何时起，每天早上，太阳一出来，老秋准时出现在我们镇子上。镇口有块场地，是镇子里最热闹的地方。镇里人没事都爱聚在那里晒太阳唠嗑，也喜欢在那里打扑克牌，凳子都是自带的，打扑克也带点彩头，年龄大的，一毛两毛，也有一块两块的，不然就觉得没劲儿。其实打扑克彩头的大小效果都是一样的，输了都不高兴，赢了自然得意。因此，大家常常为一毛两毛一块两块的钱争得脸红脖子粗。

老秋每次来，只是坐在边上看，也不语，镇子里没有人认识他。他呢，好像是要和大家套近乎，过一阵把烟掏出来给大家发一圈，有的人接烟了还看老秋一眼，表示感谢，有的连看都不看他一眼，正忙着盘算怎样出牌呢。

有一次，几个人正打牌呢，一个人接了个电话说有事，就急匆匆地走了，剩下三个人就问老秋打不打，老秋有点受宠若惊，说打打打。这样，老秋就算加入我们镇子打牌的行列，但也只能算是替补，大家人手齐了，他就坐在边上看，缺人手时，他才有资格上场。

那之后，老秋就跟上班似的，天天都来，有时下雨或下雪了，大家以为老秋不会来了，山路不好走呢。下雨天，打牌就会挪到亭子里面，可刚打了几把牌，老秋就出现在大家的视线里了，他打着伞，脚上沾满了黄泥，老秋走到亭子边，用石块刮掉鞋上的泥，这才进到亭子里面，他从怀里掏出一瓶酒往脚边一蹾，说，下雨天冷，一会儿喝几口。一边说还一边对着大家露出讨好的笑，好像一不小心，大家就会不让他玩似的。

镇子里来打牌的，都是些闲人，再闲，饭还是得吃的，一到吃饭时间，大家都会丢下牌回家吃饭去，只有老秋没地方去。按说，牌也打了，可以回家了，可老秋还不想回，午饭过后，那些闲人还会聚到一起打牌的，这是他们的日子。老秋就到镇上那家卖面的小饭馆要一碗面，坐在那里慢慢吃。

那时，一些人早知道了老秋家里的情况，他有一儿一女，儿子一家人都去城里打工去了。女儿也出嫁了。前两年老秋的老婆还在，两个人种一片地，养了一群鸡守着几十棵果树过日子。那日子过得也是有滋有味的，他下地干活，老伴在家里做饭收拾家，他从地里一回来就有口热饭吃。两个人有时也吵吵嘴，老秋的老婆性格绵软，有时被惹毛了，就会跑到女儿那里待上几天，老秋过两天也觍着脸去女儿家，女儿见老秋来了，高兴得好吃好喝地做给父亲吃。老伴开始还装着生气，不理他，女儿就左右劝说，还挤眉弄眼地批评老秋。老秋就做出可怜兮兮的模样。本来都没什么气，就又好了。

后来，老秋的老婆得了一场病死了。老秋就一个人过日子。

饭馆老板就问老秋，咋不进城跟儿子过呢？

老秋说，城里哪有这儿自在，儿子儿媳要上班，孙子要上学，他们一走，连个说话的人都没有。

饭馆老板说，那去女儿那儿也可以呀，是不是女婿不待见？

老秋说，女儿女婿都好着呢，人老了，不想让人管。

老秋说到儿子女儿时，满脸都是幸福。

老秋一边吃着饭，一边有一搭没一搭地和老板娘谝着，等那些打牌的人吃完饭一边用牙签剔着牙又出现时，就又凑过去。

老秋打牌手气臭，加之有些时候几个人联手故意捉弄他，就常常输钱。有时候老秋也会捎带着点东西到镇上来，比如几根竹子，镇子上有些人要编筐编篓，比如细树枝，有人用来搭豆架，他也会把青菜、黄瓜、茄子、豆角用蛇皮袋装了——那些都是他自己种的。他把这些东西带来摆在那里，这些都是没上化肥的有机菜，镇上的女人们都愿意买呢。

这些东西换来的零钱全都被他送到牌场上了。

常言说，酒越喝越熟，牌越打越生。牌场上为一张牌常常会争得脸红脖子粗，争也就争了，爱打牌的人都是些没皮没脸的，今儿争，明儿又在一起打。偏偏镇上有几个人，总是仗着是在自己的地盘上，明明是不占理，比如偷眼瞄了老秋手里的牌，或者出牌时故意夹牌被老秋发现了，偏要强词夺理。有一次，为了这类事，那人竟然抬手扇了老秋一耳光。那人也是急了，下手有点重，在场所有人都听见了巴掌和脸撞击的声响。

那时，老秋捂着脸，什么话也没说，扔了牌，起身就走了。

那天，正下着小雨，老秋从亭子走出去，走进了小雨里。老秋没有带伞，雨淋在他身上，老秋的背影委屈而孤独。大家都说那人：太过分了，这不是明着欺负老秋是山里人吗？有人说，老秋再也不会来我们镇子打牌了。想想老秋是有些可怜呢，一个人跑那么远的路来打牌，钱输了，还被人打了耳光，还来干什么呢。

雨下了两天，两天里，老秋果然没再在我们镇上出现。镇子里那些闲人每天照旧到亭子里打牌。

第三天，雨停了下来，太阳出来了，大家又把打牌的摊子摆在了太阳下面，刚摆好，老秋又在镇口出现了，这一次，老秋手里提了只竹篮，竹篮里是刚从地里摘的黄瓜和辣椒，他把竹篮放在地上，像往常一样，一边和大家打着招呼，一边从衣兜里掏出烟给大家发，好像什么事也没发生一样，他的脸上依旧是讨好的神情。

去看木棉红

符浩勇

昌化江畔,漫山遍野的红木棉一过元宵就开了,比往年提前了半个月,吸引着许多有闲情逸趣的游客去观赏。

就是在这个时候,退休后的吴老师接到他的得意门生吴宏强的电话,说他从省城调到昌化江畔那个县当副县长了,让吴老师去他那里看看盛开的木棉花。他是吴老师由代课老师转正后逢着恢复高考带的第一个毕业班第一个考上名牌大学的学生。

像往日一样反对他跟学生交往的儿子,笑他天真,说:"别激动呀,听我的,千万不能去!"女儿也说:"这些年他都没来看过你了,人家就那么顺口一说,你就当真啊?你一个退休老师,一个副县长哪有工夫陪你?"

他又给镇上当副镇长的外舅打电话,说:"我要去昌化江看看你的校友,他让我过去看看木棉红。"外舅参加过吴宏强组织的同学会。外舅带着镇长等人过来了。镇长说,一是来给老师送送行,二是想让老师给副县长捎几句话。说了半天闲话,请求晚上设宴钱行。吴老师婉谢了。

吴老师拒绝家人送他,坚持自己去动车站乘车。路上,遇到跟他打招呼的人,他都是一笑而过,而与他特别熟络的,他就停下来说上几句,最后总是会捎带上"我去昌化江看看红木棉,顺便看看我的学生"。镇子不大,吴老师也算头面人物,很快,整个小城都知道吴老师要去昌化江的行程了。

其实,他已约好坐他的学生罗海的车去动车站。罗海嗜酒,说:"等您回来,我组织同学们给您接风啊!"

吴老师在昌化江动车站刚下车,就被县政府胡秘书接上,安排在政府招待所住下。胡秘书很热情,安排得也很周到,这让他得到了莫大的安慰。

吴老师见到吴宏强,师生一番寒暄后,吴宏强忽然说:"有一件事,我至今难忘。"

吴老师一愣:"什么事呀?"

2021

"那时班上发生一起手表丢失的事。当时您叫全班同学站起来，面向墙壁，再用手帕蒙上自己的眼睛，然后您一个个搜查我们的口袋。当您从我口袋里搜出手表时，我想我一定会受到您的谴责和处罚，一定会遭到班上同学的鄙视，也将在我人生中烙下不能磨灭的耻辱和创伤。但是事情并不是如我想象的，您把手表归还给物主后，就叫我们坐回原位继续上课。一直到我毕业离开学校那一天，偷手表的事情从来没被提起过。老师，现在您应该记得我吧？"

吴老师忽有所悟，笑了起来："我怎么会记得你呢？为了同学之间能保持良好关系，为了不影响我对班上同学的印象，当时我也蒙上自己眼睛来搜查学生的口袋。"

忽然，吴宏强的手机响了，他小声说了几句话，就匆匆忙忙地走了。

晚饭前，吴老师接到胡秘书打来的电话，让他在房间里等着，他想着肯定是吴宏强要过来见他。快八点的时候，胡秘书拎着大包小包进了房间把东西放下，也没解释什么，吴老师问："县长几点能到？"胡秘书尴尬地笑了笑，说："吴老师，领导临时接到任务，要去省外谈一个招商项目。一周后再回来。他让我安排好您的一切活动，让您在这里多住些日子。"

吴老师心里掠过一丝不快，但他没有表现出来。既然送那么多东西，意思不就是下逐客令吗？他觉得心里堵得慌。吴宏强要去招商一个星期，他完全可以过来告诉我，至少可以打个电话跟我说道一下吧！

当晚，吴老师和胡秘书在招待所用了晚饭，胡秘书再说什么，他都没认真听，只是不胜酒力的他喝得酩酊烂醉。等内心里平静些了，他才决然地说："我知道了，我明天就走，家里还有很多事等着我。"

显然胡秘书越喝越清醒，不忘领导给他的任务："领导临走前特别交代我，你们师生早上谈的那个两个人的秘密就永远让它成为秘密吧！"胡秘书显出一脸的真诚。

在第三日中午，吴老师就回到小城动车站。他一出站，一辆车飞奔而来，走到他面前突然停下了。罗海的大嗓门响了起来："您不是去住一段吗？怎么这么快就回来了？"

吴老师说："还不是跟你一样！热情过分啊，顿顿都让喝酒，我身体受不了。"

"那是应该的！您对学生那么好，尤其是对他吴宏强，亲爹也不过如此。他对您好点儿，才叫世道良心。"

他上车坐稳，嗔怪道："昨晚我喝多了，你让我休息会吧。"说完，他闭上了眼睛，心里却想着昨天不好提前返程而独自搭车去看红木棉的窘境，想起他临行前儿子女儿揶揄他的话，心里感到一种从未有过的失落和孤独。此刻一路无话，他依稀听到罗海在电话里召集人吃饭，说是给他接风什么的。他想制止，但那种松弛下来后一泻千里的疲倦席卷而来，他睡着了。

罗海喊醒他的时候，车子已经开到了饭店门口。他看到车下站着外舅和镇长。

"吴县长在那里还好吧？"吃饭的时候，镇长问道。

"那还用说，干得不错！"吴老师寻找着合适的词句，但心里却记得他们师生的那个秘密。他想转移这个话题，但是根本绕不过去，大家关心的还是吴副县长。上了一道一道的菜，酒也是好酒，都是他平时喜欢的，但他没有胃口，他站了起来，两手支在桌子上，仿佛又回到了课堂上，不由得心里一阵热动。

步友老周

侯德云

能特立独行，自个儿跟自个儿玩一辈子的人，或许有，可惜我不认得。伯牙善鼓琴，那也得有钟子期会听才行，峨峨兮，洋洋兮，巍巍乎，汤汤乎，即便高山流水，也需友人在侧，否则只好破琴绝弦，彻底哑住。

老侯我一介俗人，自幼及长，及渐至老境，无论何时，都离不开友情陪伴，而友情，大多跟爱好相关，好学有书友，好酒有酒友，好茶有茶友，爱打牌，有牌友，爱散步，有步友。

老周是我的亲密步友。

老周酷爱散步。清晨，或黄昏，随便什么时候，你约他，只要有空，他一定赴约。

老周约我的次数，远远多于我约他。

老周曾对我说，老侯，你得加强锻炼，别整天闷在家里，把自己憋成豆芽菜。

老周说的锻炼，就是散步。当然，也包括爬山。只不过，近处的山，大多修了缓缓的健身步道，说爬，太夸张，实际上还是散步。

我和老周，常去的山，有抱龙山、东屏山、南山，还有几处不知名的小丘。去得最多的，是抱龙山。

围绕抱龙山，有三个以抱龙命名的住宅小区，东南角的抱龙山庄、西侧的抱龙明珠以及西北角的抱龙风景。

老周住在抱龙风景。我的住地，在他前边，不好意思叫抱龙，叫个让人颇费思量的"圣嘉美地"。

我唠唠叨叨说这些，不是给谁站台，多卖多买几栋楼。卖不卖，买不买，跟我一点儿关系都没有。我说这些，只是为了表明，我和老周，从家里出来，去抱龙山，一定要穿过抱龙明珠，才上得去。

我经常越过抱龙山，步行上下班。老周也是。故而，我和老周，并不总是同时出现在抱龙山上，但行走路线几乎一致，他途中所见，也是我的所见。

从抱龙明珠到抱龙山山腰的缓步平台，是一排七八米宽的台阶，分四段，每段十二级，总共四十八级。四平八稳，很好。人活一辈子，谁不盼个四平八稳。

从山腰的缓步平台，往靠近峰顶的缓步平台上走，共有三条途径。最北的一条，也是最宽的一条，像半个括号，如曲线状，路边有修剪整齐的各色花木。居中的一条，呈S状。南边的一条，也呈S状。两个S外边，都是树。以柞树、松树、椿树、国槐、洋槐为主，间杂其他树种。可喜的是，有一棵高大的棠梨婆娑其间，花期，白得耀眼。古诗中说，"老树着花无丑枝"，是大实话。

抱龙山上，数量最多的，是柞树。柞树也叫栎树。细分，又有三种，茧柞、青冈、槲栎。槲栎又称橡子树，民间叫它玻璃叶子。我对植物学的腹诽，就在于名称多变，让人一阵阵犯糊涂，比如梧桐，又叫悬铃木，进而又分成什么一球悬铃、二球悬铃、三球悬铃，你想不糊涂都不行。

南边的S，与上端缓步平台衔接之处，有两棵手腕粗的紫花槐。某日，我跟老周聊天，聊小时候跟兔子一起争吃槐花的窘事，正聊到兴头上，老周突然指着它们俩，说，这两棵都是紫花槐。

我知道是紫花槐。我见过它们开花的样子。何况，紫花槐和普通的洋槐，即便不在花期，即便脱光叶子，我也能分辨出来。

抱龙山上紫花槐不多，只在西侧山腰缓步平台的南边，簇拥着一小片，别处难得一见，这两棵，瞅着有点儿突兀。

我的思绪还缠绕在兔子和槐花身上，一时弄不清老周的意图，随口应付他一句，紫花槐有毒，不能吃，最好也别给兔子吃。

老周不理我的话茬，自顾自地说道，这两棵紫花槐，是他栽的。

咦？我停下脚步，扭头，瞅着老周，说，为什么在这里栽树？

有空地嘛，瞅着心里不舒服，就栽了。老周说。

老周还说他一共栽了十几棵树苗，只活了这两棵，其他的都被羊吃了。

抱龙山上有人放羊，我遇到过多次，想必老周也遇到过。

老周对羊吃树苗的事，很是愤愤。我只好放下童年的兔子和槐花，把话语权交给老周。

2021

老周说，栽树之后，有段时间，他提着小水桶上班，给树苗浇水。下班，再提一桶。后来不用浇水，可是几天没来，会突然想起侥幸存活的这两棵，赶紧上山来看，见它们安然无恙，才放心。

我暗中感慨，没想到，老周心里，藏着别样的情趣。

上周日，天气明显变暖，下午，我和老周，沐着南风，去南山走了一圈。瓦城的南山公园，上过吉尼斯世界纪录，拥有世界最长城市健身步道，走小圈，1.3万步，大圈，2万步。春夏秋三季，常有暴走团，排成几路纵队，伴着音乐，呼呼哈哈地疾行，壮男靓女，穿着花哨，很是惹人注目。

蛰伏一冬，倘若运动量太大，我怕吃不消，于是建议，走小圈。老周随声附和。可即便走小圈，在将要结束时，我也有微微的疲劳感。

下山途中，老周说，他在这山上，栽过几棵松树，可惜，浇水不及时，没活。

听得出来，老周的话里，有明显的无奈。

回家路上，走到北环路南段，老周突然说，前面几个花坛，有几棵自生的椿树，酒店前边，一棵；银行前边，一棵；书店前边，一棵……

一路走去，果然看到几棵脚腕粗的椿树。我猜，它们很可能是兄弟姐妹。椿树的翅果，能在风中飞，某天，它们结伴飞来，幸运的几枚，落进花坛，生根发芽。

一棵、一棵、一棵，都查验无误，老周很是兴奋，说，老侯，过几天，咱们一起，去弄些椿树苗回来，可哪儿栽，好不好？

我说，椿树皮实，好活，姿态潇洒，你这主意不赖。

老周闻言，咧着嘴笑。

回到家，我掏出手机，把老周的微信名改为"周树痴"。这事由不得他，他同意不同意，都得改。

绿洲往事

谢志强

夜袭

父亲说起一件垦荒年代的故事。

白天热得穿背心裤衩，晚上冷得盖厚被子。冷尿多热瞌睡。夜间起来解手，以为面前是人堆，其实那是胡杨林。砍胡杨，平沙丘。都是千年的胡杨树，根很深。甚至，挖出一棵胡杨，也要费好几天的工夫。后来，种上了苞谷，住进了地窝子，苞谷苗长出来，像一片湖，地窝子倒像大沙丘。

夜晚起来解手，要从地底下上去，不浪费，对着苞谷撒尿。有一天深夜，父亲上去解手，突然发现，地窝子周围都是高高的影子。战争年代，父亲曾夜袭过敌人的营地。他转身跑回地下——地窝子，他喊，我们被包围了。地窝子的战友都惊醒了。枪已入库，他操起坎土曼，冲上去。朦胧的月光里，他发现敌人已撤退了。战友们都埋怨他，好好的梦被打断了。

第二天，天蒙蒙亮，他去察看，曾经砍掉的胡杨树，不留一点痕迹，周围都是一望无际的苞谷，还不到膝盖那么高。父亲觉得可能是累糊涂了，站着解手竟然也会打瞌睡。很可能，砍掉的胡杨还在怀念这个地方吧，我们占了它们的根据地。

怀表

连队里两个人有表。连长戴手表，我父亲揣怀表。有人说，一个养马的，还需要掌握时间吗？马匹也有一个连的数目（其中有战马）。

父亲的怀表是战友牺牲前送给他的。他时不时地将怀表贴着耳朵，好像听战友的心跳，听战友说悄悄话。他不让我碰那块怀表。可是，怀表突然失踪了。

马厩是儿童和动物的乐园。职工养的鸡会钻或飞进马厩，小伙伴儿还带着狗来玩。小伙伴儿起劲地帮助寻找怀表，弄得鸡飞狗叫，尘土飞扬。马们惊慌不安。父亲制止了混乱和盲目的行动。等安静下来，我说，爸，我来帮你找。

父亲从不把我放在眼里，他流露出"死马当作活马医"的表情。我像连队卫生员的听诊器，一会儿跳上了饲料槽，一会儿趴在有马粪的圈里，侧着头，贴着耳，终于听见垫圈草里的声音——怀表还在走。它在一匹大肚子的母马脚下的草底下。幸亏还没到该上发条的时间。

父亲说，小子，这回，你的脑袋怎么好使了？我说，马厩里安静了，怀表走的声音就能听见。父亲的脸上浮出"我怎么没想到"的表情。我追加一句，你说过，有一次战斗，你的耳朵贴着大地，听见了敌人的坦克开来了。

颤抖的胡杨

垦荒年代，连队这一片绿洲，还是荒漠，父亲看中的那棵胡杨的枝，可以当橼子，盖地窝子。那一天，没有风，荒漠仿佛屏着气，所有的一切都凝滞不动，叶子泛着光亮。父亲挥斧，砍到第三下，感觉不对劲儿。他看见树的另一边，同样一根粗枝，在颤抖，满枝的叶片在抖动。他被吓着了，他又试了一斧，同样的情景又出现，好像砍这边的一枝，那边的在疼痛。

父亲惊愣了。一棵树上的两根符合橼子标准的粗枝，竟然像举起的两条胳膊，做出一种欢迎的姿态。

所有的胡杨都被砍倒了，父亲护着那一棵胡杨，不让砍。他没说出理由（谁能相信呢），但他向连长提了一个建议，在树梢上挂起军旗：收工了，就不会迷路。

箭头

星期天一大早，父亲突然要我拿上渔具，一起出发。收割了的稻子已堆在晒场，排碱渠的水也停了清了。我早已将渔网晾在高粱棚顶——明年再用。现在渠里已没有鱼了，他却要捞鱼。父亲一定发现了一个有鱼的地方。

我不响。我知道父亲的脾气，不能提出异议。像一个侦察小分队，父亲扛着三角的渔网，我拿着铝合金的桶和一根棍子，棍子用来赶鱼。田野里空旷、静寂，满地是齐刷刷的稻茬，没有流水的声音，树在掉叶子。

我跟随着父亲，沿着机耕路，路上的泡土，一踏就起尘烟。经过我捞过鱼的水渠，父亲没有停下来的迹象，他大步走，我得小跑跟着。排碱渠道经沙漠里的海子，水已枯。我真想提醒：已到了绿洲的尽头，再走，就进沙漠了。我不敢响。已经没有鱼的时节出来捞鱼，让父亲自己醒悟吧。小孩没有发言权。

一踏入沙漠，我终于沉不住气，说，沙漠怎么会有鱼？父亲回头，这点路，你就走不动了？绿洲渐渐甩在我们身后，沙丘像巨浪，望不到边，还有枯死的胡杨。

突然，父亲停下来。沙地上有洪水冲过的遗迹，一条新疆大头鱼，有胳膊那么粗，身体已干缩，大头剩个空壳，像个标本。我发现，它的后边有一群小鱼，已成了鱼干，却保持着游动的姿势，最大的那条，仿佛在率领着它们。那鱼头，像箭头，指向绿洲的方向，大概察觉水将消失在沙漠中，要返回，已经来不及了。

2021

欢 庆

相裕亭

沈达霖考中进士的那一年，已经四十七岁了。这在外人看来，那把年纪的人再中功名，可不就是大器晚成。其实不然，沈达霖是少年才俊。他十七岁时，因才华出众，被选入国子监（拔贡），十九岁乡试中举人。无奈的是，之后三次进京会试，他都名落孙山。沈达霖一度陷入迷茫。其间，他也曾变通途径，到南方某地做过一段县丞。后回盐区创办郁州书院的同时（开办学堂），立志东山再起，最终在光绪二十年（1894年）考中进士。

沈达霖考中进士时，沈家已经是盐区响当当的门户了。仅是挂在沈老太爷沈万吉（沈达霖父亲）名下的田产，少说也有三四百顷之多。南至灌河口，北到山东石臼港码头，大片大片白花花的盐田，除去大盐商吴三才的，就是他们沈家的。周边涟水、响水、灌云、沭阳、赣榆等地，都有他们沈家的庄园。城内，半条街的商号，高悬着沈家独特的招牌——甡泰油坊、甡隆粮行、甡茂饭庄、甡顺布庄、甡泉糟坊（酿酒的）、甡庆洋行（典当）、甡庆公茶庄等等。

后人说，沈家的"甡"字号招牌（甡与沈谐音），是沈达霖考中进士以后，陆续兴起的。准确地说，沈家挂上"进士第"的匾额后，"甡"字号招牌迅速崛起。在这之前，沈家已经在"甡"字上做文章了。

这就是说，沈家的辉煌，并非是沈达霖考中进士而来，而是由来已久。或者说，不管沈家要不要那个"进士第"的匾额，照样是盐区的名门望族。

然而，当京城里传来捷报时，沈家老太爷沈万吉，还是喜不自禁地在自家院落里来回打转转，他让家中的女眷、小孩子们，都穿上过年时才穿的花衣裳，并亲自指派下人——

"把廊灯挂上。"

"把假山上那几缕发黄的草叶薅掉！"

"门前的花盆……"沈老太爷左一声、右一声地呼喊花房里的长顺，"长顺，长顺——，门厅里那花盆，换两排高爽的！"

沈老太爷觉得儿子给他争来了脸面。

这些年来，沈万吉总是觉得有一口恶气，憋在他胸腔里吐不出来。一是他那个本该功成名就的儿子，一直窝在家里教书（办学堂），被外人瞧不起；再者，就是他沈家的名望始终没有抬升起来（好像被吴三才那个老东西给罩住了）。那个吴三才，挂着盐区商会会长的头衔，还有州府里什么委员、理事的狗屁玩意儿。整日里风风光光地被衙门里请着、同行们捧着。这让沈万吉十分闹心！

现在好了，儿子金榜题名，别说你个三分淮盐有其二的吴三才，就是州府道台，只怕都要高看他沈万吉一眼。

沈万吉想，儿子这事，得弄出点动静来。要让街坊四邻，以及州府衙门里大小官员们都知道他家的二公子考中了进士。

于是，沈万吉把家里家外收拾停当以后，便跟管家说："到小林子那边，去弄些鞭炮来放放吧！"

沈万吉说的小林子，是一对开杂货铺的小夫妻。他们租住着沈家的两间石库门，卖酱油、醋，也卖木锨、扫帚，以及油锅上翻动葱花爆响的小锅铲子和掏下水道的竹片片。当然，也卖烟花爆竹。

旧时，销售烟花爆竹，也同现在一样，官府实行管控，不能私自设摊兜售那些易燃易爆物品。小林子他们两口子，刚开始兜售烟花爆竹时，是藏着卖的。他们只在门口台阶上摆放一两盘小鞭做幌子（屋内藏着大量的鞭炮呢）。那种买卖方式，如同当下小街上卖馒头、包子的小贩，只在保暖箱上方，摆放一两个馒头、包子做招牌，谁若购买，卖家会掀开箱子盖儿，拿出里面更为热乎的包子、馒头来。

小林子家最初卖鞭炮就是那样的。

后期，小林子觉得老是那样躲躲藏藏的也不是办法，便托沈府里的管家，找到衙门里管事的人通融了一下。从那以后，小林子两口子，就可以公开在沈家石库门那儿销售烟花爆竹了。

说是石库门，其实是两间石头到顶的小房子。先前，是沈家马厩的大门。一间为门洞，南北对开着，称之为过道；另一间的房门开在门洞里面，便于晚间守夜的人起更。

2021

　　小林子他们两口子租下那个过道以后，便在石库门里面垒起一道墙，使原本为过道的地方变为一间宽敞、明亮的门面；里间住人，并储藏一些物件儿。小林子与沈府里相熟，也就是源于那两间石库门。沈老爷似乎从中也看出一些门道来。否则，管家不会同意小林子堵上石库门，再去另开一道通向那院落的月亮门。沈老爷懒得过问那些鸡毛蒜皮的事。

　　沈老爷跟管家说："去小林子那边，弄些鞭炮来放放吧！"自然也是晓得管家与小林子的那些杂七杂八的事。

　　管家呢，支使正在搬弄花盆的长顺，让他到小林子那边去多弄些鞭炮来燃放。没料想，长顺去了以后，很快又两手空空地回来了。

　　管家问："怎么啦？"

　　长顺说："小林子那边的鞭炮不卖了！"

　　"为啥？"

　　长顺支吾了半天，也没有说出个所以然。

　　当下，沈老爷的脸色便不好看了。

　　沈老爷觉得，管家没有处理好小林子那边的关系，否则人家不会在这个时候，来掐咱的脖子——不卖鞭炮给俺。

　　管家呢，也觉得奇怪呢！正想亲自到小林子那边去看看。忽而，门外传来一阵阵震耳欲聋的炸鞭声。

　　管家与沈老爷正对眼儿纳闷，下人忽而来报，说是小林子两口子在门外燃放鞭炮呢。

　　原来，小林子两口子，得知沈家二爷高中进士，店里所有的烟花爆竹，一概不卖了，全都拉到沈家来，供街坊四邻以及过路的行人、沿街的乞丐们，任意燃放。

　　沈老爷听明白原委，眉宇间不由地流露出几多笑容来。

　　当年底，小林子两口子来沈家交房租，沈老爷告诉管家，那两间石库门连同那个小院，一并送给他们吧。

遗失的草帽

邵宝健

平琦君在本城蓝钢公司开发部任职，是位作品颇丰的散文写手，同时还是一位业余心理学家兼旅游爱好者。年近半百的平琦君家庭很美满，妻子是名会计，贤惠能干，顾家又顾工作；女儿婵美聪慧，眼下在苏州某大学读研。缘此，他活得洒脱而淡定。

这个夏季，那顶去年从地摊上买来的宽沿草帽，是平琦君出门必带之物。这顶淡黄色的麦秸帽，编结细腻，柔韧性好。晴天可遮阳，遇雨可避水，戴在头上，透气而舒服，还可摘在手里扇风，真可谓一物多用。他还亲手在淡黄的草帽筒体上画了一片绿色的叶子，以作记号。他戴着这顶草帽，上过九华山，还观光过"海天佛国"普陀山。

不久前，平琦君出版了他第五本散文集《生命之符号》，在本城文坛引起较大反响。有青年女记者慕名来采访，见报的那篇报道也不忘为他随身携带的这顶草帽花一点笔墨，称它为作者的心爱之物，让他自喜不已。

同事"小城道人"在博客里描绘过他头戴草帽的样子：戴着草帽、穿短衣衫的平琦先生，昨与吾在电梯中相遇，他脸色红润，汗滋滋的，笑容可掬。吾问那草帽上的绿叶子是什么意思，他戏称是符号，便于辨认而已。……

一天，他回家后发现这顶草帽不见了，也没放在心上，以为置在家里的冷落处。可是翌日，他出门时，却真的找不到它了。找了很久，未果。细细地回忆，仍理不出头绪。他想会不会搁在公司传达室了？随即给门卫打电话问询，门卫表示没看见这东西，还表达了"谁会占这种便宜，不就是四五块钱嘛"的困惑。

在家度暑期的女儿对老爸这么在乎这顶草帽，甚为不解："不就是一顶破草帽，至于这么折腾？！"

平琦君说："习惯了的物件，人舒坦啊，和它相处很熟悉了，一旦没了，怪可惜的。"

中午，他在沙发上打了个盹，却有意外收获。只是有点忐忑：在单位停车库的拐弯处，他找到了那顶已遗失了十来天的草帽。它正好被嵌在两台落地式大空调外机之隙。他想去取，这草帽就在他的手指接触之际，飞了起来，飞得很高，转眼就不见了。再抬头看天，天空湛蓝，没挂一丝云彩，也没有一丝风。他惊呼起来，瞬间便醒了过来。原来是个梦。

第二天，他刚进位于三楼的办公室，被一则即时快讯惊呆了：有人在综合楼的第九层，跳楼自杀了，是一位外单位二十七八岁的未婚男青年。原因不详。

他即刻赶赴现场。他几乎是和公安侦查人员同时来到现场的，观者围了个圈。那位年轻的死者以一种极坦然的姿势仰卧在地上，他的附近是那两台落地式的大空调外机。

平琦君一挪步、一扭头，惊慌地喊出声来："在这里？！"那顶草帽出现了，就垫在那位死者的头颅下。淡黄的筒体上画有一片绿色的叶子。

在人们痛惜那男青年对生命如此草率之时，平琦君却陷入了另一种苦思。"草率"和"草帽"怎么能等同呢？是这位青年在哪里捡到了这顶草帽，戴在头上有了极端草率的想法，还是草帽原本是遗失在那个地方，那青年在跳窗坠落时不意中相遇了草帽？

他的神情被警方捕捉到了，他极配合地去警局做了半个小时的笔录，而那顶草帽他自然再也要不回来，也不宜再把它考虑为己物了。

进一步的消息传来：这九楼上新到职一位可人的女子，这男青年因求爱未果而殉情的。有什么办法呢？一切都晚了，如果能早一天认识那位男青年，凭他在心理学的造诣，完全可能劝服那种漠视生命的草率行为。他眼下能做到的是，回家点上一炷香，在香烟缭绕之际，遥祝死者的灵魂安息、死者的家人早日平息痛苦；也祈望那位尚未熟识的可人女子，早点摆脱心灵阴影。唉。

那天，平琦君送女儿去长途汽车站，在宽敞的候车大厅里，被一串脆铃般的笑声所吸引。他一挪步、一扭头，再次惊呆了。有位十分年轻、十分可人的女子和旁人谈笑着，一边轻轻摇晃着摘在手里的草帽，笑眼秋波盈动，皓齿闪烁，十分之动人。而她玉手上的草帽，也是用麦秸编结的，那淡黄的筒体上，也有一枚绿色的叶片。

天长地久

安石榴

他们是一对夫妻，结婚五十多年的一对夫妻。往往，他们都能把自己吓一跳，怎么会在一起五十多年呢？天哪，这么多年！

她是什么时候懂得长久的亲密关系的呢，就是说，懂得这样一种关系是十分重要的呢？这个问题她确实想过，她觉得没有一件大事，比如地震、洪水、癌症、破产或巨大的成功，这些足够让人看透人生的大事件。这样的事情在他们之间从来没有发生过。平凡夫妻百事哀，这才是真相，他们的日子一路过下来总是磕磕绊绊的，困难重重，麻烦不断，但也没有到某种困难的极限，远远没有，说到底也都是平常事。

当然，这是她现在的想法，年轻的时候——那是相当长的一段时间，简直就是好多年，他们的日子大部分都是针尖对麦芒的，比如儿子生病了，怎么治病，两个人最需要团结一致的时候，也会闹分歧闹到他放弃了——居然可以做到放弃了，就是不管不问了，所有麻烦都推给她。这种事多了去了，这件事只不过是一件中档的事儿吧，比它大的也有。她认为他亏欠她，无论如何是亏欠她的。但还是把日子过下来了，至于这是为什么她也没有细想过，她的确想自己的时候少，非常少，她就是这种人。真的是这样，她不是个精明的人，甚至都不能说是个聪明人，她知道这个，倒也并不把自己看低，因为她真心不认为这是什么缺陷。

她是什么时候开始了解他的呢，那种真正的了解？她也没有记得很清楚。她就是了解了他，也还是觉得他亏欠她。直到了解了自己——她是什么时候开始了解自己的呢？她也不记得了，也没有什么标志性事件，慢慢发生的吧？这是一件缓慢发生的事情，她开始了解自己，然后全明白了，天空都越来越蓝、越来越美那种。于是，她把一切都归零了，仿佛他们之间什么麻烦都没有发生过，当然那是不可能的，但她非常理性地、智慧地抛掉了他们之间那些叫作恩恩怨怨的累赘。然后，他们两个的日子就过得非常轻松、非常美妙了。

人们总以为夫妻之间的事儿是双方的，实际上并不绝对，常常是，一个人也

2021

可以改善两个人的关系。没错，是改善，而不是改恶。后来——不是稍后吧，很久之后，他也意识到了这样真好！他意识到这个的时候，他们已经到了耄耋之年，彼此是无论如何都不能分开了。因为，分开了，另一个怎么活呢？他们这时候真真切切地懂得了陪伴的含义。不过，此时他们已经分房独睡好多年了。她的觉轻，别说他的呼噜声，就是他转个身，床的颤动也会惊扰到她的睡眠。而她总是喜欢早起，不想打扰到他。

一天深夜，她忽然醒来，睁开眼睛，借着墙壁上的夜灯，她看见他站在床边哆哆嗦嗦的，动手掀她的被子，她连忙坐起身，又向一边挪动了身子，这样，两人就躺在一起了。她抚摸着他的胸腹部，让他平静下来，直到他呼吸平稳，冰凉的身体温热。他说话了。他说：

"我刚才做了噩梦，吓醒了。"

她还是困倦得很，没有说话，等他继续下去。

他说："好像是我们去什么地方旅行吧？坐火车，卧铺车厢，到站之后我们下车，下车之后，我忽然发现你拿了别人的水果袋子。我知道你这是拿错了，我们的水果袋子我放在拉杆箱里了，我赶紧拿着它反身上车，给人家送回去。我回到了我们那个卧铺车厢，把水果袋子交还，还说了几句道歉的话，这时候，火车开了，开起来了，飞快。这可了不得了，我立马吓出一身汗，惊得一屁股坐在地上，喊起来：可坏菜了，我老伴儿还在站台上呢！我老伴儿还在站台上呢！我这一喊，就把自己喊醒啦。"

她在黑暗中咧开嘴笑了，说："难道你不知道我可以坐下一趟火车或我们打个电话约一下？"

他说："做梦嘛，梦里哪会想这个。"

她握着他的手，稍稍用了一点儿劲儿捏了一下，说："你放心吧，你尽管放心，我尽量活得比你久一些，死在你后头。嗯？"

她爬起来，探过身子将他那侧的被子掖了掖，然后躺下来，他在被窝里找到她的手，两个人就那么握着，慢慢睡着了。

画　画

袁炳发

这是二十世纪六十年代的一个老故事。

钟小奎家邻居叫张大虎，四十岁左右，中等个子，微胖，方脸，脸上的皱纹很多，像山核桃。

张大虎一人过日子，嗜赌成癖，终年混迹赌场，为此老婆和他离婚，带着孩子远嫁他乡。

张大虎养一头白色小猪。这头小猪因张大虎喂食不及时，经常饿得嗷嗷叫。有时小猪就拱开钟小奎家的院门，和钟小奎家的那些鸡争食吃。

钟小奎的妈妈见了，就把那小猪赶跑。

钟小奎也多次见到小猪和自己家的鸡争食吃。钟小奎非常生气，暗里算了一笔小账：小猪和鸡争食，鸡就吃不饱，吃不饱就不下蛋，不下蛋钟小奎就没鸡蛋吃，这就等于小猪是在和钟小奎争食吃。

钟小奎开始憎恨那头小猪了。

有一次钟小奎放学回家，又见那头小猪在自己家的鸡食盆子里，肆无忌惮旁若无人地吃食，而那些鸡则躲在一边，可怜巴巴地望着猪在分割它们的口粮。

钟小奎找来一块砖头，照着小猪的腿狠狠地砸了过去！中了砖头的小猪，"嗷嗷"地叫着，窜出院门跑回了自家的院子。

这事过去好几天了，那猪走路时仍瘸着，钟小奎内心里隐隐不安。一天，钟小奎在院门外玩耍时，张大虎从西面的街上往家走来。本来他已从钟小奎面前走过去了，可他又像想起了什么，回头瞧了瞧钟小奎后，便又折了回来。张大虎走到钟小奎近前质问：我家小猪的那腿是你打瘸的吧？钟小奎看着张大虎理直气壮：是我打的呀！谁让它吃我家鸡食呢！

钟小奎话刚说完，张大虎就猛地照钟小奎屁股踢了一脚。踢完要走，寻思了一下回头又踢了一脚，狠着说：下次再打我家猪，当心我掐死你个小崽子！

踢完钟小奎，骂完钟小奎，张大虎晃着身子向家走去。

2021

钟小奎眼里含着泪，看着张大虎的背影，吐了他一口，心里恨恨地想：你家的猪我还不打了呢，等我长大后打你。

晚上睡觉时，钟小奎屁股还很疼。这事钟小奎没敢让妈知道。摸着屁股，心里对张大虎添了一层恨，那种恨在心中铸成一把利剑，只想横空劈上几剑，心里才能痛快些。

第二天上学，有一节美术课，老师让学生们素描头像，钟小奎想画心里憎恨的张大虎。当时钟小奎想到了他们小镇街上张贴枪毙人的布告，布告上被枪毙者的名字都给打上大红叉。钟小奎画张大虎，画完也"枪毙"他。钟小奎几笔勾勒出张大虎的脸型轮廓，继而眉、眼、鼻、嘴全填了上去。

画完，钟小奎看了看，觉得很不像张大虎，便揉搓成一个纸团扔掉了。

从此，钟小奎在家门口再遇到张大虎时，就特别留心观察张大虎的脸部特征。钟小奎每天都要画一张张大虎的头像，画完就拿给妈妈看，问她画的是谁。妈妈拿着画像，仔细端详，摇摇头，说，看不出来画的是谁。钟小奎就从妈妈手里接过画像，撕碎扔掉。

又连续画了几个月的张大虎，钟小奎拿给妈妈再看，钟小奎心跳着观察妈妈的表情，发现妈妈的眼睛瞪大了，猛地拍下钟小奎的肩头说，儿子，你画的这不是张大虎吗？

钟小奎乐得蹦了几尺高，拿过妈妈手里的画，对着画像亲了无数口。

晚上，趁妈妈不在时，钟小奎从文具盒里找出红色油笔，在张大虎这张画像上，凶凶地、重重地打上了一个大红叉，然后把画像扔到灶里烧掉了。

钟小奎以这样的方式，把张大虎"枪毙"了，也算报了张大虎那两脚之仇。

钟小奎给张大虎画像的事，妈妈自豪地到处炫耀，小镇上的人，几乎都知道钟小奎给张大虎画过一张画像。

有一天妈妈告诉钟小奎：张大虎杀人了！

那天，钟小奎正和妈妈吃晚饭，从外面进来几个人。他们和妈妈说，他们是镇上派出所的。其中一个警察和妈妈嘀咕半天后，妈妈过来告诉钟小奎，大意是，派出所的警察在张大虎的家里没有搜到一张照片（二十世纪六十年代，在照相馆照一张相是件奢侈的事），听说钟小奎画过张大虎的画像，让钟小奎再画一张，供派出所张贴通缉启事用。

妈妈在一旁鼓励钟小奎说，儿子，画吧，抓坏人人人有责。

钟小奎痛快地答应了，告诉他们，明天中午到学校取画。第二天，钟小奎利用几节课的课间休息间隙，便把张大虎的素描头像画完了，交给了前来取画的警察。

钟小奎当时并不知道自己这张画像能给警方提供多大的帮助，但事实上，这张画像后来的确为警方抓到张大虎，起到了"不可估量的作用"（当地警察语）。

张大虎是在另一个镇上的小酒馆里吃饭时，被警察抓到的。当时，他正在小酒馆里狼吞虎咽地吃饭。张大虎的这种吃相，引起了小酒馆老板娘的注意。她偷偷拉开桌子的抽屉，拿出派出所发的那张通缉单（上面有钟小奎素描张大虎的画像），仔细对照一下后，心里暗惊：没错，眼前吃饭的这个人，就是杀人犯张大虎！

老板娘急中生智，吩咐后厨师傅，给张大虎加个免费菜，自己则抽空跑出来，到派出所报了案。

警察到后，抓住了张大虎。被铐上双手的张大虎，看了一眼小酒馆的老板娘，笑着说：后厨给我加那个菜时，我就知道你去报案了。

后来，张大虎以杀人罪被枪毙了。

2021

诗 颂

刘建超

郑直请田文在老街"枕云阁"喝茶。

茶已沏好，雨前毛尖，汤色明亮，香气高爽。

田文把身子陷进沙发，夕阳余晖透过后窗折射在茶几上。

田文的语调慢声细气，郑直，监察委主任请人喝茶可都不是啥好事啊。要不是老同学的身份，我都得准备完后事才敢来赴约啊。

郑直端起茶杯，今年的新茶。老同学，尝尝。

田文喝了口茶，不会只是叫我来品茶吧？

郑直说，品茶，聊诗，可以吧？最近有什么新作？

田文说，整天忙得屁打脚后跟啊，哪儿还有闲情读诗作赋啊。

两人对视着，都不说话了，茶杯中的热气拉直了，袅袅向上散去，时间好像停滞了。

郑直和田文，两人上幼儿园就在一起玩。上学后，两人又都喜欢上了诗歌。上学或放学，两人经常在"一行白鹭上青天""飞流直下三千尺"的对诗中消磨掉回家路上的时光。

郑直膀大腰圆，田文纤细矮小。郑直才比田文大两个月，却像大哥哥般处处护着田文。

上高中，田文情窦初开，喜欢上了校花璐璐。田文每天都要写首诗给璐璐，找借口去黏璐璐，璐璐却不搭理他。

郑直提醒田文，明年就要高考了，别分心。

田文说，高考诚可贵，校花价更高。追不到手，我心里痒。

郑直说，我看你是皮子发痒，该挨揍了。

果然，在一个苍山如海、残阳如血的黄昏，璐璐的哥哥带几个青年把田文堵在足球场边。

一声口哨，几双拳脚上来"慰问"田文。

正在踢球的郑直冲过来，伸出双臂将田文护在怀里，任拳脚落在自己身上。

呸，也不撒泡尿照照自己的德行，还想追我妹？耽误我妹考大学，我折了你的腿！

田文看着鼻青脸肿的郑直，拿出手帕擦着郑直嘴角的血，委屈地哭了。这事儿是我自找的，活该。你干吗那么拼命？

郑直搂着田文的肩膀，说的什么话？生命诚可贵，兄弟情更高。我就是要保护你。

田文不服气地拧着头，你信不信，我早晚要把璐璐追到手。

郑直说，还是先把大学录取通知书追到手吧。

以后的日子，郑直还真的为田文护了不少事儿。

郑直和田文考上了本市不同的大学。周六周日，两个人总是要约到地摊，喝几口小酒，谈论诗词。

田文参加了学校的诗社，不久就在报纸副刊上发表诗作。读大三，田文出版了自己的第一部诗集《凋零的丁香》。

拿到诗集，郑直和田文在火锅店涮辣。

郑直说，出诗集要不少钱呢，你哪儿来的钱？

田文咕咚咕咚往嘴里灌着啤酒，功夫在诗外。

田文在诗社认识了女孩儿佳佳，佳佳的父亲是个大集团公司的老总。田文对佳佳施展了各式花样进行追求，最终佳佳父亲的公司出资赞助田文出版诗集。

郑直说，诗集印了多少册？能卖出去多少？

田文说，佳佳父亲集团公司的员工有两万多，人手一册。

郑直翻着诗集奇怪地问，两万员工都喜欢读诗吗？不喜欢诗的人要诗集干什么？擦屁股也硌得慌啊。噢噢，大诗人，我不是说你的诗集啊，你的诗集纸软，比手纸还软。哈哈。

田文绷着脸，你这是羡慕嫉妒恨啊。

两人如常来往，但慢慢地互相觉得之间有了隔阂。

大学毕业后，郑直考取了公务员，田文进了佳佳父亲的集团公司，很快就和佳佳结婚生子。

田文所在的公司越做越大，他又出版了几部诗集，本市的报纸新闻和电视访谈节目里都把田文冠以诗人企业家。

在一次同学聚会中，郑直看到田文怀里搂着的居然是当年的校花璐璐。

微醺的田文，踌躇满志地告诉郑直，璐璐为了她哥哥能拿到公司的项目，自愿投怀送抱。美女诚可贵，金钱价更高啊。

两人结结实实地吵了架，从此少有交集。

郑直今天主动邀请田文喝茶，田文心中也是有些忐忑。

郑直喝茶，谈后汉羊续"悬鱼梁"、东汉刘宠"钱入水"、清朝廉吏于成龙。

田文的脸色越来越沉，老同学，你给我说这些陈芝麻烂谷子的事，有什么意思啊。你说过，你要保护我的。

郑直站起身，"洁性不可污，为饮涤尘烦"。好茶啊，茶钱我已经付过了。老同学，好好品品吧。

郑直魁梧的身躯步出"枕云阁"。

第二天，田文烧了自己的诗集，自首了。

生死手谈

凌鼎年

竹下静夫曾是日本棋院的棋手。只是还没获取梦寐以求的高段位就从军了。1937年初秋，佩戴少佐军衔的竹下静夫随日军在江海相接的七丫口登陆，一路烧杀，进了娄城，并且成了驻扎娄城的日军最高长官。他知道娄城卧虎藏龙，名人辈出。派人打听后，知道娄城有位叫丛上春的著名围棋手，家中收藏多种围棋古本、真本、善本、孤本，还有日本棋谱。最让他大吃一惊的是有人竟然在丛上春家见过《围棋式》，这书是1199年日本棋圣玄尊法师编的，即便在日本也很难见到。竹下静夫兴奋异常，欲一睹为快。

在一个秋高气爽的下午，竹下静夫带着副官到丛上春家拜访，他特地关照手下，在丛家门口挂日本国旗，以示任何人不得骚扰。

丛上春心想：黄鼠狼给鸡拜年来了，就不亢不卑，说："请问长官光临寒舍，不知有何贵干？"

竹下静夫用谦卑的语气说道："晚生初涉棋道，特来拜访前辈大师。讨教一二，切磋一下，还望丛大师玉成。"

丛上春笑笑说："在下一介老朽，老眼昏花，脑子不好使啰，已不再手谈，抱歉！抱歉！"

"八格牙鲁！敬酒不吃，吃罚酒！"副官不耐烦了，粗鲁了起来。

竹下静夫摆摆手制止了副官。

对丛上春说："好，今天先不谈对弈的事。想看看您老的古棋谱收藏，让我开开眼界。"

丛上春心里咯噔一下，坏了，这小日本鬼子看来惦记上了我家祖传的围棋谱了，这可是国宝，万万不能落入日本人手里。说道："那是外界误传，我一个穷教书的，哪有什么古棋谱收藏，信不得，信不得。"

竹下静夫说："别紧张，别紧张，君子不夺人所爱，只是借阅，一月为限，阅后必还。"

丛上春缓缓地说："你听过中国的谚语吗——唯书与老婆不借！"

"快人快语，有点意思。"竹下静夫见丛上春一脸倔劲，就用一种平和的口气说道，"我已打听清楚了，你家里藏有明版的《玄玄棋经》《仙机武库》《石室仙机》，还有日本版的《围棋式》等古本，我不白看，我送你善本《敦煌棋经》，还有宋代的《忘忧清乐集》照相版，这不亏你吧。"

丛上春下棋一辈子，也只听说过《敦煌棋经》与宋代的《忘忧清乐集》，从未见过实物，这竹下静夫手里竟然分别有这两本古棋谱的善本和照相版，不由得心动。

竹下静夫命副官打开皮包，把善本《敦煌棋经》与宋代的《忘忧清乐集》照相版放到了丛上春面前。

来而不往非礼也。丛上春犹豫再三，去取出了明版的《玄玄棋经》《仙机武库》《石室仙机》，与泛黄的日本版《围棋式》一卷。

竹下静夫如获至宝，喜上眉梢。然后恭恭敬敬地朝这四本古棋谱拜了拜，才虔诚地打开。

大约一个月后，竹下静夫的副官再次上门，送来了竹下静夫少佐的请柬，说要当众归还借的棋谱。

自四本古棋谱被竹下静夫借走后，丛上春心里一直空落落的，一听说要还他，有点迫不及待。但人在半路，内心却越来越忐忑不安，竹下静夫会甘心把古棋谱还我？

见面后，竹下静夫把四本古棋谱双手奉还，说："完璧归赵，请大师过目验收。"

喝过茶后，竹下静夫说："我看过你收藏的四本棋谱了，想必你也看过我赠送的照相版棋谱了，应该说各有收获。今天就对弈一局。手谈过招，岂不快哉，你说是吗？"

丛上春拿到古棋谱后，只想早早回家，就推说身体不适，下次再约。

突然，副官很突兀的一声："报告！"送上一份文件。

竹下静夫瞄了一眼，就把文件放到丛上春面前说："这些都是要枪毙的抗日分子。不知有你认识的吗？"

"你、你——"丛上春惊骇得话都说不出了。

"大师！请别生气，别动怒，此时此刻，唯有你能救他们！"丛上春瞪大了眼睛，似懂非懂。

竹下静夫很轻松地说："你我手谈，你赢我一局，我赦免十人；你输掉一局，我枪毙五人。你不愿下也可，统统枪毙，马上执行。"

"不下！"丛上春脱口而出，竹下静夫下令："先枪毙一个！"屋外响起了枪声。

丛上春面色惨白，呆若木鸡。

竹下静夫又下令："再枪毙一个！"屋外又响起了枪声。

"我下！我下！！"丛上春回过神来，咬紧牙关说。

竹下静夫微微一笑说："这就对了嘛。你看看，你看看，就因你的固执，白死了两个你的同胞，何必呢。"

丛上春嘴唇咬出了血，浑身发抖。

第一局，竹下静夫让丛上春执黑子先走。丛上春也不客气，虎视眈眈，落子果断，步步为营，丝丝入扣，不到半个时辰，擒住竹下静夫一条大龙，轻而易举拿下一局。

竹下静夫下令："放！放十个人。"

第二局竹下静夫执黑子先行，他从占角开始，继之以守角和挂角，丛上春不在乎"金角银边草肚皮"，由角到边，见招拆招，稳扎稳打，但竹下静夫也不是软脚鸡，强势进攻、反击，胶着了好一会儿，最后，丛上春又拿下了第二局，虽然有点艰难。

竹下静夫又下令："放，再放十人。"

第三局两人从布局、到中盘、到官子，斗得昏天黑地，杀得难分难解，最后出现劫争，竟然是罕见的没完没了的连环打劫，棋局无法往下进行。竹下静夫说："算和棋如何？不杀不放！"

竹下静夫又说："还剩五人，你赢了，他们就活了，你输了，他们就因你而死。明白吗？"

丛上春热血贲张，握紧拳头，心想："赢，一定要赢！"

丛上春与竹下静夫的棋力本在伯仲之间，丛上春稍占上风。但事与愿违，越是一心想赢，越是不能心无旁骛，最后竟以一目之差输了。

竹下静夫手舞足蹈地叫道："我赢了，我赢了！"

副官急忙冲冲出去传话："把剩下的五个人拉出去枪毙！"

丛上春犹如魂灵出窍，拉住竹下静夫的手，说："长官，你不能，不能杀！"

竹下静夫狡黠一笑说："不杀也行，你要陪我手谈，随时随地，随叫随到！"

丛上春一阵阵冷汗直冒，手哆嗦地说："只要不杀他们，在下愿意奉陪！"

抗战胜利后，有人举报丛上春是汉奸，理由是他与日本少佐过往甚密，非一般关系。

没多久，丛上春突然不明不白地死了。有人说他是吓死的，有人说他是自杀的，多数的看法是他怕被拉清单被惩处。但邻居言之凿凿说，听到丛上春临终前喊道："我不是汉奸！我不是汉奸！！"

丛上春死后，按其遗嘱，墓碑刻"棋手丛上春之墓"。

20世纪90年代，有日本人来娄城探寻丛上春的墓地。坊间流传：乃竹下静夫后人，也许吧。

退 群

安 谅

　　"明老师,您说我该怎么办才好?我真的不胜其烦,想退,拉不下面子,不知道大家怎么看我,背后又怎么议论我……骑虎难下呀!"明人在学校任班主任时的一名学生林力,正带着抑郁情绪发着牢骚。

　　林力是个好脾气、好面子的乖乖男。毕业以来顺风顺水,十多年后在某市级机关担任了副处长一职。当初微信刚开始普及的时候,他曾加了不少好友,加入了不少群,岂料,这也成了他如今头疼脑晕的"元凶"。

　　"微信最根本的功能,无非是增加沟通联系的渠道,但现在群里各种信息狂轰滥炸,白天黑夜'自说自话',还有铺天盖地的广告……时不时地,人家还会@你一下,你回答迟了,似有怠慢之嫌,不发话,人家不开心,我心累啊。"

　　"哎,微信的好处,也是不少的。但是,有些人不节制,各种观点,脾气和性格,甚至人性的各个方面,都会通过微信反映出来,像是社会的缩影。"明人宽慰道。

　　"我实在是烦透了随时随地都有人找到我办这办那的,如果私下里发我微信,还好一些,至少不太伤人面子。可有的人就在群里指名道姓,直接说事,还真不好回答。有的是过了半夜了,还在发这种微信……"林力很无语。而明人不禁想到了自己,情况和林力差不多,叮咚叮咚的群内信息,一刻不停,仿佛疾风骤雨拍打窗户。你刚回复了几句,后头又是一波,应接不暇。明人暗暗摇了摇头,人不是万能的,自己怎么可能帮其他人解决一切问题呢。

　　林力说,他好几次寻思着,要不干脆退群算了。可一想到退群之后,群里还不把他当靶子打,打得体无完肤的,便打消了这个念头。另外,记得上小学那会,碰上上课迟到了,路上都见不着同学的身影了,清寂空旷得让他喘不过气来,当时连奔带跑,急慌慌的。估计真退群了,那感受就和"上课迟到,一人寂寞"一模一样吧。

　　明人同意,脱群的确是不好受的。不过,后来自己是到点就睡,也不管他们折腾到多久了，单位有急事，可以打电话呀。其他事，白天有空再一一回复他们。

"群里不是所有人都能理解您的吧。"林力注视着明人，眼神依旧阴郁。

"是的。"明人回答。因时辰不早了，都还有事，就匆匆告辞了。

几个群，好几日不关注了。这天午餐时，明人随意浏览了一下，目光留在同学圈，有点惊诧，好几人都在抨击林力，说他有什么了不起的，瞧不起我们呀！说摆臭架子，不愿与我们为伍？说想当初不也和我一样，考试偷偷传纸条的，现在人模人样了。更有人说，不就是让你办个小事吗，有什么可以逃避的……明人继续浏览，终于看到这烟火味的起始，那是林力发的最后一句话："向各位老师同学致歉了，本人因故主动退出本群。真有要事，可微信我。祝大家保重快乐。"后面是细小的一行字：林力退出群聊。

他担心林力有什么事，连忙拨了一个电话给林力，话是倒过来说的："你，挺勇敢呀，就这么退出了。"林力那边有些气喘吁吁，说："再不勇敢，我就要得抑郁症了。这还是第一个，接下去，再退几个，省下点时间，我跑步健身！管他呢！"听他说得挺自信的，明人跟着舒了口气。

犟公买药

孙春平

退休老干部龚奉德接了电话，就出门坐公交奔往厅里。电话是厅里老干部处处长打来的，问龚老可有时间，能否来厅里一趟？看样子是有急事，不然处长不会打来这个电话。

到了办公室，处长起身沏茶，坐在对面的干事则悄然起身离去。龚老心沉了沉，哦，这是在给咱躲清静呢。说话间，现任厅长推门进来，问了声好，又说你们谈，我正开会，就不陪您了。龚老的心越发紧了紧，看来此事还真不小，连大领导都是知道的，只是把任务交给了处长。

处长开口了，听说老领导住到儿子那儿去了？

是。孙子上学了，离家远，上下学都得接，不方便，我就让儿子一家住到我那儿，我们老两口住到他那里了。自家自换，小事一桩，事先我也没跟厅里请示，就擅作主张了。没毛病吧？龚老掀起眼前的茶杯盖子，蓦地想起近来常听的"请喝茶"一词，口气不由也就生硬了些。

完全合情合理。处长摆手，浅笑，接着问，老领导常去小区外的新天地超市吧？

是。那个超市离我家不过一撇子远，出了大门一拐弯就是。处长说，那我就有话直说了。据群众反映，半个月前，老领导去医院取药回来，下了公交车就直接进了那家超市，并将手袋里的一瓶药给了那家的售货员，有这事吧？

啊，有。那天，我看女店主的小女儿躲在收银台后看动画片，眼泪巴叉的，还有点儿喘，就问孩子怎么没去上学，是不是病了？店主说，可不是，花粉过敏，年年春暖花开时闹上一阵，愁死人了。正好，那天我在附属医院取药时带回一瓶治花粉过敏的药，就给了她。实话实说，我孙子也有这毛病，但这几年，轻多了。听说这个药的配方是附属医院的，所以别的医院没有，药店也没有卖的。当然了，我享受的是公费医疗，把药拿回家，给其他人用不太合适？

处长叹了口气，仍笑道，事情就是这么个事情，说大不大，鸡毛蒜皮。可说小又不小，毕竟涉及领导干部的待遇私用问题。眼下人民群众对这类问题很敏感，我听说，给老干部治疗的各大医院外常有药贩子，专门低价收购老干部刚从医院开出来的药品，再转手倒卖，最后倒霉吃亏的是国家，城管部门为打击这种行为也是绞尽脑汁……

龚老忙正色打断处长：我声明一点，我拿回家的药给别人用，这肯定不对，我检讨，认罚。但我从没卖过药，送给那个店主的药也绝对没收一分钱。

处长笑呵呵地说，我刚才讲的只是社会上的一种现象，跟老领导送人一点儿药完全没有关系。只是提醒您老人家即使以后做这种善事，事先也要周全地想一想，尽可能地避免可能造成的负面影响嘛。好了，我要说的最后一句话就是，咱们机关上上下下百十号同志，都知道老领导的人品，为官清正，为人谦和，无可挑剔，偶有小议，也在情理之中。

虽说正事谈毕，但龚老心里的不舒服还是如一根刺，一时难根除。毕竟是被人请来的，毕竟是"喝茶"，也毕竟是被人指出了毛病。这事，他回家后对老伴儿都没说，更别说对那个年轻的售货员了。从此以后，他很少去那家"新天地"了，有时非去不可，进店也直奔柜台。看来女店主一直对他心存感激，结账时主动要给他打折，他坚决谢绝，反倒弄得女店主不好意思。只是有一次，女店主说，孩子喝下那个药后，病好多了，是不是还得坚持用？大叔告诉我去哪儿买，我自己去就行了。龚老说，等我再去医院吧，我记着呢。

都说为民做好事，贵在坚持，哪能受了一点委屈就受不了了呢。龚老便又奔往医院，对医生说，那个治花粉过敏的药，你再给我开一点儿，但一定自费。医生说，您这就让我为难了。您用的药都在公费范畴，我开了收款员也不会收呀，都上了电脑的。龚老便又奔往医院的普通病房，可他享受的是公费医疗，连挂号都让人家拒绝了。龚老再想办法，直奔药局，站在乱哄哄的人群中，眼见一个年近花甲的老太太取了两瓶那种治过敏的药，便一路跟在身后，出了医院，又到了大街上，才快步追上去，说老妹子，你把手里那个药匀我一瓶可好？我给你钱。老太太说，你去医院开嘛，又不远。龚老说，一言难尽，我就不说了。老太太说，你给我整票子，我也没零钱找给你呀。龚老说，不用找了，这就谢谢老妹子啦。

老太太疑疑惑惑地要走，龚老又说，你还得帮我证明一下，我是自费花钱买的药，这回可不犯规矩了……

划一刀

申 弓

Q城的申君近年来染上了一种喜好，收藏石头。申君说这是他的关门爱好了。所谓关门，那当是最后一个了。申君花心，一生有过许多的喜好，下象棋，打弹弓，投飞镖，练书法，摄影，写作，钓鱼，每一样都只坚持一阵子，都是半拉子状态，这不，近年来又喜欢上了奇石。据申君自己说，他喜欢收藏石头，但从未想过要凭石头去发财。虽然读到过那些动辄上千万甚至上亿的石头传说，比如那个比鸡蛋大不了多少的"小鸡出壳"价值1.2亿，再比如那尊皱面老妪，开价就是2亿。

申君知道，那是缘分，是可遇不可求的事，要没缘分，你就是踏破铁鞋也没法找到，上帝没给你安排，就是遇上了也不会发现。这点，申君是有体会的。比如申君手上的那块猴王石，在别人手上留了好久，最后当作弃石给扔了。可当申君一拾起来，如获至宝，石面上一个活脱脱的美猴王，这不是上天给他申君的馈赠吗？

扯远了，还是回到划一刀上来吧。

那天申君没事去逛公园，哦，是市里的中山公园。这个公园有很悠久的历史，大概始建于孙中山先生就任临时大总统之后，怎么算也够上一百年了。最近市里重新构建，将原有的公园面积扩大了一倍，将原来的设施更了新，将原来的道路也拓宽和重铺，而且都嵌上了鹅卵石，让人走过感到既美观又舒服。

这天，申君沿着那条甬道从西向东走过，走到一半，申君的眼睛被脚下一块石头牵住了。那块石头有拳头那么大，表面挺光滑，在光滑的石面上，申君分明读出了一个字，一个行草的"沈"字。申君停了下来，慢慢地欣赏，越看越觉得像。这在别人未必能看出来，而申君近来迷上了书法，对楷、隶、行、草、篆几种字体都颇有研究，而更重要的是，申君本来就姓沈，这姓氏给了他应有的敏感，因此，他能读出其他人不经点破未必能读出的字。

读出沈字的申君心里一阵狂喜，这不是上天的馈赠吗？

2021

申君用手去抠，指甲在坚硬的水泥上留下了白印。而且，那石头是嵌在水泥里的，只露出表面，石面跟水泥路面基本持平，你的指甲奈何？

那天申君就在想，怎么样才可以将它取出来？

当然，去五金店买来铁锤和钢凿，用不上半个小时，就可以将它凿出来。但，可行吗？毕竟那是公共场所公共财物，你要一个人据为己有，那不是犯罪吗？恐怕你的凿子刚响，警察就会请你去做客了。

申君也想了诸多的理由，作为铺路石，用其他一般石块也就够了，用一块特殊的文字石，那不是暴殄天物吗？

申君甚至想到，去找市政局，或找园林局，申请将它挖出来，另用一块石头来代替，所需费用，个人可以负担。

可这样一来，不是小题大做了吗？市政局和园林局会答应吗？再说若是真有价值，那石头挖出来之后，还能到我手上吗？

由是，申君想着那块石头，真是寝食难安，那是走路时想，做工时想，吃饱时想，睡觉时也想。

怎么办？怎么办？

哈，申君终于想出了一个办法，划一刀！

申君去五金店买了把小刀，每天逛公园时，路过石头的时候，就弯下腰来，悄悄地划一刀。

申君知道，这事急不得，要用滴水穿石的方法，慢慢地将它割离。事实上，面对坚硬的水泥，划一刀还真是没看出有什么变化。

可十天呢，一个月呢，一年呢？

太阳天天从东边升起，申君也天天拂晓就逛公园。申君的滴水穿石法在坚持，在生效，每天就一刀，不可贪多，贪多了会被发现。这一年，他划过了365刀，那石的周边出现了一道小沟。

又是一年过去，申君分明感觉到那石头像是可以晃动了。

申君在想，再坚持一段时间，它就可以脱窠而出了。

可是，这天早上他再来时，那石头不见了。

是谁捷足先登了呢？申君感到十分郁闷，自己花了两年多的心血，划了近千刀，眼看就要到手了，是哪个缺德鬼这么缺德？

不过想想也是，也许是别人也看上了，螳螂捕蝉，黄雀在后。也许是别人偶然遇上了，捡了个现成。或许也是老天的安排？

申君一路闷着，怎么也想不通，越想越觉得那个沈字清晰，越想越感到惋惜。

申君走出了公园，正在去往市场的路上，申君看见一个老头，手里正拿着一块石头，翻过来调过去地看。

申君一眼就发现，正是他花了几年心血每天划上一刀的那块石头。可现在在人家的手上，怎么办？总不能跟人家说，这石头是我发现的，而且是我一刀一刀将它剥离的吧？

申君走近了老人，老大哥，看什么呀？

老人翻起一双混浊的眼看了看他，说，一块石头。

看到了什么？

啥也没有，乱七八糟的。

既然没什么，那就让给我吧。申君掏出了一张百元币，交给老人，问，老大爷，可以吗？

老人高兴地将石头给了他，眼里还带着一股嘲笑，今天遇上疯子了。

申君得了石头，十分高兴，亲吻了一下，啊，我的大沈！

我之我

徐均生

就在我获得市道德模范荣誉称号的那天晚上，做了一个非常奇特的梦，梦里有一位老人对我说："我送你一副眼镜，希望你能戴上看看，说不定会让你对自己有全新的认识。"我想问清楚是什么意思，老人却不见了，我的梦也醒来了。

醒来后，我想到了梦里老人说要送的眼镜，便打开台灯，在床头柜上果真有一副眼镜，跟我平时戴的近视眼镜没有区别。我好奇地戴上，眼前出现一个男人：身高一米七左右，有点微肥，咧着嘴，笑呵呵，牙齿白白的，眼睛眯成一条缝。对，这人跟我长得一模一样。

我问他："你是谁？"

他笑笑说："我就是你啊。"

我虽很惊讶，但又断然地说："你怎么会是我呢？这世上不可能还有另一个我的！"

他严肃地说："世上每一个人都有另一个我的存在。"

我不信："你这是用妖术骗我。"

他说："那好，你回头看看今天颁奖大会上另一个你的表现吧。"

他忽地隐身不见了，眼前出现了颁奖大会的实况，我站在领奖台上笑容满面，就在接过领导颁发给我的奖状和奖金时，却见有一个长得跟我一模一样的人，笑容可掬，大摇大摆地从台前走过去又走过来，那一副扬扬得意的德行，很讨人厌！

我大惊："他，他怎么能这样呢？"

"他就是另一个你，当你接过奖金奖状时，另一个你就是这副得意忘形的模样，难道你不想得意一下吗？"

我顿时哑然。

另一个我又出现在我的面前了。

我问另一个我："你想让我怎么办？"

另一个我说："我不想让你怎么办，只想告诉你一个事实，你的另一个你不像你这样谦虚谨慎，得了奖就扬扬得意就行，否则……"

我忙追问："否则会怎么样？"

另一个我神秘兮兮地说："你自己想吧。"

我忽然明白了，当一个人得到荣誉的时候，就应该多想想自己不足的地方，这样还会有进步，还会有更大的发展空间。

于是，我对另一个我说："请你告诉那位老人，请他放心，我会好好善待另一个我的。"

我摘下这副神奇的眼镜，也摘下了悬挂在墙上的奖状，决定把奖金全部捐赠给希望小学。我知道，我这个道德模范，其实并不是道德上的真正模范，而是这个社会需要有这么一些人，就把我推荐上去了，应该说是我运气好。

从那以后，每做一件事，我会戴上那副神奇的眼镜，听听另一个我的意见，只要另一个我反对的事，我坚决不做。当然，有时遇到进退两难时，我会暂停不做，去想更好的办法，再跟另一个我沟通，直到满意为止。

事后，另一个我说："你这样做是不是特别委屈，本来你早可以决定做的事，却要来问我，其实，你不用这样的。"

我由衷地说："既然我有另一个我的存在，做事有他参与，这是一件很快乐的事。"

从那以后，我所做的事都做得很完美，比如，我去敬老院看望孤寡老人，我的言行跟另一个我做到了完全统一；比如我去希望小学捐书，我的行动跟另一个我做到了完全一致；比如我搀扶老人过马路，我的举动跟另一个我做到了完全一样……

总而言之，一段时间下来，我和另一个我，非常默契，非常合拍，非常投缘，打从心灵深处感激我的另一个我，真的，他让我得到了更多的荣誉和鲜花。

我很开心，真的很开心。

那天下午，就是这样很开心地走在河边，我想着下一次跟另一个我做点什么，忽然听到"救命啊！救命啊"的声音，原来有人落河里了，那是一个穿红衣服的人，在前面的河中心拼命挣扎。我边脱外套边往前奔去，可我的脑海里突然出现一个念头：另一个我会怎样想？

另一个我的声音传来了：万一没有救起人怎么办？万一被人冤枉怎么办？万一吃官司怎样办？万一你自己被河水淹了怎么办？万一你没了家人伤心难过怎么办？万一……

一连串的"万一"以后，我的步子明显放慢了，回头往身后的另一个我看去，他停止了脚步，往河中心看了一眼，河里没有落水者，没有了红衣服，没有一点踪影，河面平静如镜。

我揉了揉眼睛，睁大眼睛，那个落水者真的不见了。

我非常着急地往前跑去，依然没有发现落水者，没有红衣服，一点踪影都没有。

河面平静如镜，河水清澈透明，时而泛着光芒。

高木头的树

蔡 楠

高木头替自己准备好了一口棺材。他宁肯死掉也不愿意把双腿锯掉。

高木头的腿有毛病。起初只是双腿感到麻木、发凉，怕冷，沉重。后来，就是剧疼难忍。他常常在田间咬紧牙关抱膝而坐，一把一把拧着曾经健步如飞的腿。这是怎么了？这是为什么？实在坚持不住了，他只好放下活计去医院检查。医生说他得了血栓闭塞性脉管炎。而且双腿开始发生溃疡，需要截肢。不——，高木头就在病房里大喊，我不，我还要靠双腿走路，还要靠双腿干活养活妻儿呢！

医生就给他打了一只杜冷丁。医生说，我只管你暂时不疼，但不管你以后不疼，更管不了你的生命。高木头拐着双腿走出了医院，他在大街上喊道，我宁肯死掉也不把双腿锯掉！

于是他在棺材铺订购了一口棺材。其实高木头不想死，他期待奇迹出现。他四处求医找药，希望民间土法儿能够治好他的腿。但是奇迹并没有来到高木头身边，除了花费了大量的药费外，就是愈发严重的病情。他的脚趾开始脱落，腿肚子的溃疡经久不能愈合，肌肉开始坏死。老婆和儿女们强行把他送进了医院截了肢。

高木头陷入了深深的绝望之中。为治病，家里欠了十几万的债。孩子们都已辍学打工去了。老婆也去了村办工厂给工人做饭。他趁老婆不在家，喝了老鼠药爬进了棺材里。昏昏沉沉地睡了一天，却没死。老婆回家把他拖出了棺材，狠狠地骂着，高木头你这个没良心的，死都不会死，你干吗给自己喝假药？

死不了怎么办？那就得活下去。要想活下去，就得给自己找点活。只有干活挣钱还债才是活下去的理由。

高木头请人在轮椅的后面做了个后备厢。他就滚动着这个特殊的轮椅出现在了大街小巷，出现在了高速公路两侧。他开始捡垃圾。废旧纸、破塑料、矿泉水瓶子……每天都能捡一后备厢。有了一点积蓄，他找到了村委会。他说，白洋河

2021

大桥以北的堤坡不能再随便取土了，大堤都挖没了，要是来了洪水怎么办？我给咱看着吧！我也不要工钱，你们就和水务局管事的说说，我承包两公里的堤坡，种树，种速生杨，承包费照交！

村里和他签了合同。高木头就在苗圃场订购了树苗，带上了特制的镐头铁锹，爬到了堤坡上。他扔掉了轮椅，摘掉了假肢，露出了粉红的嫩肉。他摸着那肉，愣了一下神，然后就用绳子将空空的裤腿缠上。他就坐在了地上，开始挖坑。高木头的手就成了脚。他坐在地上，一锹一锹地挖着。堤坡上都是胶泥土，坚硬得很。手又不能像脚似的那样去踩锹，他就把短短的锹把拄在肚子上，用身体的力量推动铁锹。肚子累了，受不了了，他就换个方式，拿过镐头一下一下地刨。阳光照过来，还有风沙吹过来。高木头的脸上有了汗有了土有了泥，汗水流下来，流到了嘴里，牙碜得不行；流到了地上，砸在新挖出来的土上，一砸一个窝儿。

坑挖好了，高木头种上了第一棵树。他拎着塑料水桶，爬着去白洋河里取水。他的腿没了假肢的保护，嫩肉被胶土碌得生疼。那疼是坚持不住的疼。他手去摸腿，前面失去了依托，人一下子就滚到了河沟里。从河沟里上来，水桶也灌满水。他拉着拧上盖子的塑料桶，一下一下地往堤坡上挪。手腿麻木了，他就用下巴磕着地，头带领全身继续努力蠕动。他的身后是一溜湿淋淋的红水印。爬上来了，他把水灌进了树坑。小树吸了水，冒出了嫩芽。高木头也觉得自己真正地从棺材里爬出来，像小树一样，活过来了。

高木头开始了长达八年的种树生涯。八番寒暑，他用坏了的铁锹有几十把，磨烂了的手套堆成了小山，两条曾经细皮嫩肉的残肢也长满了厚厚的老茧。堤坡成了他的家，也成了他的乐园。那里变成了一片树林。绿荫覆盖，鸟雀鸣唱。林下连着白洋淀的古洋河水，波平如镜，清澄透明，偶尔有鱼跃出水面，惊得蛙声一片。高木头在堤坡的树林里爬着，走着，转悠着，他搂着粗大的树干，像搂着自己的儿女。

不，比自己的儿女还亲。树不让他生气，儿女却让他生气。这不，长大了的儿女带着一支砍伐队来树林里找他了。儿女说爹，你看这树大了，该用他换钱了！高木头把轮椅转过去，背对着儿女说，咱们的债务不是你娘和你们都还上了吗？还急着要钱干什么？儿女说，我俩在城里每人按揭了一套楼房，想用这钱交首付呢！爹，你看，这10000多棵树，最小的也值100块呢！

高木头就又把轮椅转过来，看着已经成年的孩子们。他说，种树的时候我是想有一天能用树换钱。可孩子们，现在我不了。我一棵树也舍不得砍了，你们没看出来这白洋河、这鱼儿，还有这鸟儿，需要这样一片树林吗？还是留下吧，留下比砍了重要！

儿女们早就和商家谈好了价钱，他们不砍就没有了面子，当然也没有了房子。他们就带着砍伐队绕过高木头，向树林深处走去。高木头就扔了轮椅，立了起来，他觉得自己的双腿又健康如初了。他跑到人们的前面，大声喊道，你们谁敢动我的杨树，我就动谁的脑袋，然后自己削下自己的脑袋，反正我的棺材早就准备了多年了——

众人惊在了那里。他们看见一把磨秃了的铁锹攥在高木头的老手上，寒光一闪一闪的。

寒光一闪一闪的铁锹后面，是高木头那一眼望不到头的树林。

2021

皇　陵

侯发山

经过一个冬天的冬眠，小麦嗅到春天的气息便疯长起来。麦苗伸展着腰身，个头一天天增高，叶子的颜色墨绿墨绿的，麦穗逐渐饱满。眼下正是灌浆的时刻呢。赵河俯下身子闻了闻，似乎闻到了成熟小麦的那种醉人的馨香。若搁往年，一个月后，田里便是丰收的场面，欢腾的场面——那是父老乡亲们的节日。小时候，大人们在田地收割麦子，他和小伙伴们跟着大人的屁股，捡拾散落的麦穗和麦粒。累了，就骑到那些石马、石羊身上，或钻到石狮子肚子下去疯。想到这里，赵河抬头望着麦田中间的那些石刻。

石马、石羊、石狮子，还有文臣、武士，个个神采飞扬，栩栩如生……经历了上千年，还是有一些沧桑感、厚重感。小时候，赵河一个人都不敢来，看到那些石刻就害怕。后来，跟着大人来的次数多了，不再害怕了，反而感觉它们像一个个敦实的乡下汉子，可爱、可亲。也就是因为它们，明天这些麦田就得毁掉，因为这里是省级文物保护单位，必须保护起来。可是，这个皇陵包括皇后陵、皇室宗亲墓、名将勋臣墓上百座，地面石刻上千件，占地面积一百多平方公里。面积太大了，没有资金倒是次要的，关键是这些墓葬，除了坟冢和石刻，空余的土地老百姓都种着庄稼。眼看着麦子就要丰收了，毁了实在可惜。若是把这些土地收回来，他们怎么生存？

赵河忍不住叹息一声。他是农民的儿子，他知道土地对农民的重要性。他还是个官员，虽然只是一个小小的主任，胆不胆是块肉，知道官场的规则。上午开会时，主管领导没有拍桌子，说出的话软绵绵的，但很有力度，像是极具杀伤力的太极。若是明天没有行动，他的结局可想而知。

"孩子，叹啥气呢？今年的麦子长势好啊。"

听到声音，赵河扭头一看，发现老父亲站在身后。

老父亲说："放学后，我听村里人说你来皇陵了，才找过来。"老父亲一直是村里的民办教师，如今年过花甲，还舍不得离开学校。

赵河顿了一下，就含糊地把主管领导的意思表达了出来。

老父亲扑哧一声笑了，然后说道："这个皇陵连盗墓贼和专家都看不上，用得着保护起来？"

老父亲不是开玩笑。赵河知道，这个皇陵里埋的皇帝，本着从简的原则治理国家，他从自身做起，包括之后的几位皇帝，皇宫没有一个像样的风格，陵墓也简陋。即便有一些简单的殉葬品，早被乱兵和土匪给挖掘走了。

老父亲又说："若是政府来保护，需要多少的财力和人力？假如围起来，岂不是此地无银三百两？反而会引起不法分子的注意。"

赵河有跟老父亲一样的想法，就在会议上他还用类似的话跟领导辩解。人家是一把手，说出的话就是圣旨。赵河叹口气，给老父亲解释："他们说，普天之下，莫非王土。说土地自古就是国家的……"

没等赵河说完，老父亲就"呸"了一声，说："他们没学问，你的书也白读了？那句话是《诗经》上的，真正的含义是说以天下之大都是王需要为之负责的，也就是只有对天下人负责的人才可以成为王者的道理。"

老父亲爱读书，最爱看的就是《诗经》和《易经》。他曾给父亲买过几个版本的。

赵河是大学生，岂能不知道那句话的含义？父亲可以这样说，他不能这样说。

老父亲说："土地是农民的，没有土地咋能叫农民？其实，这些陵墓根本不需要国家保护，把土地分给老百姓，他们视土地如命，会更加珍惜，更加爱护。"

赵河记得小时候，他曾问过父亲那些石刻是干什么的。父亲就告诉他："孩子，这些石人石狮子是看护庄稼的。"

老父亲继续喋喋不休："孩子，这些石老虎和石羊为啥排在一起？就是皇帝希望自己的后代和老百姓和平共处。永兴陵，永兴陵，他不是希望自家的天下永兴，他是希望天下的百姓永兴。现在都新中国了，当权者更不会为难老百姓，更不会用推土机毁了这些庄稼。"

赵河苦笑了一下。在官场这么多年，他略知一些道道。有些事看似荒唐，却也是能拿到台面上的，且有法可依，有章可循，反而抓不到把柄，还会出政绩。

老父亲似乎知道赵河的纠结，说："不用回家卖红薯，回来就给孩子们教书。有你接班，我就可以歇歇了。"

一阵微风吹过，麦苗随风摇曳，麦子的清香扑面而来。赵河贪婪地呼吸着，充满阴霾的心情一下子晴朗朗的。

在回城的途中，就在赵河琢磨辞职报告怎么写的时候，接到主管领导的电话，让他缓一缓，不要贸然行动。

人　鱼

梁有劳

　　大龙爹养鱼，收入不菲。高考失利的大龙跟爹放鱼苗，看见那些小小鱼苗入水时的欢快，心里痒酥酥的。他跟爹说，明天我想走。爹说，去哪儿？他说，去城里。爹说，跟我学养鱼多好，干吗非要去城里？他说，我想试试。

　　爹说，别后悔！到了城里，他伸展了一下臂膀，惬意地笑了。拿出手机，给楞子打电话。楞子是同村的，比他高两届，也没考取大学，在这个城市打工，一年挣个五万八万的。过年时回村，说想挣钱就去找他。电话接通了，一个女声说，您拨打的电话已关机。他再拨，还是那个女声说，您拨打的电话已关机。他抬头看看天，颜色很深，没个底；他低头看看街，街很长，没尽头。他照楞子留的地址找到一个很窄很深的小巷，可人去楼空。邻居说，那是个传销窝，上周被端了，他惊出了一身冷汗。

　　活人不能让尿憋死，自己找事儿干。大龙想。他在大街上晃悠。进酒店进餐馆进作坊，人家不用。看看微信钱包里的钱，已所剩无几。他想到报纸的招聘版。花十元钱，买了十份报纸，在招聘栏的小方块里找。他把自己感觉有可能用上的小方块剪下来，一家一家地去找。可是文凭和工作经验像两只老虎把门，他兴致而去，兴败而归。转眼已过月余，钱已花完，不好跟爹娘开口，又不愿乞讨，饮食无着，晕倒在一花鸟市场门口。

　　大龙醒来的时候，发现自己躺在简陋但很温暖的房间里。一位五十岁左右的阿姨正在厨房里忙活。她听见了动静，偏着头喊，醒啦，吓死人了！小小年纪，咋成这样。等着，阿姨给你熬些小米粥，就些咸菜喝。不一会儿，一碗热乎乎的小米粥和一小碟榨菜摆在了桌上，两行泪水便从大龙的眼眶里涌了出来。阿姨说，孩子，别难过，天大的事吃了饭再说。忍着泪水，呼呼啦啦地干掉两碗小米粥，这才缓过神来，给阿姨讲述了他进城以来的遭遇。阿姨说，可怜见的。他谢过阿姨，转身要走。阿姨喊：去哪儿啊？大龙说，去找工作。阿姨伸出大拇指：是个男儿，别忘了来看阿姨。

2021

连续的寻找，回回的碰壁。无奈之下，大龙找到一个不讲文凭，不论经历的工作：建筑工地的架子工。谁料上架第三天，一根钢管从架上掉了下来，砸在他的右小腿上，血流如注。工友送他到了医院，医院检查为粉碎性骨折。包工头缴了住院费，再也见不到人了。七天后，大龙出院了。他拖着打了石膏的腿，在大街上晃着。去哪儿呢？工地是去不成了，他想到了花鸟市场的阿姨，给阿姨打了个电话。阿姨说，傻孩子，你咋不早说呢。听着，别动，阿姨马上来接你！

阿姨姓李，在花鸟市场经营观赏鱼为生。李阿姨已知大龙家也是养鱼的，说，那你会养鱼了。大龙说，了解一些。阿姨说，那好，你就帮我看摊儿吧，不用走路的。

阿姨也有一个儿子，跟大龙年纪相仿，离家闯世界了。丈夫是养鱼的，养的是观赏鱼。丈夫在郊区养，她在城里卖。大龙给阿姨看摊，换水，供氧，喂食，卖鱼，养伤。三个月过去了，没事时就盯着鱼看。各种各样的观赏鱼在大小不等的缸里游来游去。玻璃鱼缸是透明的，水也是透明的，与外面的世界连成一片，可鱼只能待在缸里看外面的世界。阿姨在缸里置放了山水草花楼台亭阁，宛如花园一般。可那些鱼儿还总是用嘴去触碰那透明的缸壁，想去缸外看看那些精彩。一天他给大缸换水，那条价格昂贵的黄金龙趁势从缸里蹦了出来，掉在了地上，扭来扭去地扑腾。当他捡起它的时候，它的气息已经很微弱了。他把它放回鱼缸，好大工夫才看到它缓过劲来。大龙突然想到了自己，泪就失控地流了下来。

我要回家！他跟阿姨说。

咋啦，伤刚好就要走啊！阿姨说。

他说，我也是条鱼。

阴 人

刘正权

这些陪护，看着低眉顺眼的，背后可会阴人了！

大媳妇跟小媳妇咬耳朵时，故意把眼角余光瞟向秦嫂。

秦嫂装聋的本事有，作哑的习惯却没有。

护士那会儿正给老太太挂针，秦嫂手上配合着，嘴里却不闲着，那些水果和营养品，你们走时记得带上！

大媳妇脸色有点难堪，她确实惦记着那些水果，在心里。

小媳妇鼻子嗤出一股气来，这么晦气的东西，带回去硌硬人啊，我不带！

确实晦气，以秦嫂的护理经验，这个老太太熬不过三天。

大媳妇顿时没了下手的底气，她可以在小媳妇面前不要面子，陪护面前，主家的气势不能低。

看着老太太艰难地闭上眼睛，大媳妇掏出手机。

干吗呢？秦嫂疑惑。

小媳妇不疑惑，心有灵犀般掏出手机，不同的是，一个拍照，一个录视频。

拍完，两人眼神一对视，仰头出门，那意思很明显，老太太就托付给秦嫂了。

照顾弥留病人的话，两个媳妇是懒得交代了，有钱，变相地交代了一切。她们都担心老太太去世时最后一口脏气，喷到自己身上。

看着那些水果，秦嫂真的犯了硌硬，想了想，她觉得应该跟大媳妇私下沟通沟通，小媳妇那副凛然不可近的样子，秦嫂犯怵。

一念及此，秦嫂去翻大媳妇微信，人家说得很近人情，有事微信联系，免得秦嫂浪费电话费，说白了，不想以后跟秦嫂有什么瓜葛，留电话自然不够明智。

没承想，朋友圈提示大媳妇小媳妇都有新动态。

大媳妇的朋友圈中，水果营养品全部入镜，老太太没有入镜，病床当头的病号卡拍得很醒目，庞贝病。

2021

配图文字倒是蛮有意思，世人慌慌张张，不过图碎银几两。偏偏这碎银几两，能解世间万种慌张。

警示秦嫂呢，可笑！

想着两个媳妇把老太太送到病房慌慌张张的样子，秦嫂忍不住摇头，口口声声不是说钱不是事吗？

摇头瞬间，小媳妇朋友圈的视频被点开，画面中，一条扎着针的胳膊倏忽而过，镜头给了一个特写，是老太太的手。

老太太全身也就一双手可圈可点，庞贝病，脊柱侧弯，肌肉萎缩，病了几十年，能够活到今天实属不易。

老太太显然是有家底的，记得护士给她打针时，嫌她腕上的玉镯碍手，想要取下，大媳妇不阴不阳说了句，取不得，那可是老物件。

能够被称之为老物件的，都是值钱货。

想到这，秦嫂心里一激灵，再看小媳妇的视频，镜头特写哪是手啊，分明是玉镯。

留图为证呢，这是，敢情人家在玩背后阴人的把戏。

秦嫂心里冷笑，仔细点开大媳妇拍的病号卡图片，果不其然，玉镯在边角处犹抱琵琶半遮面。

老太太倒是不遮脸面，跟秦嫂喘着气说，儿待爹娘扁担长，我现在算是信了。

秦嫂宽慰，男人都忙事业，这不是让媳妇来了吗，他们来能干啥，帮您洗漱都不方便。

老太太不说话，紧闭着嘴巴，呜咽着，有泪花从眼角漫出来，号啕大哭这个词语，不再属于她。

秦嫂知道，老太太弥留之际，想儿子给自己洗把澡呢，小地方的规矩，能够让儿子给老人洗干净上路，过了奈何桥可以不喝迷魂汤，到下辈子还记得儿子。

真想让他们来给您洗澡？

老太太眼皮抖动起来，很剧烈。

秦嫂正给老太太按摩肩膀的手停下，那肩膀，都瘦成螳螂的肩背了，让人想起雪压风欺的枯枝，没准你手指劲头大那么一丁点，就听见咔嚓一声脆响。

打开手机，秦嫂学两个媳妇拍照，录视频。

拍完，秦嫂破天荒地发了两个朋友圈。

一组照片的，一个视频的。

配图文字都一样，世人慌慌张张，不过图碎银几两。偏偏这碎银几两，能解世间万种慌张。

朋友圈发出不久，慌慌张张赶到病床前的，是两个儿子。

大儿子冲进病房，第一时间是看柜上的水果营养品。

小儿子倒是慢条斯理的，伸手探老太太的鼻息，还揉了揉老太太的肩膀，末了，顺着老太太的手臂往下揉，直到手腕。

手腕处空空如也！

大儿子黑着脸，看秦嫂。

小儿子寒着眼，看秦嫂。

秦嫂装糊涂，说你们来了正好，搭把手，给老人家洗个澡，就是上路，也显得干干净净不是。

大媳妇背后插嘴了，你那手，能把老人家洗得干干净净，我才不信呢。

秦嫂好脾气地一笑，是吧，那让我帮你们搭把手，看你们怎么把老人家洗得干干净净的？

两个儿子被挤对得没了退路，只好亲自给老太太洗澡，看着老太太干尸一样的身体，两个儿子洗着洗着，想起娘对自己的千般好来，眼泪开始肆无忌惮掉在娘的身上。

闪闪泪光中，秦嫂掏出那个玉镯，递给两个媳妇，说老人家交代了，老物件，要代代传下去的。

就一个玉镯，怎么传，传给谁？

两个媳妇你看着我，我盯着你。

秦嫂叹口气，真正的老物件，不是玉镯。

那是啥？

自己想！

秦嫂说自己想这三个字时，脸色很阴很阴，稍微一拧，能滴出水的模样。

长命嫁妆

司玉笙

那时候，大奶奶住前院，二奶奶居后院，俩人都是小脚，走路一颠一顿的，像在麦茬地里跳舞。不过，大奶奶的发髻老是比二奶奶盘得高，还插着银钗，亮晃晃的。

二奶奶嫁过来时，随身嫁妆并不多，大奶奶一见就撇了撇嘴，对旁人言语道："听说她娘家爹还是个郎中哩，嫁闺女还这般抠！"

这话一落地，大奶奶暗中便与二奶奶飙上了，处处显得要比这弟媳强。令大奶奶感到不解的是，二奶奶孝奉公婆、抚养孩子勤手得体，老老少少身上都干干净净的。院子里还晾晒着药草、猪苦胆什么的，气味润鼻。谁家的孩子得了口疮，也就是口腔溃疡，经她一调治，好了。一传开，四邻八村的患儿都被带来诊治。

日子长了，大奶奶也看出了门道：就是一副石臼、一个铜盆、一把压舌板而已，谁都会摆弄。心里有了这想法，瞅个机会顺口让二奶奶教她。二奶奶毫不保留地将配方什么的一股脑都与她。

掌握了配方和要领，大奶奶就自家大门口支起了药摊，坐等生意。而瞧病的人们大都绕过她，直奔后院。大奶奶疑惑，歪头窥视。发现弟媳总是笑盈盈地接诊患儿，而患儿家属也是喜滋滋地出来，"谢谢二奶奶"之语萦绕于耳。得一点空闲，就捣鼓药材什么的，公婆也搭把手相助。

二奶奶诊治病患，从不张口要报酬。来求医的过意不去，有的掂几个鸡蛋，有的兜几捧花生什么的，以表谢意。而大奶奶的药摊子上都明码标价，还注明打折，桌面上撒一把铜币当"引钱"，脚下只有自家喂的狗卧在桌下陪她。大奶奶暗怨，有一天到后院对二奶奶嗔道："这天下看病哪有不出钱的理儿？你这一弄，俺连人家的一个毛壳子（硬币）也摸不着。"

二奶奶回道："嫂子，俺只管看病，从没想过谁的毛壳子。"

回到家，大奶奶气恼不过，次日便请当地最好的写家写了一个牌子在院门口挂起：正宗祖传，专治小儿口疮。

牌子虽醒目，可来诊治的依旧直往后院奔。大奶奶索性见人就吆喝，一急就起身拦截，眼珠子几乎要脱眶。但来者大都侧目躲开。那次有一个人被那桌面上的散钱勾了过来，抓起来搓搓听听，笑问："这钱是真的不？"

大奶奶瞋目道："你是来看病的还是来看钱的？"

"啥都看……"

"龟孙，一边子去！"

被大奶奶一骂，对方嬉皮笑脸地抄手跑了，连那只狗也跟着欢叫而去。有那尖刻的，直接把话摞到大奶奶的脸上："俺不认啥'正宗祖传'，只认'小脚二奶奶'！"

大奶奶活到七十多岁离世。临终前，二奶奶去看她。妯娌俩紧紧地手抓手，谁都不愿松开。此刻，大奶奶的发髻已散了。言谈中，大奶奶瞅瞅丢落在枕边的银钗，恨恨地道："好妹妹，俺就不明白了，你又不支招牌，又不吆喝，那些看病的咋都往你那儿跑？"

"他们一来是瞧病，二来是看俺这个人有啥病没？"

"怪了，你会有啥病？"

"怕心里头生病……"

大奶奶长叹了一声，低泣道："俺光想学你，就是一见人就想到了毛壳子，那病难去着哩……"

"嫂子，俺爹说过，人都可能生病，就看咋防咋治。出嫁那天，除嫁妆还有三件药器陪送。临上车，俺爹噙泪嘱俺三句话：孝敬公婆，相夫教子，修德积善！"

"俺的亲妹妹，这是世上最好的嫁妆……"

大奶奶去世后，二奶奶依照大奶奶生前嘱托，将那牌子悄悄地在其新坟前焚化。看着蓝焰乱摆，二奶奶忍不住大放悲声："俺的好姐姐，你不该走这么早啊……"

悲声中，大奶奶的那只狗踅踅地过来，泪巴巴地卧在二奶奶身旁默视。

自那以后，"小脚二奶奶"的"三件宝"被保养得分外洁净，阳光一照，耀

2021

眼。前来求诊的人们一看到那等物件，不知怎么心里就生出暖意，一接腔病痛就似去了大半。

2020年，县里有关部门在筛查长寿人口时，发现全县健在的百岁以上的老人达117人，其中"小脚二奶奶"已110岁高龄，名列首位。

曹丹结婚

崔 立

　　曹丹带着那个男人进来时，屋子里似乎暗了一下，暗是灯光的遮挡，也衬出了那个中年男人的黑。黑黑的皮肤，黑黑的脸庞，还有黑黑的脸上憨憨的笑。连小姨夫递上去的一支烟，那个男人接过后，也只会憨憨地小心翼翼道了声："谢谢。"再没有别的表示了，在曹丹和那个男人走出去时，小姨夫不由得说了句："这个男人是真的憨，接过香烟，也不知道主动给我点一下火。"又说，"这曹丹是什么眼光呀，虽说是二婚，那也不能找个这样的男人吧，这样的男人，不是把她和孩子们都给委屈了嘛！"屋子里的几个人，说起来大都是曹丹的长辈了，大家不自觉地摇着头。

　　我只是默默地听着，没说话。我的这个表妹，是真的不容易，表妹夫在她30多岁时没了，她苦苦撑了几年，终于是撑不住了。一儿一女两个孩子，要吃饭，要上学，她还要照顾他们，光靠她在上海上班赚的那点钱怎么够。曹丹好几次和我打电话都哭了，说："表哥，我这一个人又当爹又当妈的，实在太难了。""我现在终于明白，女人能顶半边天的话的真正意义了，女人，顶不了整片天呀！"

　　在我走出去时，刚好碰到了曹丹。曹丹一个人站在屋外，脸低低的，是听到了，还是感受到了大家对男人的评价？

　　曹丹叫了我一声："哥。"像要掩饰，或者说是解释什么，又说，"他看起来是有点憨。但他其实对我挺好的，不仅是对我，对孩子们也都好，他不像我是二婚，他是第一次结婚，他和我说，对两个孩子，一定会像亲生孩子一样照顾的。"

　　曹丹还说："他还把这些年存的所有钱都拿出来，在郊区贷款买了个小房子，房主名字上有他，也有我，让我和孩子们在城里有一个真正的家。他还说，有这两个孩子就够了，我们不要再生了。我们要努力把孩子们培养好。"

　　我很认真地听着，也为曹丹能找到这样一个对她好的男人真心祝福，可是，我的眼睛扫了一圈，对了，那个男人呢？

曹丹愣了下，说："刚刚，刚刚好像还在呢？"

不远处的一个屋，屋内打开着，脑梗一年多的爷爷躺在里面，还能听见窸窸窣窣的声音，那是我们谁都不大愿意走进的一个屋。我和曹丹刚走到门口，就有一阵浓重的腥臭味扑鼻而来。我赶紧掩了下鼻，还是走了进去。

从窗口照进去的光洒在床前，爷爷仰着身子，嘴里在哇哇地说着什么，那个男人，正在很认真也很仔细地给爷爷穿上干净的大号尿不湿，轻轻地将爷爷的下半身扶起，再穿上裤子。旁侧是刚刚换下来的尿不湿，被很整齐地拢在一起，桌子上的脸盆里还冒着热气，还有一条挂起来的毛巾，分明是男人刚给爷爷擦洗过。这可是连我们请的住家保姆都不愿干的事情，曾经一个月还因此跑掉了三个保姆。似乎是被我们看见了，男人竟然有些不好意思地朝我们看了一眼，又憨憨地笑了笑，说："我外公在世时也脑瘫过，我照顾过他一段时间，习惯了。"

我和曹丹的身后，不知何时多了小姨夫他们，大家谁也没有说话，却都不自觉地点了下头。

名医

李　敏

徐爱红，男，高中时睡我上铺的兄弟。

他大学学中医，毕业后在小城不起眼的小医院做医生，我做警察，我俩单位挨着。

他瘦弱，矮小，常常抖着两撇八字眉，像个受气的小媳妇。我看着他的样子就爱掐他脖子，后来成了我俩亲密特殊的小动作，每次见面他都会抖抖八字眉，撇撇嘴巴，然后把脖子伸过来，我则伸过手搂他脖子，往怀里一带，然后再喝酒吹牛，我媳妇和他媳妇都早已习惯了我们的亲密，见怪不怪。

现在的他有些凸肚，秃顶，下巴留了胡须，神情肃穆，已经是小城炙手可热的名医。

他出名也是近几年的事。他医院小，病号也不多，清闲得很，闲来喜欢看些周易八卦的闲书，看多了和朋友一起难免会卖弄，他的卖弄有些让人信服。中医四诊纲领就是望闻问切，望是四诊之首，他说人的五脏六腑都在脸上显现着，别人就特别信服。

偶然机会，他和公安张局长坐到了一饭桌上，他看到张局长面色苍黄，眼泛赤黄，除了喝酒，对一桌山珍海味似乎没有任何胃口，徐爱红同学凭医生的直觉判断他的肝部不好。这个应该没错，常泡酒桌的人，有几个肝好的？

徐爱红就靠近张局长，关切地问候两句，然后让张局长伸出手掌看了一下，张局长的手掌苍白，这更是供血不足的症状，徐爱红委婉地建议张局长务必近期抽空到医院去检查一下肝部。

后来，徐爱红接到张局长的电话，是感谢电话。张局长听了徐爱红建议，检查了肝部，医生建议立即住院治疗……张局长真诚地说，主治医生说幸好发现得早，治疗得早，要不后果不堪设想，爱红你就是我的救命恩人啊……

徐爱红没想到自己会无意中做了好事，在张局长生病期间多次去看望，有时会带一些冲泡的或煎煮的中药给张局长。张局长大病后对健康看得很重要，对徐

2021

同学的建议悉心记好。

二孩政策放开后，最着急的应该是四十靠后的人了，四十六岁的张局长和四十三岁的局长夫人也是在拼命努力，西医中药，吃药拜佛都用了，毫无动静。眼看夫人四十过五，岁月不等人，张局长急得不行。

徐爱红同学得到机会，仔细观察了局长夫人的气色，又摸了脉相，甚至咨询了一些妇科问题，说，嫂子宫寒，喝点儿我开的汤药试试，不行，也没啥坏处。

局长夫人也抱着试试看的心态，没想到怀孕了，喜得贵子。

徐爱红也不相信是自己的功劳，大喜的张局长一家，高兴得都不知道该感谢谁，拜佛有门了，那佛就是徐爱红。

徐同学被张局长一家介绍给亲戚朋友：教育局的桑局长、建设局的李局长等，都成了徐爱红的朋友。

小城有头有脸的人都爱找他，徐爱红的名气大了起来。

来小医院找徐爱红的人越来越多，徐爱红激动的心还没冷静下来，小城最大的人民中医院发来邀请函，请他去人民中医院坐专家门诊，徐爱红同学就这样坐进了有助手的人民中医医院专家门诊。

人民中医院专家门诊都有自己专长，例如，刘大夫专治腰腿，黄大夫专治肠胃，徐爱红几乎都治。他的理论是，一棵树叶子有问题不能只治叶子，树枝有问题不能只治树枝，要从根本找原因，去掉病灶。哪个生病的人不希望去掉病灶啊，所以他的理论让很多病人认可。

小城人爱跟风，哪个医生病号多，说明他医术厉害。就连感冒患者也凑热闹去找名医徐爱红。

紧张的警察职业让我常常上火，口舌生疮还便秘是常有事，常备西药越来越不顶用，与朋友说起来，他说，你不能只依赖药物，最好找中医调理一下肠胃功能。

对啊，徐爱红同学就是中医专家啊，赶紧联系他。

徐爱红给我望闻问切后，开了一大堆中药。

俗话说良药苦口，没想到如此难咽，怀着对便秘时要死要活的敬畏，二十多天中药苦水我硬是用顽强的毅力灌到胃里，便秘真有了改善。

按徐同学的意思，我还要再调理巩固一段时间，可我的肠胃提出强烈抗议，胃胀、反酸、不消化，后来，两肋生疼。原来我胃口极好，相信是因为喝中药出现了副作用。

解铃还须系铃人，我去找徐同学，说明症状。他抖抖八字眉，说，便秘是因为体内热，调理就得用黄芩、白术、连翘等，此类苦寒药是会伤胃。

我给你先开点治胃的药吧，他说。

我站在一边，看他开药方。他身体发福，脖子变得粗短，依然是八字眉，但是神情肃穆端庄，恐怕我再也没机会亲昵地掐他的脖子了。

我问，这个，有副作用吗？

他说，有，砂仁、柴胡、厚朴等，食用不当会引起便秘。

我听后，愕然。

英雄的传说

申　平

　　我家乡一直传说着杜大成是一位大英雄。当年他在战场上曾立下赫赫战功，曾一个人俘虏过敌人一个连。他胸前挂满了军功章。传说他转业回地方的时候，部队首长特批他带回了一把盒子枪。胸前挂满军功章的杜大成走在县城的街道上，腰间还别着一把盒子枪，那是何等的威风凛凛。

　　一般大功臣，脾气也会很大，但老人们回忆说："杜大成这人却很和气。他每天总是笑呵呵地走过大街，嘴里说着一些新鲜词，'楼上楼下，电灯电话；点灯不用油，种地不用牛，共产主义在前头'。"

　　杜大成的和善使人们敢于接近他。特别是一群小孩子，更是团团把他包围。有的去摸他的军功章，有的干脆就说："杜叔叔，给我们讲讲你打仗的故事吧。"杜大成嘿嘿地笑着说："没有什么好讲的，就是把脑袋掖到裤带上，为了新中国，前进呗！"杜大成大手一挥，做了一个漂亮的前进姿势，眼睛望着远方，那模样用现在的话说就是"酷"。

　　孩子们把杜大成缠久了，他便说："来来，我给你们买糖吃。"于是孩子们便前呼后拥地跟他进了商店，杜大成就会买一堆糖果发给孩子们吃。如果赶上他的口袋里没有钱，他就对售货员说："给我称半斤糖果，记我的账。"售货员知道他是大功臣，照办不误。过不了几天，杜大成就会把钱还上。他给孩子们买糖吃，也请大人们看戏。那时县城里有个戏院，每天晚上都有演出，尽管门票只要一角钱，但仍然有许多人看不起，整晚在戏院门口徘徊。如果赶上杜大成来看戏，那他们就开心了。杜大成过去对把门的人说："我的朋友，让他们进去听戏。"把门的知道他是杜大成，总会给他面子。

　　杜大成本来在城里住得好好的，他却主动报名要去乡下。家里人不同意，他就一本正经地给他们上课，讲我们跟着共产党打天下，并不是为了自己享受的。国家有号召，我不响应谁响应？家里人知道他又冒傻气了，可拿他也没办法。最后政府考虑到他的实际情况，把他安排在一个镇上居住，依然吃商品粮。

吃商品粮的杜大成，免不了要和粮站打交道。有几回他觉得粮站出了问题，因他发现买回的粮食里面的沙子越来越多。其他吃商品粮的人，当然也发现了这一问题，还有人找杜大成告状，希望他能出头。杜大成一气之下，就去找粮站站长理论。

粮站站长吃得很胖，对杜大成也不怎么熟悉，态度十分傲慢，对杜大成说："粮食里有几粒沙子是正常的，你要是不满意，可以把嘴缝上嘛。"

杜大成看了他半天，忽然扯开衣服，露出满身的伤疤，拍着胸脯说："你看看老子这些是什么？"粮站站长却不以为意，仍然爱理不理。杜大成什么也不说了，转身就走。

当天夜里，杜大成就拿出老兵的本事，潜入了粮站。也活该有事，正赶上粮站站长和一个职工在往粮食里掺沙子。杜大成犹如神兵天降，他大吼一声："你这个丧尽天良的东西，今天让老子撞见，算你倒霉了！"

粮站站长抬头一看，但见眼前站着一个黑铁塔似的人物，最可怕的是他手里拿一把盒子枪，黑洞洞的枪口正指着他的脑袋。粮站站长扑通跪地，磕头如捣蒜，连喊："爷爷，爷爷，我错了，爷爷饶命！是我一时糊涂，爷爷你就饶了我吧！"

杜大成双目喷火，从牙缝里一字一句地蹦出："老子们打下江山，容不得你这头猪来糟蹋！"说着要扣动扳机，大喊一声，"啪——打死你这个没良心的！"然后一脚又把粮站的那个职工踹倒在地。

杜大成"杀人"的消息震动了全县。粮站站长把杜大成告了。经过调查，公安机关向社会公开说明，杜大成没有杀人，他是见义勇为，公安机关没收了他那把假枪。

杜大成后来去了外地，粮站站长往粮食里掺沙子受到了应有的处罚。

2021

差头司机阿王

戴 涛

阿王大名叫王学林，不过一帮朋友兄弟就喜欢叫他阿王。

20世纪70年代末，阿王在上海一家很出名的棉纺织厂里开卡车。那时的上海滩还延续着公认的三大吃香职业：卖肉、开车、做医生。阿王每天开着那辆四吨交通牌大卡车在厂子里进进出出，自然而然吸引了不少纺织女工的回眸。可那时的阿王傲娇得很，手握着方向盘，两眼始终直视远方，尽管阿王从来没有读过什么诗。

某日，阿王去外地运棉花，因回来的路上不顺畅被耽搁了，为了赶上当晚的一场球赛，阿王一脚油门踩到底，眼看车已经到了厂门口，却突然吻上了前面正要进厂的一个女工的臀部。球赛自然是看不成了，阿王急忙开车把被撞的女工送到了医院，一拍片，骨盆骨折。

看着躺在病床上哭得梨花带雨的女孩子，阿王不知哪来的勇气说，不哭了，我会对你负责的。

后面的事情就简单了，女孩子在医院躺了三个月，阿王也陪了三个月，待到她出院，他俩就在一起了。然后结婚生子，一切都是顺顺当当的，原来还担心骨盆受伤会影响生育，看来完全是多余的。可有一句话看来不是多余的，这个世界总是平衡的。

阿王家庭美满，可厂子是越来越不景气了，最后干脆宣布全体下岗待业。回到家，阿王安慰老婆说，没事，我有驾驶证，还怕饿肚子？那时的驾驶证值钱，找个单位真不难，阿王的亲戚朋友给他介绍了好几个机关事业单位，阿王一个也不想去。老婆问他为什么，阿王说，这些单位一个月的工资也就几百块，开"差头"一个月可要上万。上海人管出租车叫"差头"，在20世纪80年代，月收入上万，那绝对是高薪了。

阿王做差头司机，原来想的是赚得多，可从没想过付出的也会多。公司规定两个人一辆车，一人开一天。阿王出车的这一天，从早上六点握住方向盘，几乎就是一天一夜，中间实在困了，找个地方眯一会儿，结果醒来头更昏脑更涨。还有内急了，不是找不到厕所就是没法停车，直憋得眼冒金星身体要爆炸。

苦归苦，阿王每个月见到老婆从他手里接过钞票时的惊喜，也就觉得值了。而且老婆每次都会抽出一千块给他，喏，拿去自己用。这时他的脸上也会露出几分惊喜。

那时候每月有一千块的零花钱真是太潇洒了，阿王出班的早上回到家，吃了饭倒头就睡，一觉睡到天快黑，然后出门找朋友兄弟，喝酒唱歌打麻将，玩爽了，回家睡觉。日子就这么一天天过着，直到有一天阿王接了一单包车，客人是个港商。

平时阿王开差头是很识相的，从不会主动和客人搭讪，可这次不知是哪根筋搭错了，竟然非常主动地跟港商聊上了，越聊越兴奋……第二天早上回到家，觉也不想睡了。他老婆问，怎么啦，遇上什么事了？阿王说，我今天拉了个香港人，是来上海考察房地产的，他说赶紧买房子，一定能赚大钱。他老婆自然不信，现在上海的房子哪有人买，谁买了还可以退税，外地人还能解决蓝印户口。阿王态度坚定：买。

阿王问，我们家有多少钱？他老婆答，差不多三十万。阿王说，嗯，够两套房首付了。他老婆满脸忧虑，借银行的钱假如还不上了怎么办？阿王回：怎么可能呢？

自打买好两套房后，阿王开差头跟打鸡血似的，始终处于亢奋之中，月底拿了钱兴冲冲地交给老婆时，老婆却一点儿也兴奋不起来，还幽幽地来一句，你替银行打了一个月的工。阿王拎得清，马上郑重宣布：为了共克时艰，本人自愿申请将零花钱从一千降到两百。

转眼七年过去了，两套房的贷款已经全部还清了，阿王决定再买一套，又过了五年，第三套房的贷款也还清了，而这时房子的上涨也进入了快车道。阿王对老婆说，老婆，你知道我们买的房子涨多少了吗？涨了快七倍了！老婆听了想一想说，哇，那我们的身家上千万喽。阿王说差头我不想开了，这些年各行各业的工资都在涨，只有开差头不涨反跌，我想我们只要有两套房租出去，租金就够我们花了。阿王老婆说，好啊，差头开了这么多年，是该歇歇享享福了。

　　阿王就去公司办了"待退"手续，然后天天跟着一帮朋友小兄弟吃喝玩乐，一次在麻将桌上，他认识了一个叫阿玲的女人，感觉特别聊得来，聊着聊着就聊到了一起。这事不知怎么被他老婆知道了，她非常伤心地在他面前哭，哭得他又想起了当年那个哭得梨花带雨的女孩子。

　　第二天，阿王跑回公司要求重新开差头，他的领导也是他的兄弟问，怎么了？阿王说，还是开开好了，这样不会犯错误。

把家虎保秋

顾文显

三年大饥饿刚过，保秋出现在小九队社员们的视野中。他老家山东费县，伪满时随父母闯关东，抗美援朝被美帝打痛了一条腿，但除了走路不便，阴天下雨疼痛，并不影响干活。队长动员大伙在西山坡搭了间小马架屋，又从队里存放的牲口料中称出一百斤玉米，保秋就算有了吃的住的。

那阵子，保秋算得上最受欢迎的人。地头歇息，他就给社员们讲朝鲜战场上的事，啥响声的子弹你不必怕，啥响声的子弹那才伤人；炮弹在你身边炸开，侥幸没伤着你，咋办？猜不着吧，赶紧翻滚进炮弹坑里，因为炮弹不会往同一个地儿落，这样反而当成俺体了……听得没见过世面的山沟人一愣一愣的，保秋矮小的身材就增高了许多。直到有一天深夜，山外有几个醉汉摸到他门前，活生生把他养的大狗装进麻袋背走，保秋慌忙点灯营救，结果把布衫当裤子，怎么使劲也蹬不上，到底挣掉了一只袖子。等邻居闻声赶到，见他一泡屎屙在了布衫上……

保秋的英雄形象打了折扣。后来到底弄清了，的确上过战场，不过是抬担架。保秋嗓门没从前高，但振振有词："是不是抗美援朝吧？"

那次丢狗事件后，保秋死活也不在小屋里住，他要求喂猪、喂牛，就歇在队部兼饲养所。队长想了想，往年喂猪、喂牛要两个人，夜里还都回家睡，饲料时常有人偷，让保秋长年住这儿，连更夫都省了，划算，就点了头。

小九队总共30多户人家，羊拉屎似的稀稀落落散落在三里长的两坡，山脚下辟出一小块平地做场院，盖一间茅草屋当队部，便成为九队的政治文化中心，开个社员大会或者队委会，保秋老早就把牲口和自己喂饱，泥土地扫得干干净净，煤油灯挑得锃亮，等会议开始。有次天冷，队长说，保秋，你是老贫农，不用避着，也不妨听听。保秋就成了编外队委会成员，荣耀得不得了。

岁月更迭，保秋就成了老保秋。他的口粮起先分在了装饲料的苞米楼子一角，后来，就干脆混一块了。因为当时有加班粮政策，基本口粮外，又分加班粮，他一年365天有班，没个家小，连小动物也不养，粮自然比任何人都多，吃不完的。但保秋绝无占集体便宜的意思，当时人们一年至少缺三个月口粮，保秋得闲时，也跑山坡上挖野菜。他说，大伙吃不饱，我咋就独自咽得下苞米饼子呢。

保秋几乎不花钱。他的工分除去口粮款、一两年做两套春冬衣服，再就是逢年过节借给他一点钱外，全存在往来账上，等他50多岁时，往来账上已经有400多元，全队35户200多口人，只有零星几家不欠队里的，用后来的话说，保秋是九队首富。

保秋知足。没做什么大事，便成为队委会列席成员，后来，还入了党，所以，极感激集体。生产队原来的半脱产仓库保管员老杜死了，队长提议，让保秋当着。保秋大字不识咋办？队长说，他一个老跑腿子，差不了事儿。反正队里就那么点家当，难道还要搭上半个整劳动力？

保秋就兼任上保管员。全国有多少生产队，目不识丁的保管员可能就保秋一人！感激加自豪让保秋全心全意地以社为了家。他仓库管得紧，除了耗子，谁也休想拿走一粒米！到年底，会计出纳把账目一做，有的就有，没了的就没，齐活。

小九队是全公社最偏远、最苦的小队。因此，年年是全公社"学大寨"典型，不这样，领导良心上过不去呀。因此，年年有干宣队进驻。某年公社书记亲自蹲点，听说保秋的事迹，很吃惊，脱口说出"把家虎"三字，保秋就有了新名。

把家虎保秋唯一得便宜的是每年多7尺布票。当时上级发5份救济，每份1个秋衣票，可以抵布票7尺。队委会上众口一词，给老保秋一份。于是会计从他存款中扣除若干，老保秋把新秋衣穿在最外面，尽管七长八短，但这是与众不同的象征！

把家虎成为全队人的榜样，换哪个也做不到以社为家！名声大了，有一年被请去县上做忆苦思甜演讲。临上台，县革委会主任见他的抿裆棉裤上尽是白花花的尿碱，叫住他，掏出手绢仔细地擦拭，擦得老保秋的眼泪吧嗒往下滚！事后，把家虎保秋哆嗦着嘴唇说，明天就是枪毙，也值了！

"文革"时，有一位干宣队员撞见把家虎跪在场院边上，一粒粒捡溅落的黄豆，不由在社员大会上感叹："全国人民都像保秋大爷，共产主义近了一大步！"全场掌声。唯独一小伙子嘟囔道，都学他，那得穷死。此话传到干宣队员耳朵里，所幸小伙子根正苗红，不便游斗，还是办了学习班，不计工分地修了半月育红班教室。

这年青黄不接的季节，有个叫锁头的男孩饿得睡不着，雨夜去井边逮蛤蟆，大老远望见队部熄了灯，待走近，却见灯亮了，闪出一个人影，是地主家年轻漂亮的儿媳妇，背着半面袋东西，沉甸甸好像是粮食……把家虎会将公家粮食送地主儿媳妇？这话传开，老保秋的反驳掷地有声："我保秋是什么人不知道吗？要是真的，先把我党员撸了！"

就是。小孩子的话，说给谁谁信啊。

生产队解体那年，把家虎哭昏过好几回："我还给谁把家！"最后病倒在队部土炕上。临死前，保秋求乡亲把他埋在队部屋后，他要看着生产队再办起来。但很快，九队搬得一个不剩。

40年后的某天，长成半大老汉的锁头约朋友们来野游。喝上点酒，突然想起老保秋，大家拨开蒿草找了半天，锁头喃喃道，大概就这拉块吧。于是，磕了个头："把家虎五爷爷，当年我不懂事……"打开一瓶五粮液，悉数洒在了那蒿草丛中。

2021

眼 力
....
纪富强

说说老白抓贼的事儿。二十多年下半夜巡查，老白遭遇的各种蟊贼不计其数。

因此，老白也练就了一双异于常人的夜眼。

老白那双眼，瞪起来硕大无比，眼珠外凸，不怒自威，与寺庙中的金刚罗汉有得一比，虽常常充满血丝，但夜间眼力好得出奇。

有一次，他们在历山小区搞守候，手下协勤跟老白打赌，猛不丁指着三十米开外，正在房顶上掐架的三只野猫，问："白队，都说你眼力好，你看看它们哪只是公的，哪只是母的？"

老白听了趴着没动，用余光瞟了一眼屋顶，随口说道："清一色，都是母的！"

手下不信："牛皮吹漏了吧？哪有同性间这么干的，闭着眼都知道这里头有公有母，在争风吃醋！"

老白依然慢条斯理："声音放小点，眼别乱撒摸，待会儿让你们亲自去验证！那三只猫肚皮下都挂着一长串奶子，是公的能有那玩意儿？它们也不是争风，是在争一只破袜子，而且是女式的，黑长丝袜……"

协勤们如听天书，一百个不信，等过了守候的点，凑过去一看，都傻了。猫果然全是母的，争的也确实是只黑丝袜！

为此，协勤每人输给老白一包好烟，可不甘心："假设黑丝袜是你眼力好看出来的，可猫肚底下的玩意儿根本就不可能看见，除非你是孙悟空转世！"

老白悠闲地吐口烟圈："你们是孙悟空，我是白骨精！闷死你们这帮猴儿！"

老白究竟是怎么做到的？恐怕那些协勤至今还被蒙在鼓里。而我也是磨破了嘴皮子，才在事隔很久后从老白嘴里套出了真相。

原来，老白经常在这小区一带转悠，三只猫是谁家养的早就了然于胸，母的就是母的，还用得着看？

　　还有一次，老白和两名手下对某青年进行盘查，当场从其身上搜出了扳手跟断线钳。那人见势不妙，撒腿就跑。老白紧追不放，不过还是被慢慢拉开了距离。

　　最后，嫌疑人逃进一个路边小区。老白和手下赶到时，发现此处地形复杂，旧楼密得令人眼晕。

　　老白火速用对讲机招呼兄弟们增援，一边让两名急于建功的协勤原地待命。

　　协勤纳闷，趁嫌疑人没跑远，赶紧搜啊！可老白说不，并且大模大样地站在小区入口，示意让协勤往其中一座旧楼上看。

　　协勤直着眼看了老半天，没发现任何迹象，更没听见任何动静。

　　可增援一到，老白立即布置了把守人员，带人直奔那座楼的第二楼洞。

　　五分钟后，老白就把光着脚的嫌疑人给请下来了。

　　大家对老白的眼力佩服得五体投地。问起来，老白也没来得及谦虚：刚追到小区入口时，他发现几座楼中，唯有这个楼洞一、二层的声控灯亮了很小一会儿即灭掉了，此后就再也没有亮过灯。

　　因此老白判断，嫌疑人多半跑进了这楼洞，那人一开始心情急躁，动静也大，一、二层的声控灯就亮了。而紧接着，他注意到了这问题，再往上跑时就会格外留意，甚至脱掉鞋光着脚往上走，不会再让灯亮了……

　　真正让老白名声大噪的，还属破获城区系列车牌被盗案。

　　那个夏天，上级下派县局挂职的一位副局长，点名要和老白进行下半夜巡查，切实体验一下基层生活。

　　那时间，县城车牌被盗案频发。犯罪嫌疑人仿佛午夜幽灵，每每在老白眼皮子底下得逞，频频在失主车前窗上留下笔迹嚣张的字条："往×卡上打两百元钱，马上告诉你藏牌地点！"

　　老白对这贼恨得咬牙切齿。那晚带着副局长绕县城转了大半夜，最终盯着路边一个刚要跨上摩托车的人兴奋起来。

　　老白截住他，亮明身份："这么晚了，在这干什么？"

　　那人很镇定："批发早菜的。"

"批发早菜，怎么不去菜市场？"

"路过，撒尿。"

"撒尿？撒完了吗？"

"刚撒完，这就走。"

"等等！"老白边说边绕摩托车转圈。

车是单人摩托车，人又穿着短袖半裤，确实看不出破绽。

副局长示意老白撒，可老白不走，非但不走还请副局长帮忙看住人，他要到附近绿化带中搜车牌。

副局长说："看人你在行，还是我去搜吧。"老白这时补充了一句令副局长终生难忘的话："局长，趴在地上找找他撒的尿！"

尿，当然没找到。四周压根就没有半寸湿地儿！

那人慌了，提提裤子想改口，却从裤裆里掉出一只签字笔来。

老白和副局长见了大乐，立刻把人带回去，转而从其住处搜出了几十套车牌！

案子破得漂亮。副局长后来问老白："你是怎么看出那家伙有事儿的？"

老白说："憋了一晚上，撒泡尿应该既放松又痛快，可那家伙手脚发颤满脸紧张！"

这事儿，经过内勤整理，登过省公安厅的信息简报。题目就叫《夜间巡查效果好，蛛丝马迹破悬案》。

不过挺遗憾，副局长找尿那段儿，只字没提。

绣球花

聂鑫森

入夏，曲曲巷管家院子里的绣球花热热闹闹地开放了。真的很好看，白、绿、红、紫、蓝，花朵又饱满又圆硕，仿佛无数的手举着绣球，随时准备抛掷出去。

管家的院门也是虚掩的，谁想来看，推开门就可进去。院子很宽敞，栽种的几乎都是绣球花，高株和矮生的错杂为邻。品种有本地的大雪球、大八仙花，也有来自日本的恩齐安多姆、奥塔克萨。来看花的街坊邻居，总要竖起大拇指说："花开得这样好，管爷有好手段，也有好心境！"

管爷退休前是湘山公园的花木技师。他什么花都会侍弄，但最有体会和灵性的是侍弄绣球花。湘山公园的绣球花引得游客纷纷买票前来观赏。报纸上有个新闻标题"谁掷绣球光色影，满城争说管锄畦"最为读者传诵。管爷说："过奖了，是我和同事们一起干的，怎么都算到我身上？将来退休了，我最想侍弄的还是绣球花。让想看的人看个够。"

果然如此。这个夏天，绣球花开得特别喜气。管爷和妻子袁瑛正在给花浇水。天天来看花的是杨金，而且是华灯初上。杨金说："管爷，袁婶，吃过晚饭了？我爹让我问你们好哩。"管爷说："谢谢。你看中哪朵花？我们来给你剪下。"管爷夫妇很喜欢杨金，模样文静，学问也不错，三十二岁就当上了环保研究所的副所长。杨家也住在曲曲巷。"今天我想求一朵粉红色的绣球花。"杨金说。袁瑛说："你应该是有女朋友了，好事啊。不能老当快乐的剩男，你爹妈都急得上火了哩。"杨金的脸热得发烧，结结巴巴地说："我……只是……一厢情愿……人家……还没点头。"管爷说："袁瑛，你话多了。快去剪朵花来，别误了孩子的大事。""对、对、对！"袁瑛接话道。

杨金拿着一枝粉红色的绣球花，兴冲冲地走了。

管爷说："你说杨金是剩男，我那在深圳工作的女儿比杨金还大一岁，不也是剩女？"

袁瑛长长地叹了一口气。

管爷说："我退休后栽了一院子绣球花，当然是我多年的爱好，其实也有我的祈愿：哪个小伙子能给女儿抛个绣球，或者女儿也给看中的人抛个绣球。""我……明白。"袁瑛应道。

一个星期天的早晨，才七点多钟，一个个子高挑的姑娘推开管家的院门走了进来，然后又顺手把门关上了。管爷刚给花浇完水，正坐在一个石鼓凳上歇息。

姑娘走到他面前说："你是管伯伯吧？我叫徐严，是中学老师。我来看看你种的绣球花。"

"啊，欢迎。姑娘，你好像是第一次来？"

"可我听杨金多次说起你。"

管爷马上明白是怎么一回事了，说："杨金是我看着长大的，好角色啊，对人有礼貌，工作又发狠，你的眼光不俗。"

姑娘浅浅一笑，问："他一连送了我三十次绣球花，都是从你这里求的？"

"我的花原本就不卖钱，供大家看，也免费相赠。"

"那是管伯伯的雅怀。杨金求花一次两次说得过去，持久不断地求花，做人就有毛病了。花店里不是没有绣球花卖，他舍不得花钱；花是给大家看的，都像杨金这样求花，花只能屡遭杀伐，悲何以堪！"

"姑娘，杨金求几朵花，小事呀，不足挂齿。其实，你也不必这样苛求他。"

"小处见心性、见格调。管伯伯，花是杨金求的，但我必须来表示谢意。再见！"

管爷还没回过神来，徐严的背影已闪出院门外，她轻轻地关上院门。

在这一刻，管爷想起了女儿，只怕也是这样的人物。

太阳升高了，满院子金屑乱飞。各种颜色的绣球花，抹上了一层金黄的光影，在等待着脱手而出的机缘。

管爷的眼里忽然有了泪水。

七只羊

原上秋

男人是一个人。男人活到50岁，还是一个人。

之前，男人想找马寡妇成家，马寡妇的头摇得像拨浪鼓。想想也是，不单马寡妇，羊各庄村的人谁提起他，都会摇头。

男人在50岁的时候，得到七只羊。

天一亮，男人就赶着七只羊到南大坡吃草。夜色拥抱灯盏的时候，他把七只羊赶回自己的院子，再赶进自己的屋子。屋子里挤满一个男人，还有七只羊。夜晚，男人呼噜睡觉，七只羊也呼噜睡觉。他们都心思简单，似乎没有梦。梦在另一个男人心里。

另一个男人是老廖。

永善，你买的羊吗？男人赶羊走过村庄，总有人发问。

不是，是老廖的。

永善，老廖是给你的吗？

不是，他让我放的。

村里人口中的永善，是男人。一个吃着低保的人，一个贫困户。老廖是驻村第一书记。

在七只之前，老廖给过男人一只。老廖的梦想是把这一只，当作种子，做脱贫的种子。男人辜负了老廖的期望，男人把羊放死了。男人的行为激怒了村干部，他们不想男人再吃低保。男人四肢健壮，用国家的好政策养一个懒汉，是对他的放纵。

老廖说，我们就是要把他们扶起，给他们补钙。让他们学着自己行走。

但在许多人眼里，男人不像个男人，他扶不起。

那天老廖给男人送来一只山羊，村里人笑着说，看吧，不久就有羊肉吃了。后来果然被村民说中。但是，羊肉没吃。不但没让男人吃，村里人谁都没吃。老廖说，这羊不是让吃的。

2021

老廖把死羊放在一个土岗上，四周围了好多村民。老廖说，这是邻村一个脱了贫的村民，回赠给乡里的礼物。我把它送到咱们羊各庄村。现在它竟然死了，它是被杀死的，我们都是凶手。

村民都蒙了，明明是男人懒，饿死的。

不，是杀死的。老廖说，是我们冷漠的心杀死的。

村里人都愤怒，让永善赔，让永善赔。

男人一贫如洗，家徒四壁。说赔，只是一种情绪宣泄。

男人低着头，像被批判。

老廖走过去，拍拍他的肩膀，说，一切都要改变……

老廖又送过来七只羊，老廖说，帮我个忙。

男人就成了老廖的羊倌。老廖说，死一只，你就是凶手。老廖又说，放养好了，给你介绍个媳妇。

男人从没有过这样的压力，也从没有过这样的诱惑。

永善，你给老廖放羊，开你多少钱？村民总喜欢问。

没钱。

永善，你给自己干活没劲，给老廖放羊怪积极的。

我欠他的。

男人把羊赶到南大坡，南大坡的草一望无际。羊在南大坡默默地吃草，吃饱了抬起头，默默地看男人。男人和每只羊对视，慢慢记住了它们。男人管大母羊叫大妮儿，中不溜的叫二妮儿，小母羊当然就是三妮儿。男人管大的公羊叫大小儿，小的叫二小儿，然后，三小儿，四小儿。

羊有了名字，男人就和它们说话。说着说着，男人和羊就有了感情。男人心里发誓，不让一只羊死去。

有一天，南大坡来了一帮人。一个为首的问他，你叫荆永善？

男人说是的。

又问，家里几口人？

男人说，就一个。

又问，放了几只羊？

都在这里，不是我的，都是老廖的。

一帮人一惊。又一笑。

不久，上级拨下来5000元钱。是以养羊的名义。这钱只让男人知道一下，老廖就揣走了。

羊是老廖的，这钱，男人觉得应该让老廖拿去。

羊在南大坡吃了几个月的草，一个个膘肥体壮。男人感觉，到了将羊还给老廖的时候了。

说话间到了年底，村里通知男人开会。

是群众大会，主席台上坐着几个面熟的人。男人想起来了，那天在南大坡，他们见过一面。

男人被大喇叭喊到了主席台上，和他一起上台的有十几个人。他们站成两排，从领导手里接过一个大红的证书。一名记者扛着录像机，让他们都打开证书。他的镜头放大着一行黑体字：光荣脱贫。

这时候，老廖上台，他讲了一只羊和七只羊的故事，故事里说的就是男人。老廖把一个装着5000元的红包，庄重地递给男人。他说，政府为了鼓励脱贫，农户养够七只羊，就给奖励5000元，现在该是物归原主的时候了。

老廖大声宣布，那七只羊，也是男人的。

男人一蒙，又一惊。

老廖的话音从大喇叭出来，被放大很大。老廖说就这样干，有了七只羊，将来大羊再生小羊，发展到一大群的羊。不但要脱贫，还要往致富的道路上猛跑，还要娶媳妇，生孩子……

老廖语带激动，男人听着也有些激动。老廖就让男人代表脱贫乡亲说几句。男人往台下一望，心有些慌乱。都是熟悉的面孔，所不同的是，平日里没人正眼看自己。此刻，台下是一张张惊奇欢乐的脸，目光齐刷刷地盯着自己。

男人说了一句，大妮儿怀孕了。

台下一阵哄笑，都不知道他说谁。男人又补充一句，是羊，那只大母羊怀孕了。

不知道谁在台下大声喊，你的功劳吧？

2021

又是一阵哄笑，男人的脸唰一下红了。

都没有在意，台下一个角落，站着织毛衣的马寡妇，她的脸也在这个冬季里热了一下。

梦　境

夏　阳

　　透过树林，可见一栋豪华的别墅。这别墅矗立在一片翠绿的山谷之中，孤零零的，与世隔绝。可惜天色不太对称，乌云密布，阴沉得可怕。他钻出树林，朝别墅走去。他的腿脚似乎不太灵便，一瘸一拐的，不知道是不是受了伤。

　　就在他走到别墅门口，刚要举手摁响门铃时，门却自动开了，从里面冲出来一条藏獒。藏獒体形庞大，凶狠无比，呲着雪白的牙齿，朝他猛扑过来。他吓得魂飞魄散，撒开脚丫子朝来的方向抱头鼠窜。因为腿脚不好，一瘸一拐的，两个肩膀一上一下，剧烈地起伏着，如一皮影人。

　　藏獒在他身后穷追不舍，好几次眼看着就要咬住他的裤腿，却被他机灵地躲开了。他玩命地跑，跑了很久很久，终于跑进了树林。然而，就在他进入树林的一刹那，突然有一群蝙蝠朝他迎面俯冲过来。因为速度太快，他根本无法躲闪，不少蝙蝠直接撞击在他的身上，更可怕的是，还有一只蝙蝠直愣愣地飞进了他的脑袋里。

　　他的背后，藏獒止住脚步，哈哈大笑。

　　原来是一场恐怖的梦。他全身湿透了，像从水里捞出来似的。梦很清晰，众多细节他还记忆犹新，却不敢去回忆。他的头疼得厉害，不知道是不是那只蝙蝠在里面作祟。通常，他不恋床，醒来都是一骨碌爬起身。不过这一次，他只是半靠在枕头上，浑身乏力，像是被梦里的恐惧和疲惫耗竭了。一场噩梦，他对自己说，最好还是忘了它。

　　他从床上摇摇晃晃地坐了起来，感觉身体轻飘飘的，不过，他已经有过几次这样失重的感觉。迟早一天，我会像风一样自由，他暗自这样想。他坐在床沿上，习惯性地伸脚去找拖鞋，突然，他惊叫了起来，原来房间里到处是水，足足有半尺深。望着两只布拖鞋泡在水里宛如面包一般臃肿。他呆坐在那里一时茫然无措。太阳还没有出来，早晨的光线透过窗户投射在水面上，像一面幽暗的镜子，倒映出一个神情错愕的他，正傻愣愣地坐在床沿上。

他雕塑一般坐在那里，就像坐在湖边一样。坐了多久？也许是十分钟，也许是二十分钟，也许是半个小时，时间并不重要。重要的是，他终于醒过神来，赤脚蹚在水里，去推开窗户，想让早晨的空气进来。窗户有些卡，他双手一用力，窗户是推开了，铝合金的拉手却攥在手里。他伸长脖子想察看拉手是怎么断的，却看到窗户的外延，有半只老鼠的尸体像牛皮糖一样牢牢地粘在那里。很显然，老鼠的另一半尸体被他开窗时挤下楼去了。他忍住恶心，用手指将那一团黑色的糊状物抠起，狠狠地朝楼下扔了下去。他将手指头抽回来时，发现上面湿漉漉的，留有一层薄薄地黏糊糊的玩意儿。他赶紧弯下身在水里面洗，洗了一阵，又冲到卫生间，抹上肥皂，洗了半天。洗完，手上还是感觉黏糊糊的恶心。霎时间，他想自己是在做梦。不过，他很快又否定了自己的想法，青天白日，哪来的梦！

为了省两百块钱，他住在顶楼。大水冲了龙王庙，至于这大水从何而来，他也百思不得其解。他想，应该把房东找来看看现场，自己不能这样不明不白地受损失。

房东是本地人，住在城中村的村口，一栋豪华的别墅里。他走到别墅门口，刚要举手摁门铃，门却自动开了，从里面冲出来一条藏獒。藏獒体形庞大，凶狠无比，呲着雪白的牙齿，朝他猛扑过来。他吓得魂飞魄散，扭头就跑。幸好，藏獒被一根铁链子拴住，铁链子的另一头，拖着肥胖的房东。当听说自己家六楼的出租房进了半尺深的水，房东望了望头上的炎炎烈日，又望了望他，怀疑地说，你丫的不是在做梦吧。

最终，他一再赌咒发誓，房东牵着藏獒，尾随他去现场看个究竟。让他意想不到的是，当他爬上六楼，打开房门时，目瞪口呆——地上干干净净，滴水不沾，窗户的把手也完好无损，一缕阳光正无遮无掩地射了进来，照在他那双脏兮兮的布拖鞋上。

房东不由恼羞成怒，撒开手里的铁链子，打了一声呼哨，只见那藏獒立马精神抖擞，呲着雪白的牙齿，朝他凶狠地猛扑过来……

他顿时从梦里惊醒。这次，是真醒了，彻底醒了。醒来后，他依旧躺在床上，望着周围新簇簇的一切，眼里不由涌出泪花。他在外打工多年，刚刚在老家建造了一栋三层楼的小别墅，没想到进来居住的第一个晚上，会如此不平静，会做这么多的梦。

继 父

娟 子

继父经常几天不说话，在母亲和他交流的时候，他也只是嗯呀啊的，或者用手势和目光示意，很少说一句完整的话。后来我渐渐发现在我们龙凤矿不仅是继父，好像所有矿工都不怎么爱说话。

一个家庭如果缺少必要的语言交流，就像布满乌云的天空，让人觉得压抑，心里发慌。

我有些怕继父，怕他不动声色地回到家里，蹲在小炕桌儿跟前一口接一口地喝酒。每逢这时候母亲必是靠在柜子前眼巴巴地看着继父。我曾经不止一次地透过门缝向屋里张望。

我想听继父说话，哪怕是骂几句也行。可我只能听见酒杯摩擦嘴唇发出的轻微声响，和甘洌的烧酒落进继父肚子里的咕噜声。

虽说继父每天都会故意剩下半盘儿鸡蛋，或是一块豆腐啥的，可我一点儿也不领情，我觉得他这是不待见我妈，捎带着也不喜欢我。

母亲看继父的目光虽说有点儿复杂，但多数时候还是充满柔情的。她打理日常生活很用功，总是在继父还没下班之前，便准备好了酒菜。这说明我的母亲虽说不怎么喜欢继父，可对眼下的生活还算是满意的。

沉默也会传染，时间长了我也变得不爱说话了，以至于母亲三番两次地提醒我，说我们孤儿寡母能找到继父这样的男人，不愁吃不愁穿的已经很不容易了。可我还是不喜欢继父，和他带给我的这种压抑的生活。

从我家门前的街上一直向东走不到一里地，便是继父上班的矿井。继父当班的时候我曾偷偷地去看过，一堆一堆的原煤高高地耸立着遮住了我的视线，像小山一样地矗立在我眼前。我眼前只有望不到边儿的黑，这让我很容易想到了自己的家，母亲，还有不说话的继父，我觉得他们也跟煤一样都是黑的，黑得让我什么也看不见，黑得让我害怕……

所以我赶紧偷偷地跑回家，关上门。我有些恨那些煤堆和煤块以及那口神秘的煤井，我真怕自己长大了也和继父一样，下井挖煤，喝酒不说话。

学校离我家挺远，放学的时候，几个男同学见我是外来的，又是女孩，他们就总欺负我。有一次正好被继父撞见了，他什么也没说，一伸手把路边大青石举过头顶，然后使劲地扔到地上，几个男同学吓得跑出去老远，连头也没敢回。

我怔怔地看着继父，他也认真地看着我。我以为他要跟我说话了，可他还是什么也没说就走了。

我久久地看着继父的背影在想，他要是我亲爹，在这样的特殊时刻，他又怎么能不说话呢？

随着两个妹妹和一个弟弟的出生，我家的生活明显不如从前了，可继父照样喝酒，照样不说话。与过去不一样的是，他的脸上有了笑容，因为他经常把小弟搁在他脖子上在屋里转圈儿。我和两个妹妹都很羡慕也很嫉妒，可我又不能把气撒在小弟身上，于是，就在给他打酒的时候兑了凉水，然后把剩下的钱买了小人书。

这下祸可惹大了，继父只喝了一口便把酒瓶子摔了。我吓得赶紧跑出来躲到后山的山洞里。当他找到我的时候，我已经睡着了。他摇醒了我又是什么也没说，只是向山洞外一指，示意我跟他回家。

家里的日子越来越不好过了，母亲为了贴补家用只好偷着到矿上去拉煤，父亲知道以后很生气，他举起拳头看那样子是要打母亲。可正在这时小弟忽然哭了，他叹息一声又是什么也没说，狠狠心终于还是把酒戒了。

不喝酒的继父看上去更可怕了，好像我们大家都欠他的似的，我们每个人都小心翼翼地唯恐惹他。

继父会木工活儿，手艺还不错，在母亲的撺掇下，继父休班或者下班以后开始打小桌子和小凳子，家里攒的木料用完了，继父便到山里去伐倒木。由于价格便宜，所以打出来的东西也不愁卖。

他还是不跟家里任何人说话，不论怎么累怎么忙，从来也不让我母亲伸手。日子渐渐又好起来了，我从母亲的目光里已经看出，她开始真心喜欢这个不说话的矿工丈夫了。

我还是不喜欢继父，直到上大学以后，他也没跟我说过一句完整的话。那天我忽然接到母亲电话，说是继父病了，问我要不要回去看看他。母亲虽说的是探询的口气，但我知道她真实的意思。

等我回到家里继父却失踪了，母亲哭着告诉我继父已经癌症晚期了，她本来想告诉我，但继父不让。

后来我和母亲在我避难的山洞里找到了继父，他已经永远地闭上了眼睛。

家里有一个梳妆台已经打完了，只是还没来得及镶镜子。

母亲说，这是他给你预先准备的嫁妆！说完这句话母亲就哭了。

我也哭了。

春暖花开

白云朵

面试她的女人，忽左忽右地转着椅子打量她，目光不无锐利。一头抹了啫喱的短发，也跟着直刺刺地忽左忽右向她扫视。

女人问她的年龄，这在简历上早就写清楚了的。她没有正面回答女人。只说她的年龄应该跟女人差不多。女人一下子换了一个姿势，一条腿顺势换搁到另一条腿上。女人明显把声音放软了，要她猜猜她有几岁。她假装思索了一下，像是可着劲地说："最多三十五岁吧？！"一个"吧"字更是肯定的意思。"真的吗？"女人摸了摸自己的脸，哈哈哈地笑了起来。其实她心里知道，女人已过了四十，女人头颈里的几条皱纹泄露了她的年龄秘密。

女人说早过了四十——这完全在她的意料之中，但她还是故作惊讶地浮了浮屁股，把脸凑向女人，像是费力寻找什么似的。她摇了摇头说："难以相信，眼角竟然找不出一丝鱼尾纹，皮肤像婴儿般光洁。"

女人对她说："第二天就可以来上班，当会计。"她如释重负，不易察觉地吁了口长气。

她独自带着孩子过日子。她是个不能没有工作的人。她要养家。

有人问她，离婚时怎么想的？这一问，她费了很大的劲往回搜索，竟是毫无所获。她说不出有哪里多厌恶他，记得她对他说"离了吧"时，他只回了一个"好"字。对，就这么简单。

她知道，她深深地爱过他。只是那事不应该发生在她那么爱他时，更不应该在她刚生完孩子后（其实，那事搁什么时候她都觉得不应该）。她努力想忘却，但偏偏如鲠在喉。十年后，她离开了他，除了孩子外，她什么也没带走。

她已经有一个月没工作了，这是相当可怕的，也是前所未有的。

以前从一份工作换到另一份工作，就如同蜜蜂采蜜般，从一朵花飞到另一朵花上，主动权被她拿捏得死死的。而这一次，她却走到了被动的局面，甚至有点低声下气。

三十五岁被视作一个坎，你要是没一个过硬的简历，总被排斥在坎外。这年月，在这个城市，排队应聘当保洁的学历都很高。什么叫饥不择食，她现在就有点饥不择食了。

她甚至已经留意起学校附近几家贴着招聘启事的小饭馆了。

她几乎用有点惊讶的眼神打量女人，觉得女人的话不像是开玩笑。她又掐了掐自己的大腿，被掐得嘴角差点快咧到眼梢了。

女人从烟盒里颠出一根香烟，用食指和中指夹着，放在嘴边，她见状，立马拿起一旁的打火机给她点上。女人说，她的资料都看过，她是女人从一大堆的应聘求职信里挑出的唯一亲自面试的人。因为她面善。女人信佛。这一点她从一进公司大门就发觉了，大厅的吧台正后方摆着一尊菩萨，供着新鲜的水果。

女人很重用她。这使她有点受宠若惊。女人说三个月试用期满后要升她为财务经理，当然，前提是三个月后现任的财务经理必须离职。

现任的财务经理叫春花，在这个公司做了近二十年的财务。春花每次从女人的办公室里出来后，脸色都是铁青着的，肉眼可见的失意之态。她像做错了什么似的，总觉得春花的处境是她造成的。

女人要她尽快接上春花的工作，并且向她开出的薪资要比当会计时高许多。谁跟钱有仇呢？她不就是这样被别人从前一个岗位上给替换下来的吗？后浪推前浪，前浪拍死在沙滩上。

春花说原先这里是一家小饭馆，车管所搬来后，女人才改行经销起汽车。经过十余年的努力奋斗，终成知名女企业家。春花原先是小饭馆里的收银员，是她跟随着女人，东征西伐，同女人一起打下这片江山的。

三个月的期限越来越近。春花每天失魂落魄，拿着账册，除了发呆还是发呆，有时眼睛红红的，明显偷偷哭过的样子。

春花约她一起喝酒吃饭，说是离别酒。她不忍拒绝。

那一晚，春花喝了两杯啤酒就醉了，酒醉后的春花，握着酒杯，哭一阵笑一阵，鼻涕一把眼泪一把。

第二天，她主动提出了离职，女人用十头牛也拉不回她的去意。当然，她也不至于落到真的到小饭馆做服务员的地步，她去了一家大酒店做财务。

隔了一年，正值春暖花开万物可期时，她意外遇到了春花。

那天，她要去布草房盘点，经过餐厅时，被一桌喧闹的食客给吸引住了。只见春花被几个男人簇拥着，一手叉腰，一手举杯，一仰脖，一大杯子的白酒咕嘟咕嘟直往喉咙里倒，倒完，向四周扬了扬她的空杯——那可是喝茶的茶杯。几个男人拍手的拍手，竖大拇指的竖大拇指。一片喝彩声响彻大堂。

她跟春花彼此确认了眼神。这是那个"两杯倒"的春花吗？她百思不得其解。

白 鹰

蒋冬梅

　　他想起四十年前的那只白鹰了。那时村庄里的男人，人人胳膊上架着一只鹰，可哪只也比不上他的白鹰俊，他逢人就说："看，一只海东青！"

　　他们的先祖从前住在黑龙江两岸，男人们很多都是"老鹰达"。每到冬天，他们千里迢迢到北海去捕鹰，那里流传着山巅岩画的故事。在库页岛北边的大海上，驾着船踏浪的，有打鱼人也有捕鹰人。他们登上峰顶的峭壁，直捣鹰巢掳走幼鹰。大鹰和他们在险峻的山尖上争战，巨大的鹰翅掠起疾风，铺天盖地袭来。捕鹰人难以招架，从崖上摔下，挂在半山腰的巨石上，任凭风把他们的尸骨吹干冻透，像一幅岩画贴在崖壁上。

　　鹰来的那天，当他摘下蒙在鹰头上的皮鹰嘴子，亮光刺激了鹰眼，鹰暴怒地抖动毛羽，眼中射出一道利剑，凌厉之气直向他杀来。那鹰一身青白带黑的毛，像一只勾了墨的白瓷瓶。

　　"得好好熬一熬它，人还能赢不了一只鹰？"他对父亲发着誓愿。父亲驯了一辈子鹰，却意味深长地说了一句："这不是谁赢谁输的事儿！"

　　他不懂这话的意思，只知道驯鹰都得按老办法来。他把自己和鹰关进一间小屋，小屋框起的方寸之地，遮挡了白鹰往日的天空。白鹰被一段铁链拴在木杆上，边上摆着羊肉和清水。他试探着挑起一块肉凑近鹰嘴，拿出老驯鹰人的架势，像念动咒语般呼唤着："这这、这这。"可白鹰像一个被困的王者，头连动都不动一下，目光凛冽不可侵犯。他有些心急，又探、再探，动作多少带些赌气。白鹰暴怒地飞腾起来，一双带钩的铁爪狠狠抓向他，可刚一凑近他，又被铁链狠狠地拽了回去，一些毛羽在空中翻飞。他捡起那些毛羽，捧在手心里，像捧着从佛像上掉下的金漆，觉得心疼极了。

　　看来，驯鹰不能心急，硬熬不如巧熬。他把白鹰带到屋外让它透透气。天色渐暗，白鹰眼中射出的剑光折断在黑暗之中，他假装不再理会鹰，升了篝火烤起来。天上一轮月，地上一堆火，映出白鹰扑棱起的巨大翅膀，夜色把它们勾勒成一对出鞘的长刀。

熬鹰也是熬人，人和鹰两军对峙，都已精疲力竭。当他把鹰带回小屋时，他困得张不开眼皮，白鹰也趁机眯起了眼。人还能赢不了一只鹰？他跑到外屋，浸了一脑袋凉水，转头钻进屋，声嘶力竭地吼了一曲祖辈传下来的熬鹰调：

> 你是哪山生来哪山长？
>
> 哪座高山去捕食？
>
> 哪个大洼来背风？
>
> 今天上山把你请，
>
> 把你请啊把你请，
>
> 来我家中敬一敬，
>
> 你不喝来我不吃，
>
> 你不睡来我不歇。

轻易屈服的绝不是一只好鹰。他粗野的嗓音像一只小棒槌敲打鹰的耳膜，鹰暴怒起来，冷不防报复性地给了他一爪。他也不擦手上的血，还是不停地唱，声音里满是真诚，直到嗓子哑得完全发不出一丝声音。

第三天天亮的时候，他饿得眼冒金星，手上鲜血淋淋，鹰也铩了羽，低着头喘息。当他把一块羊肉放在掌心伸了过去，鹰一口叨起狼吞虎咽起来。他试着抚摸着鹰胸口的羽毛，白鹰的目光软了下来，低头承接着他的善意。他会心一笑说："嘿，你看，打了个平手！"冷不防眼前一黑，他一头栽倒在地。醒来后，他对父亲说："鹰熬成了！"父亲不紧不慢地说："可没那么容易！"

当他和鹰同吃同睡三个月之后，他走到哪，鹰跟到哪，白鹰稳稳地站在他的肩膀上，像他背着的一把剑。就算他解开鹰脚上的铁链，鹰在天空追逐一朵云，最后还是像归巢的鸟，落回他的手臂。父亲看见了说："出去逮一只山鸡试试吧。"

他驾着鹰一头扎进屋外的北风，等日头快沉落草莽之时，不远处的草窠中飞出一只山鸡，展着五彩的长尾划过天空。鹰头上的顶毛突然炸开了一朵花，只一瞬间，就如一道白光和山鸡卷在了一起。当山鸡的哀鸣响起，他跟跄赶过去的时候，鹰正落在一株大树上，看见他过去也没有飞下来。

如果一只鹰起了走的心，那只能试试"摆床子"绝技了。他掏出切好的鲜肉，按着老辈传授的秘诀，不断变换着抛肉的花样，柔声叫着："这这、这这！"这是他和鹰之间的秘语，他知道鹰听得懂。可是鹰既不飞走也不落下，静静地和他对望着，站成两座雕塑。

第二天早上，他发现鹰不在树上了，一阵伤感涌上心头，数月间投入的感情把他的心揪疼了。他失魂落魄地往回走，突然一声鹰唳划过，白鹰驮着旭日而来，周身金光，一对羽剑自由挥斩着苍穹，转瞬又昂头冲击高空，似一只镖射向太阳。

他伸出手臂，白鹰还是落了下来。他不舍地抚摸着鹰的身体，解开了它脚上残留的绳绊。一瞬间他就决定了，突然向上扬起手臂，把鹰抛向空中大喊着："你去吧！"白鹰振翅而起，却在空中来回盘旋着不肯飞走，像在完成一场告别仪式。

他的脸上淌满了泪，耳畔仿佛又响起那首熟悉的儿歌：

> 阿玛去北方，额娘守家门，
>
> 高山悬崖上，请只海东青，
>
> 交给大人们，换来粗布衣，
>
> 身披白玉衫，不是捕鹰人。

注：鹰是北方民族心中的神鸟。海东青，被喻为"万鹰之神"，是中华肃慎（满族）族系的最高图腾。驯化猎鹰是满族古老的传统技艺，他们用猎鹰追捕天鹅，以天鹅胸脯上的绒毛制作"白玉衫"作为贡品。驯鹰展现了强者交锋的智慧之美，人与动物的情感交融之美。

请不要叫我经理

陈小莲

　　大志不让大家喊他经理，大志让大家以前怎么喊现在还怎么喊。

　　人事向来最敏感，不管提拔谁，有人说实至名归，也有人说有关系；有人替你高兴，也有人妒忌。大志便觉得应该低调点，经理不就一个称谓吗？喊与不喊他还是经理。再说了，大家伙原本就是平级的，他提了上去，知道大家伙面子上还有些扭捏，一时不好改口。当然，还有一个重要的原因，就是他以前接触过不少领导都太像领导了，他想从自己开始做个改变。

　　大家伙原本还有些怀疑，喊了几次后，发现他还挺高兴，也就喊得越发自然了。慢慢地，单位里熟悉的、不怎么熟悉的，都直呼他大志或者志哥。大志就喜欢大家这股亲热劲。

　　当然也有例外，阿邦就不那样喊。阿邦年纪比他大，以前却喊他志哥。大志提拔后，他改口也快，还自创了一个称谓：大志经理。大志说你还是像以前一样喊我志哥吧。阿邦嘴上应着，再喊还是大志经理，还一口一个"您"，听得大志心里别别扭扭的。别人喊他大志或志哥，他"哎"得脆响，阿邦喊他大志经理时，他漠然地看着他，那意思是有啥话就说吧。

　　总的来说，大志当经理后，除了职位上去了，其他没多大变化，重的难的活还是坚持自己上，要给大家带好头嘛，因而团队氛围还算融洽。他感觉大家又回到了他没当领导的时候，都没太拿他当领导，就是没太把他当外人，一想到这些，有时不免会失落，有时却也能被自己感动来着。

　　忙碌了大半年，大志提议周末用工会活动经费出去玩两天。他订了两栋乡村别墅，男女各住一栋。进了别墅，别人都溜去选房了，他却慢悠悠地从楼下开始参观。别墅说是三层，实则是含了地下一层的，地下一层有间睡房，跟厨房餐厅在一起，应该是保姆房，他觉得空气不好，就提着行李上楼。

　　他在楼梯上遇到阿邦，阿邦说大志经理，顶楼有间单间，您住那吧。他上了顶楼，楼上还站着往楼下看风景的阿劳，阿劳急忙跑进房间往床上一倒：这间是我的了。然后大手一挥，说你到楼下去。他下到二楼的标间，刚迈进去，从阳台闪出俩人影：这里是我们的了，你去楼下看看吧。

他的脸便装不下去了，他当员工那会对领导可不敢这样，啥好的不是让着领导，就连领导说请客吃饭，都好几个人抢着去买单。他很快便又自我安慰起来，他们是真没把我当领导来的，他们没跟我见外。

他在地下一层见到阿邦，阿邦说大志经理，您睡房间的大床吧，我睡客厅的沙发。那沙发怎么睡，你腿都伸不直，这么大的双人床，够我们俩睡了。

您睡房间吧，反正就一晚，我凑合一下。阿邦说完就提起背包去了客厅。唉，真是。他对着阿邦的背影摇摇头，有些难过，阿邦什么时候才能不把他当外人啊。

临睡前，阿劳房间的空调坏了，叫来了物业，楼里的人都开门出来了，动静很大。大志也起来了，他没上楼查看，而是把门合上了。

两个月后，大志带阿劳去基层调研。基层出来迎接的两个人，左一句劳经理右一句劳经理，他倒不在意，基层的人常把上级的主管称经理的。阿劳介绍说这是王经理，那两人跟他简单打过招呼后就围着阿劳转。

阿劳让那两人带他们去新建的活动室，这项工作是他负责的。嗯，还不错。大志转了一圈，觉得把活派给阿劳是对了。那里还要摆一个书柜，那里要摆盆绿植，那里要……

阿劳大手挥舞，像极了运筹帷幄的领导，那两人边点头边记录。两人一左一右拥着阿劳，他像个跟班一样跟在后面，偶尔插上两句，那两人却没半点反应。

这时他手机响了，是阿邦打来的。大志经理，电话那头刚响起阿邦的声音，他就脆脆地应了声"哎"。挂掉电话，他心想还是阿邦懂分寸。

他指着屋里的摆设说，不能摆这里，不伦不类的，换！

那两人面面相觑，劳经理说这样摆的，听劳经理的吧。

大志挺了挺腰杆，看着阿劳，他们领导呢？没来？

阿劳有点摸不着头脑，你不是说不用领导来吗？

大志绷起脸，领导哪能不来！马上让他过来。

升 旗

冯继芳

黎明前的大山一片寂静，两点星光在山坡上移动，远远望去，像两颗星星在行走。

哥，还要走多久？

累了？

不累。

坚持一下，再翻一个山坡就到了。

哥，我不累，能坚持。

弟弟真棒。

空旷的山坡，除去两颗星，再也看不到任何光亮。

哥，你以前真挎过枪？

真的，我没骗你。

今天，你还挎枪吗？

今天不挎，但比挎枪还威风，过一会儿，你就知道了。

摇晃的星光中，天际慢慢翻起鱼肚白，两颗星逐渐融合在清晨的光辉里。

那两颗星不是别人，是山娃和大伯家的哥。以前，哥都是一个人拿着手电筒去上学，今天，山娃也加入其中。

今天来学校，是哥邀请山娃来的。昨天晚上，哥让山娃和他到十几里外的学校看升国旗，山娃激动得一宿没睡好。

哥去教室上课了，山娃站在学校的院墙外，不敢到处乱走。

山娃趴在大门边朝里看，操场上空荡荡的，不一会，就听到教室传来读书声。读书声真好听，我要是能读书，声音肯定比他们还大声还好听。

哥什么时候才能下课？山娃抬头看天，太阳的光芒很刺眼，山娃急忙眯了眼睛。

一阵好听的音乐传来，山娃急忙转身看操场。

下课的学生像一群寻食的小鸡，叽叽喳喳，涌向操场。没一会，操场就站满学生，一排一排的，真整齐。

山娃有点紧张，站在简陋的大门边，只敢露出一个头。山娃在人群中搜索哥的身影。

操场慢慢安静下来，没有一个人说话。

终于，在操场的另一头，山娃看到哥了。

哥站在空地的最前面，双手握住红旗的旗杆，举在胸前，随着音乐，迈着正步，向不远处升旗的旗杆走去。他后面跟着四个护旗手，每人胸前握着一杆长木枪。

精神，太精神了。

我什么时候也能像哥一样精神就好了？这样想着，躲在大门外的山娃，脸上不自觉地露出笑容。

全体肃立，奏国歌，升国旗，敬礼。一位男老师声音洪亮地发出口令。

雄壮有力的国歌奏起来，所有人的目光齐刷刷看向国旗，抬起右手敬礼。

山娃站在大门外，听着国歌，看着五星红旗在高高的旗杆上慢慢升起，不由自主地，也把右手举起来，和操场上的同学一起敬礼。

这是山娃第一次参加升国旗仪式，激动得心脏都快跳出来了。

操场上的同学散开后，哥找到山娃说，怎么样，精神吗？

山娃拼命地点头，哥，我也想挎枪，还想当升旗手。

那你得先来上学。

山娃又拼命点头。

别乱跑，就在大门外等我，吃午饭的时候，我把饭分一半给你吃。上课铃响了，哥去教室前嘱咐山娃。

操场又变得空荡荡的，墙里墙外只剩下山娃一个人。山娃慢慢平复激动的心情。

山娃的家在一个偏远的小山村，人口不多，上学的娃也少。听哥说，原来离家不远的村子是有个小学校的，后来，学校附近的学生越来越少，招不到新生，就撤并了。哥和山娃的爸妈都在外地打工，哥每天只能自己走十几里山路去上学。

什么时候，我也能坐在教室里读书，在操场升国旗就好了。可是，唉！

山娃叹口气，抬头看看天，太阳已从东面绕到头顶，哥应该快下课了。

你是哪个班的？怎么没去上课？

不知何时，山娃身边冒出一个人，她突然说话吓山娃一跳，看她的样子，应该是个老师。

我，我还没上学呢。山娃有些羞怯，还有点紧张。

怎么还没上学呢？老师说话的声音真好听。

家离学校太远，爸说，山路那么长，又要起早摸黑走夜路，我们不在家也不能送你，晚几年再说吧。其实……我也害怕一个人走夜路。山娃低着头说出最后一句话。

想去教室看看吗？老师突然问山娃。

想！我现在能去教室？山娃有些意外，还有些惊喜。

老师笑笑没说话，牵起山娃的手，把山娃带到一个教室门口。

看到里面的同学吗？他们每天都要走几里的山路来学校，看到第一排的那个小个子女生没有，她每天五点钟从家出发，要走很长的一段山路，才能和同学会合，是离学校最远的学生。

山娃感觉自己的个头比那个小丫头还高呢，一个小丫头都敢摸黑走山路，我一个男的，胆比她的还小？山娃有点瞧不起自己了。

中午吃饭的时候，老师给山娃打了一份营养午餐，没让哥把饭分给山娃。

老师说，长身体的年龄要吃饱，还有，学校特别欢迎爱读书的孩子。

山娃听了这话真高兴，比过年拿到压岁钱还高兴。

明年暑假过后，哥就上中学了，要在中学住校，如果山娃上学，到了冬天，漆黑的山路就会剩山娃一个人。不过，上午都参加升国旗了，山娃感觉自己已经是一名小学生了，哪有学生不上学的道理？

山娃还有一件犯愁的事，没告诉老师，也是他不能上学的重要原因。奶奶的腿去年夏天就不能下地走路了，白天晚上只能躺在炕上，需要人照顾，如果自己去上学，奶奶一个人在家该怎么办呢？

不过，山娃又想，春节爸爸妈妈回来，和他们商量一下，办法总会有的。奶奶不是经常说，办法都是人想出来的，活人还能让尿憋死？

秘　密

范春叶

最近，我总是思念过世多年的父亲。思念是从一位自称是父亲老战友的人联系上我时开始的。

他是一位七十多岁的老人。满头白发妥帖地向后梳着，一副眼镜架在鼻梁上，腰板挺拔、硬朗。陪同他来的人称呼他为"郭老"。郭老先说出了我父亲的名字，然后问我是不是他的家人.

我踌躇着，不好回答。

因为我连父亲是否真的当过兵都不十分清楚。即便我的母亲，如今已是银发闪耀荣升为姥姥的人了，提起父亲当年，她张嘴就骂："你父亲他就是个骗子！上门提亲的时候，说他哈尔滨军工学院毕业，毕业后当过几年兵，退役前还荣立了二等功。可等我嫁他后，翻开他那二等功授奖证书一看，'主要事迹'一栏空着，问他怎么回事？你父亲支支吾吾，一会儿说这，一会儿说那，嗳，谁知那几年他混哪儿去了？骗了我一辈子，末了也没跟我讲句实话。"

我嚅动了几下嘴唇，以一种平静的语调对郭老说："我的父亲已经过世了，您有什么事情？"

郭老一怔，摘下眼镜，捏了捏鼻梁，哀叹一声："来晚啦。"说着一行浊泪滚了出来。

我不知如何是好，只能看着他，长时间沉默。

片刻过后，郭老问起我的母亲。

我说："我母亲倒还健在，只是腿脚不方便，走路需要拐杖。"

郭老又是沉默，随后，他说："如果方便的话，希望能带我到你父亲的墓地看一看。"

郭老的声音悲切，我犹豫片刻，说："好吧。"

时值三月末，北方的山林尚未睡醒，灰晦的枯木间隔着肃穆的松柏，死呆呆地杵着。郭老在父亲的墓前待了好长时间，春风飒飒刮过，他的白发、他的身体在风中颤动。陪同他来的人将他搀起，他拭了把眼泪，戴上眼镜。走过青黄交接的草坪，安坐于墓园的长条椅上，问起我父亲的生平过往。

我说："打我记事起，父亲就一直在造船厂上班。前些年退下来后，就四处奔忙去当最美志愿者。其实作为小辈儿，我宁愿父亲像别的退休老人那样遛鸟逛公园。母亲也劝他'人老啦，不能由着性子来'。父亲不听劝，总说自我奉献让他感觉快乐。后来，在一次志愿服务回家的路上，他突发脑溢血，就这么过世了。"

郭老叹息一声，远望着肃穆的墓地、悠远的天空，像是想什么事情。好半天，他说："我觉着我还是应该见见你的母亲。"

我沉默。心里盘算，该不该让郭老跟母亲见面呢？我想，母亲见到郭老，想起父亲又会伤感的。不让郭老见我的母亲也许会避免许多的麻烦。

我说："您有什么事情可以直接跟我说，我会转述给我母亲听的。"

郭老严肃地说："我来，本是想告诉你父亲一个特大喜讯：我们当年军队的秘密已经在年前'解密'了！"

我愕然。什么秘密？前些日子我刚在电视上看到民族资产解冻大骗局。现在联系到一块儿，我的脑海里一片混乱。

只听郭老缓缓地说："1966年10月27日，我国首次发射火箭运载核弹头的'两弹'结合热试验获得成功，导弹从甘肃双子城基地发射，在新疆罗布泊核试验场上空预定的距离精确地命中目标，实现了核爆炸！我们中国从此有了可用于实战的导弹核武器！而你的父亲，作为这次试验的加注技师之一，荣立二等功。但由于核试验'上不可告父母，下不能告妻儿'的保密要求……"

我的泪水喷涌而出，我说："郭老，请让我带您去见见我的母亲，她一辈子都不知道我父亲藏着这样的一份荣耀在身！"

2021

桃花醉

孙艳梅

近年关，我去找胡总要账，到他公司扑了个空，整个公司的人都不知道他去了哪里。正憋火，接到他的电话。

哥也没要来账，没法结，胡总仿佛藏在一个很遥远的地方，又仿佛就在我身边，他说，你也像哥一样躲吧。

我再拨回去，这个混蛋已经关机。腊月是生意人约定俗成的要账日子，要了钱，好过年，我身后要账的像蝗虫一样跟了一屁股。我深知要债人的厉害，他们不会要我的命，我活着比死了对他们更有好处。可是，他们有可能会要……我的一条腿。我打了个寒战。

傍晚时候，我来到沂蒙山区一个叫北斗村的小村庄。穿过一片桃树林，来到一户人家，他家门前的桃树看起来光秃秃的很不近人情的样子，近看却长满了星星点点绿豆大的骨朵。我瞅着桃树发了会呆，敲门。

一个老人提着手灯疑惑地打量我一阵，惊喜地说，郭子？

我说，大程还没回来？

程叔把我往屋里让，腊月二十七了，估计快了。

他问我吃饭了吗？我想说吃了，肚子这时候却不知廉耻地咕噜叫了两声，他赶紧叫老伴生火做饭。我吃饭的工夫，程姨簸盆炭火，端到西厢房。这一夜我睡得很香，一躺下立马朝死里睡去，很久没睡这么踏实的觉了。

第二天，我坐在程叔家的炕桌上哧溜哧溜喝稀饭，屋里进来个男人，他见到我愣住了。我讪讪地说，大程，哥对不住你。大程是老程的儿子，我公司的包工头，他带着北斗村里的男人投奔我，辛辛苦苦跟我干了一年，我不仅欠他们的工钱，还躲到他的家里。

北斗村的大程就笑了，用手指指我，你呀你。

第三天早晨，北斗村里起了很大的雾，气势汹汹的，整个庄子都不见了，我在大雾的掩护下到野外透透气。忽然雾中闪现了一群人，我意识到不好，拔腿就往大程家跑。

我窜进西厢房，后面追我的人却被程叔截住了。

来人说，把姓郭的交给我，我给你钱。

院子里静得几乎可以听得见大雾被搅动起来又渐渐落地的声音。我坐在床边的一只鼓形木凳上，慢慢地系紧跑鞋的鞋带。

院子的程叔说，我家没来陌生人。

来人指向我藏身的西厢房说，我进去找找。

找找？程叔将两眼瞪向来人，像发射子弹似的，那你们觉得还能活着出这个村吧？

对峙良久，来人气急败坏地一挥手，一群人消失在茫茫大雾中。

可是，这件事在村里沸沸扬扬起来，像那场不期而至的大雾，眨眼间覆盖全村。程叔家里坐满了高高矮矮的乡亲。程叔磕磕手中的烟锅子，慢悠悠地说，相信我，郭子不是那种欠钱不还的人，我老程打包票。

天黑了，各家屋檐下的花灯纷纷亮起来，街道上笼罩着一片温暖的亮色。

过年了。

我在北斗村过了个平安无事的年。春天来临的时候，胡总让我去结账，他一瘸一拐的，对每个人都说是春节喝酒摔的。他惊诧于我的完好无损。

带着钱，我又一次来到北斗村。我和大程坐在繁花盛开的桃树下喝酒，仿佛二十年前的我爹和程叔。

二十年前，我爹开着货车途经沂蒙山，他又累又渴，见到一片桃园就停车过去，园里没人，我爹摘了些桃子。次年春天父亲带着我七拐八拐去还桃钱。我说，那么远不够油钱的。父亲说，不是钱的事。

那天的父亲和程叔从中午喝到晚上，醉倒在桃花树下。我和大程两个小人儿，顶着满头满脑的桃花，在树林子嬉闹。

一寸一寸的光阴长着脚，慢慢在桃林里爬行，后来我做生意，大程带着一帮人投奔了我。程叔对父亲说，我儿子跟着你儿子干，我放心。

我和大程碰下酒杯，远处我的儿子和大程的儿子，头顶满头满脑的桃花，在树林子嬉闹。

大程说，当年我俩也就这么大吧？

我说，是的，当年咱们的父亲也和咱们现在这般大。

漫天桃花，触目横斜千万朵，赏心悦目的只有一支。大程起开珍藏十年的高度烧酒，倒满，说，干了。我说，干了。不知不觉中，暮色的桃花醉满山林。

山有芙蓉

李晓东

明崇祯九年秋，徐霞客自感老病将至，开始自己最后一次"万里遐征"。

其时，徐霞客长子徐屺、次子徐岘均已婚娶，孙子徐建极已三岁。按理说，他家有遗产，衣食足以自给，百年已过其半，五岳已游其四，本该弄孙课子，优游林下，安享晚年，可他偏偏闲不住。

这年九月十九日，徐霞客偕一僧二仆，从家乡江阴出发，奋然西行，欲穷江河之渊源、山脉之经络。那僧人名静闻，在江阴迎福寺出家，曾刺血写法华经，愿供之于鸡足山，因此随行；二仆为顾仆和王奴。

十月二日，徐霞客一行抵达余杭，四日游洞山。五日，王奴不堪奔劳之苦，独自逃离。八日，徐霞客到达兰溪，游金华三洞。十六日来到常山，登岸入江西境内，而后从玉山坐船到广信，再到弋阳，游龟峰。十月二十三日，陆行抵贵溪，游徐仙岩。二十五日，赴仙岩、龙虎山。二十八日，抵金溪。二十九日，抵建昌，此后数日先后登临麻姑山、会仙峰、军峰山。

一路上，他们或乘舟，或陆行，途穷不忧，行误不悔，暝则寝树石之间，饥则啖草木之实。夜半灯下，徐霞客还不忘记述附近的山势水道、人文风俗。

十一月十八日，他们从建昌西行，循麻姑山道，前往临川最高峰芙蓉山。

行至半山，山势险峻，芦苇、野竹、荆棘、藤蔓封堵了山道。抬头望去，但见云雾中一峰状如莲花，时隐时现。

"我实在爬不动了，歇一会儿吧！"顾仆气喘吁吁地说。

"太累了！"大和尚静闻一边说着，一边用手擦汗。

徐霞客仰望芙蓉峰，说："天色不早，赶紧爬山吧！"

说罢，徐霞客挥动柴刀，朝前开路。

不知爬了多久，山路突然中断，上面是一丈余高的崖壁。好在崖上垂下几根粗壮的老藤。徐霞客牢牢抓住藤条，向上攀缘，手心都磨出了血茧。随后，顾仆和静闻也攀上悬崖。

2021

"好疼哟，我脸被芦苇叶割破了！"顾仆一边说，一边用手去抹血迹。

"这么冷的天，居然还有毒蚊子。你瞧，我光头上都叮起了一层红包！"静闻笑着打趣。

"天啊，山上还有山！还要爬多久？"顾仆叹息道。

"你瞧，前面有瀑布，应该快到山顶了！"闻静笑道。

徐霞客抬头望去，只见一帘飞瀑隐现于深竹密树、红叶朱英间，犹如山中高士。

他们加快脚步，朝瀑布下走去，正想浇下头，抹个脸。

突然，徐霞客嚷道："小心脚下，近水处怕有蛇！"

话音未落，只见一条手腕粗的青蛇从山涧边倏地钻进草木丛中。

顾仆吓得不轻，半天说不出话来。

渐近山岭，周围众山尽收眼底，宛若百鸟朝凤。山风吹来，徐霞客发丝凌乱，衣衫飘动，犹如出尘芙蓉，浑身有说不出的惬意。他不禁吟起杜甫的诗句："会当凌绝顶，一览众山小！"

静闻笑着摇头："就会穷开心！干粮所剩无几，断炊之日不远了，再说夜里到哪里落宿？"

"不急。前面有间石屋，不妨进去看看。"

走近细看，那石屋早已荒弃，门朽窗破，墙下长满杂草，当地人叫它芙蓉庵。

忽然，徐霞客喜出望外地说："这墙上还有题诗呢！"

果然，墙上题有元朝诗人何中的诗："岩岩青芙蓉，峻秀琢寒玉。危流千丈飞，铿鍧石相触。幽闷鱼龙宫，荒寒雾雨蓄。凄神不可留，前登散遐瞩。参差杂花动，香气泛幽谷。日照丹霞开，万峰洗晴绿。"

静闻苦笑道："还是先找个下榻之处吧！"

"今晚就在这庵里下榻，将就将就！"徐霞客说。

夜里，月色清冷，山雾寒凉，徐霞客翻来覆去睡不着，便在庵外生起篝火，开始写日记。才写完小半页，山谷荒榛密箐里不时传来狼嗥之声，让人毛骨悚然。

翌日清晨，徐霞客继续爬山，从庵左小径上行，登三仙石，站上芙蓉山最高处。东望红日雾海，宛如仙境，他不觉心荡神驰，如醉如痴。

静闻和顾仆早已饥肠辘辘，催促下山去宜黄南坑村用早餐。

徐霞客笑道："咱们出门不易，自当达人之所未达，探人之所未知！唐代王勃说'邺水朱华，光照临川之笔'，记住，除了人才辈出外，临川还有座芙蓉山啊！"

下了芙蓉山，便到了宜黄。出江西后，徐霞客接着游历湖南、广西、贵州、云南。

次年九月二十四日，静闻在南宁崇善寺病逝，徐霞客写下《哭静闻》诗共六首，诗句有云："西望有山生死共，东瞻无侣去来难。""别君已许携君骨，夜夜空山泣杜鹃。"依照静闻遗愿，徐霞客携其遗骨葬于鸡足山。

而更让徐霞客痛苦的是，崇祯十二年九月，他仅剩的同伴顾仆竟不辞而别。

崇祯十三年，他自滇东归，孤身回到江阴，著《江源考》等文。

次年，徐霞客五十六岁，在家溘然长逝。

时光如梭，快四百年了，芙蓉山上的芙蓉庵历经风雨，仍朝夕守望在临川之巅，只是不知何时何人在何中的题诗旁画了几朵芙蓉花。

后继无狗

白旭初

阿黄是狗，才两个月大的狗。阿黄断奶后不久，母狗就不知去向了。阿黄在一倒坍陋屋的草窝里呼唤了几天，一拾荒老人收留了它，他要用狗换钱。

那天，跛脚的包工头老鲁拄一拐杖闲逛，见拾荒老人蹲在村口，看阿黄舔食残菜剩饭。狗瘦，但四肢壮实、背部平坦、尾巴上翘，是只公的。老鲁立马心喜道，好狗啊！家境殷实的老鲁花8块钱成了阿黄（阿黄这名其实是事后老鲁取的）的主人。

老鲁家已有一狗，也是公的。除了腹部有一线白毛，其他处的毛都是黑黢黢的，名唤阿黑。阿黑也是野狗的后代，还是只丑狗，天生少了只耳朵不说，还是龅牙，叫声怪异。先天不足，后天不良，成成年狗了仍瘦骨嶙峋。当年老鲁还不是包工头，没多的钱买只好狗，就收留了流浪的阿黑。

近20年里，有阿黑看家护院，老鲁家没丢过鸡，没失过物，房后菜园的菜叶也没少过一片。阿黑心不野，老鲁不下指令，阿黑从不走出院门。

如今，阿黑老了。老，表现在吃相、走相和应急反应上。慢慢地吃，一根骨头嚼半天；慢慢地走，四肢偶尔还抖颤；见有陌生人靠近或从门外经过，无力奔上前去，只能有气无力低吠几声。

阿黄的到来，老鲁了了心愿，看家护院后继有狗了。

老鲁希望阿黄成为阿黑样的狗。令老鲁高兴的是，阿黄很快就表现出良好来。

那天，老鲁抱着阿黄回到家，阿黄一落地，就直奔阿黑去了。不知是阿黄孤单寂寞了多日，还是把阿黑当成母亲了，反正它和阿黑这么快融洽让老鲁脸上挂满了笑。

第二天，老鲁欣喜地发现阿黄跌跌撞撞跟随阿黑爬上"哨所"。

"哨所"是阿黑的窝。这是院子里的高地，圆桌大的黄土堆是建房时留下的，上置一块四方水泥板，板上是个横放的大木箱，足以让阿黑阿黄容身。箱上覆盖了防雨石棉大瓦。阿黑阿黄住这儿视野开阔，院内动静尽收眼底。

老鲁没事，喜欢端坐院坪晒太阳，看阿黑阿黄亲密：阿黑蜷缩在一隅瞌睡，阿黄也紧挨着躺下；阿黑在院子里转转，阿黄也脚跟脚撒欢；阿黑听到院外不熟悉的声响会吠几声，阿黄也跟着"汪汪汪"，亲似父子或师徒。

阿黄变化很快，一年工夫，就出脱成英俊青年了：浑身黄毛滑顺油亮，竖耳灵动，双目有神，四肢矫健，展现出剽悍和气势。

阿黄不再与阿黑形影不离了。阿黄成熟了，阿黄有心事了，阿黄时常溜出院门，引起了老鲁注意。

一天，老鲁见阿黄悄悄溜出院门，紧随其后，看见阿黄想和邻居家母狗暧昧，便高举拐杖大喝一声，讨打吧，阿黄！

阿黄一惊，立马奔回院里。

老鲁清楚，邻家那狗花花已是半老徐娘，当年天天来他院里勾引阿黑，阿黑不知咋的，竟不为所动，硬是没有发生过风流事！后来母狗下的一窝崽，还是别的狗的功劳。

白天，阿黄不停地在院子里走来走去，最后趴在院门口一动不动。晚上，阿黄不再进木箱睡觉，而是躺在土包边，时不时睁开眼看着紧闭的院门。阿黄想出院门而又不敢或没机会。

一天，村长宴请老鲁，老鲁唤阿黄同行。觥筹交错间，阿黄没有在桌下穿梭捡吃骨头、残屑，而是一转眼不见了。当阿黄再现村长家时，已经筵毕人散。老鲁回家一个时辰后，才见阿黄归来。老鲁用拐杖在水泥地上重重顿了几下，骂道：阿黄，你野到哪里去了？小心我打断你的狗腿！

阿黄似乎听得明白，夹着尾巴躲到一边去了。

老鲁常会丢两根骨头给阿黑阿黄，骨头不可能一样大小，阿黄总是衔那根小的，把大的那根留给阿黑。

这天，老鲁因感冒犯困躺床上休息，起来小解，看见中午丢给阿黑阿黄的骨头，有一根还在那儿。再看，阿黑正眯着眼打盹。他院里四处寻，没见到阿黄。

老鲁拄着拐杖到邻居家看了看，半老徐娘花花正瞅着晒衣篙上的一只麻雀。老鲁料定阿黄也不会失踪，饿了自然会回来。

2021

果然，天刚擦黑，阿黄回来了。老鲁刚要举起拐杖吓唬吓唬阿黄，又忍住了，"狗打生，马打熟"，他懂。

仅隔了一天，阿黄又溜出去了。过了三天，阿黄也没有回来。

老鲁急了，好不容易看着长大的狗不能说没了就没了！本地有吃狗肉的嗜好，他担心阿黄东奔西跑被人暗害，成为别人家的一道菜！

老鲁村前村后打听时，一收废品者听了老鲁的描述，玩笑着说，是一只威武的黄狗吧！如今只怕成了顾总家的上门女婿啦！

顾总家坐落在对面三公里的桃子山下，是远近闻名的养鸡大户。老鲁专程去顾总家，一问，阿黄果然在这里。阿黄和顾总家的母狗圈圈已是夫妻了。

阿黄见到老鲁，欢快地晃头摆尾，亲热地在老鲁腿脚边蹭来嗅去。老鲁说，跟我走，回去！

老鲁往回走，阿黄真的跟上了，还一会儿在前，一会儿在后撒欢。

半路上，老鲁在一丛小树旁撒了泡尿，阿黄跑得没了影。

回到家，老鲁才发现，阿黄并没有回来。

老鲁很生气。隔了两天，老鲁又去顾总那儿，要把阿黄带回来。阿黄又故技重演，半路上，看似快速地往家的方向去了，结果却是绕道回到了圈圈身边。

老鲁怒了。怒了又会怎么样呢？

让老鲁万万没有料到的是，半个月后的一天，阿黄回来了。

阿黄回来的那天，老鲁正好被人骗去了一笔工程款。

阿黄摇着尾，讨好地在老鲁的裤脚边蹭来蹭去，老鲁却冲动地举起拐杖，只一下，就砸开了阿黄的头……

老鲁家又只有一条狗了。

阿黑的视力听力都不济了，还是一如既往，时而蜷缩在一隅瞌睡，时而在院子里转一转，像个称职的保安。

家 乡

三 石

宝龙是个人才，可是，这龙入浅滩，掀起的浪头过不了三尺，可惜了。

这话是智生说的。智生是我老板，手底下管着上万亩果园。当然，从名义上讲，果园还不算是智生的，而是他岳父大人的。可他岳父大人只有一个闺女，早晚得归于他名下。

智生嘴上念叨的宝龙，是他从小学一直到大学的同学，两个人是一个村的。大学毕业那年，果园的老板，也就是现如今智生的岳父，跑到学校挑人，将智生和宝龙招了过来。

宝龙我也熟悉，单以果树栽培技术而论，比智生强许多，就连老技术员都赞赏佩服得一塌糊涂。但论起相貌来，智生可就有优势了。最终，智生被老板的闺女相中了，成了果园的"少东家"。

宝龙在果园的待遇一直很好。即便如此，果园还是没有留住宝龙。智生成为老板女婿的第二年，宝龙回到老家箬源村，应聘村干部去了。

宝龙说，村里穷，家里更穷，读书的钱都是乡亲们七拼八凑的，如今村里正在开展脱贫攻坚，我得回家乡帮着做点事。

这一分开，智生就跟丢了什么东西一样，整天将宝龙挂在嘴上。果园遇上技术难题，智生张口就说，这要是宝龙在，还不两个指头捏田螺——手到擒来。

我也是搞技术的，听得多了，心里就不舒服，没好气地说，你这么离不开他，去把他挖回来好了。

其实，我也就是随口一说，智生却当了真，郑重地点头说，你说得在理，赶明儿我得回趟箬源，将这小子逮回来。

第二天，智生还真就去了。

许是看我之前跟宝龙走得近，智生让跟他一起去，我们开着车，跑了七百多公里的高速，去做宝龙的工作。

见到我们，宝龙很高兴，领着智生和我，登上村后的山头，说，看到没有，

2021

这一片种的是脐橙，那一片种的是百香果。那一块是刚开垦的，准备种马家柚。

看着宝龙的兴奋劲，智生没好意思说明来意。

晚上吃饭时，就着老酒，智生还是挑明了来意。

宝龙说，我知道你念着兄弟情分，我也想过去帮你，还能多挣些钱，但眼下这些果树还没挂果呢，我不能离开啊。这样吧，等果树挂果，村里脱贫了，再说这事，行不？

宝龙虽然拒绝我们了，可还是给我们留下些念想，智生敬了宝龙一杯，说，一言为定，等村里脱了贫，我再顾茅庐。

这以后，虽然远在千里之外，智生却时常记挂着箬源村的水果，箬源村的脱贫攻坚。他关注了家乡的脱贫攻坚公众号，每次看到好消息，都兴奋地跟我说，你看，我们村的脐橙挂果了，这个头，这外观，品质还真不错。这是我们村的葡萄园，还别说，采摘游玩的人真不少。嚯，这马家柚，绿油油的，长势真喜人。这宝龙，还真干出了点名堂。

这天，智生兴高采烈地告诉我说，县扶贫办的公众号上公布了脱贫村的名单，箬源村赫然在列，宝龙该兑现承诺了。

再次来到箬源时，村里正在选举，宝龙以满票当选村委会主任。在村里的戏台上，宝龙畅想着箬源村的未来，台下村民们掌声雷动。我注意到了，智生虽然没有鼓掌，但眼角有些湿润。

宝龙照例请我们喝酒。

智生没有旧事重提，但宝龙显然记得当初说过的话，他端起酒杯，歉意地说，智生，对不住，我得失言了，箬源村虽然脱贫了，但乡村振兴的路还很长。你们也看到了，今天的选举我是全票当选，我不能对不起乡亲们的信任啊。

智生没说话，将满满的一杯酒一饮而尽。

回去的路上，智生几乎没吭声，像是在想什么心事。我们到家时，已经是深夜了，智生下车，突然叫住了我，说，我想好了，咱家的千亩果园拓展计划，就投到箬源村，我跟宝龙先沟通一下，具体事宜由你负责。

我说，老板，箬源村离咱这儿可不近啊。

智生听了，眼一瞪，说，远又咋了？再远，那也是我家乡。

相 马

郑俊甫

窑镇东南有一方地，跑马场大小，四周围以木桩。空地里也到处是木桩，一根根杵在那儿，极似兵戎相见的战场。窑镇人称这块地为"牲畜行"，也就是交易牲畜的场所。说是"牲畜行"，其实圈建数十年来，里面交易的多为马匹，所以当地人常唤作"马行"。

"马行"逢三六九吉日开集，开集时，十里八乡的马贩子便云集于此，极是热闹。"马行"里的交易，并不是一手交钱一手交货，靠的是"中间人"撮合。

一般成功一桩买卖，双方都要付给"中间人"一些佣金。"中间人"吃了买方吃卖方，看似潇洒，其实不然。要做一个上得台面的"中间人"，起码得具备两个条件：一是诚信。看到什么说什么，既不看人下菜碟，也不暗收好处打诳欺瞒。二是能耐。这能耐便是相马，一匹马往跟前一站，一看二摸三遛弯，看是看牙口，摸是摸膘情，遛是遛役力。可别小瞧了这三招，没有几年的工夫是学不来的。

窑二就是做"中间人"的。在窑镇马行，窑二的名头极是响亮，不管是外地的还是本地的，一进马行，当头便是一句，窑二在不？似乎找着了窑二，卖马便卖得心安，买马便买得理得。

窑二入行十年，相马无数，从来没有发生过一例退马事件，这让窑二的头上罩上了一层无形的光环。窑二也不拿架，人极随和，往往逢了集开了市，便左手托一紫砂壶，右手摇一雕花扇，迈着碎步，边走边眯上眼"吱溜"一口，然后咂咂嘴，哼出一段字正腔圆的京腔来，神仙一般。

这日逢九，照例是马行开市的日子。一大早，马行偌大的场子里就热闹起来，一根根木桩上拴满了各式各样的马。买主，卖主，手一袖，便蹲在那儿等。等谁？窑二。

窑二来了，边走边哼。左手茶壶，右手竹扇，八字须，瓜皮帽，长袍马褂，极是干净利落。不时地有人站起来，喝上一声好，然后问一句，窑二爷，来了您？窑二笑着点点头，答一声，来啦。接着哼。

进了马行，虽说没有交易，窑二也不闲着，人围着拴在木桩上的一匹匹马，来来回回地看，像是要看出点什么门道。窑二的脚就在一匹马前顿住了。是匹枣红马，毛色纯正整齐，浑身缎子般发亮。窑二围着那匹马连转了三圈，叹了一声，好马！

窑二相马从不轻易夸马，看窑二的神态，这马绝非等闲了。立时就有打算买马的人聚了来，把窑二团团围住。人群里有一个胖子开了腔，窑二爷，这匹马当真是好马？窑二眯着眼答，您当我是闹着玩的？胖子瞅了瞅那匹马，摇一摇头，说瘦了点。窑二上下打量了胖子一回，应道，驮货爬坡颠山道，您可见过胖子走得下来的？人群哄笑了起来，笑声里，窑二一摆手，说，对不住，只是打个比方，没有嘲笑您的意思。胖子也笑，胖子说，冲了窑二爷这句话，这马我要啦。

接下来就是商量价钱了。卖马的人是个瘦子，一胖一瘦分别跟窑二用手势打起了哑谜。围观的人屏着息，瞪着眼，一个个盯得仔细，生怕错过了一场好戏。价码终于在窑二伸出的手势里定了下来。窑二伸出五根手指，冲着人群晃了晃，人群中就响起了一阵喧哗。一般的马都是二三十块大洋成交的，好的也不过四十块大洋，这匹马居然卖到了五十块，真真破了天价。

在众人的唏嘘中，胖子很豪爽地掏出了五十五块大洋，交到窑二手里，五十块是买马的钱，五块是酬金。酬金本该是两块大洋，胖子说，难得今天买了匹好马，多谢窑二爷啦。

胖子兴冲冲地牵着那匹枣红马走了。

本以为此事到此结束，不想却节外生出了枝。事情出在十天之后，胖子买回的枣红马突然病了。胖子起先以为是小毛病，请了兽医来看，兽医看了几次，却诊不出毛病来，只好开了药，灌服。十多天下来，病一点也没有见好，却白白贴进去十多块大洋。胖子有点急了，本想花高价买匹好马来挣钱，谁知却成了赔钱货。

眼见马病得不行了，胖子寻到了马行，追问窑二缘由。窑二摇头，说定是您饲喂不当的事。胖子不服，想要退马。窑二说，马行有规矩，马在卖马人手中超了三日，概不退换。如果都像您这样，喂出病就来退换，马行岂不乱了套？众人皆点头附和。

胖子见辩不过，一急之下，竟在一天夜里把自己挂在了马行的一根木桩上。

窑二听了这事，一跺脚，长叹一声，再不去马行。数日之后，窑二也一病不起。

那天，眼见窑二的身子骨不行了，窑二的老婆抹着泪坐在床头，望望窑二，又望望得了怪病倾家荡产也不治的儿子，凄切道，都怪我，不该出了这等馊主意，逼你牵了自家的马去骗人啊。窑二摇头，窑二幽幽地说，不怪你，怪我自己，一个七尺男儿，竟不能养活妻儿，却要靠这等手段害人害己，还有何面目苟活于世上啊！

言毕，两行浊泪爬上了面颊。

魔咒

冷鬼

他决定去杀一个人，准确地说是用汽车轧死一个人。这个想法已生根了十年。

这个想法也已经折磨了他十年。

十年前，他在大一的暑假回到家乡。下午五时许，天热得让狗吐舌头。门前有一棵大枣树，他坐在一个小木凳上在大枣树下乘凉，他的右侧放着一盆凉水，他的脖子上搭着一条湿毛巾，手里一本书。

远处，大地上的热浪被明晃晃的阳光罩着，呈现出虚幻般的烦心境况。

突然，他家的一只鸭子奔命似的逃回来，后面一只老母鸡奓着毛疯狂追赶。他立马站起，顺手取下脖子上的湿毛巾，对着老母鸡迅猛地一裹，老母鸡竟被甩到半空，随后重重地摔在地上，并没有立即死，而是从地上跃起，向回奔去，奔到自家大门前气绝身亡。

这完全出乎他的意料，他觉得自己行为过当了。他觉得自己对不起这只母鸡。他向邻居家走去。他主动向母鸡女主人道歉并愿意以双倍价格赔偿。

母鸡的女主人不同意，也不接受道歉，说他是故意杀死了她的鸡，故意杀鸡罪！

在他杀死这只母鸡之前，两家已有些积怨。

很快，母鸡的男主人回来了，男主人的父母也陆续回来。

他的弟弟妹妹和父母也很快出现在现场。

争吵迅速升级到骂大街。

深夜十二点，一场突如其来的雷阵雨才结束了这场"战事"。

在阵雨中，母鸡的女主人骂了一句："谁不凭良心，就让汽车轧死谁！"

他的母亲回骂："对，不凭良心就让汽车轧死她！"

那夜，他一夜未眠。他讨厌这样的生活。

后来，他逃离了这样的生活。他大学毕业后在市里一家国有企业工作，年薪颇丰。但母鸡女主人的那句话却种在了他的心里。他知道，母鸡女主人的本意，是诅咒他被汽车轧死，而不是"谁……谁……"的选择题。这射向儿子的诅咒用意恶毒至极，才让母亲护犊子的本性贲张拼命回诅，但仍重创了母亲的心。这几乎变成了一句魔咒，在不经意间，比如在看电视里汽车追逐的画面时，或者在某次过马路时，或者在某次的梦里……他都会莫名其妙地想起这句话。

"可恶！"想起这句话，他的头就感觉有些大，甚至有些痛，有些挥之不去了，他在这样骂的时候，他的仇恨与日俱增。

莫名其妙的仇恨，可笑的仇恨，太具个性化的仇恨，他明知这是仇起青蓣之末，且与自己所受到的教育完全不匹配，但无法平息。

工作七年后，他先买了房子，又买了一辆小汽车。在开上新汽车三个月的一个午后，当时他在高速公路上，当他超越一辆大货车时，他又突然莫名地想起了母鸡女主人的这句咒语。他摇了摇头，从牙缝里低沉地吐出一句话："我要轧死你！"

副驾驶上的妻子睡得迷迷糊糊，突然如泼冷水般地醒来，问道："你说什么？"

"没什么，睡吧。"他点燃一支烟。

妻子头一歪又面带微笑地睡去。

从这一刻起，他要轧死母鸡女主人的心情越来越强烈。他要让她死在车轮之下以证明她是不凭良心的人。他要让全村人都知道她的死与她不凭良心有直接关系。

冬日午后，阳光干净。他开着车向家乡驰去。他突然想起了荆轲刺秦王的故事，面目严肃起来："十步杀一人，千里不留行。"他又想起了李白的潇洒，也感觉自己是一位高手了，面目微笑起来。

车灯的右转灯像鬼眼一样闪烁，他的汽车驶入了家乡村庄道路。

他发现村庄一下子变得美丽起来，与记忆里的泥泞村庄大不一样。父母去世后，他已经三年没有回来了。

他感叹着这种变化。

不经意间，他猛然看到前面一个熟悉的身影——骑着电瓶车。很快，他低语了一声："那个女人！"又道，"真是好机会！"但他的心竟有些慌乱了——此行是"杀"前侦查的。

"杀，还是不杀？"他的心跳得无比厉害。

思考中，他的汽车箭一般向前飞驰。

突然，他的汽车发出紧急制动的声音——他的汽车与她的电瓶车相距两米来远时，她的电瓶车突然歪倒，人和车均翻进了路边的河里。

他不假思索，毫不犹豫地跳进河里，救起了这个自己仇恨了十年，本意要杀死的女人。

他手臂受伤住进了医院。

她来看他。

客气了一会，他们叙起了家常。

他突然问："你当时电瓶车骑得好好的，怎么突然就翻进了河里？"

她脸红了一下，犹豫了一小会，道："不怕你笑话，我当时怀疑后面的汽车想轧死我，吓得头一晕，就……"

他的脸忽地一热。

他故作淡定道："怎么会有这种想法？"

她迎着他的目光道："十年前……"

他眼眶湿润了，转过脸去。

她问他："你当时回来干什么？"

他说："看看老屋子。"

她又问："你为什么要救我？"

他小声道，像自语："你也救了我。"

戏中寒

赵淑萍

青岛的票友点了一出《南天门》。

马天芳的艺术正如日中天。他知道，青岛港是个戏码头，热爱京戏者众，品位也高。在《南天门》中，他饰演义仆曹福。主人曹正邦被太监魏忠贤所害，他携曹女玉莲逃跑，走雪山时脱衣为她御寒，自己冻死途中。

正值酷暑，戏里戏外，简直是冰火两重天。戏院的老板说，就让观众在戏里"纳凉"吧。

台下，座无虚席。看到精彩处，观众们都忘了摇动手中的折扇。

舞台上，大雪纷飞，寒风瑟瑟。马天芳玄衣白须，那长长的白须，如银练，挂于胸前，甚是醒目。

曹福这角色很是考验功力。这角色属于老态龙钟、身子羸弱的衰派老生。马天芳不仅演出了曹福的老态，还演出了人物的内在之美，唱腔酣畅朴直，雄浑苍劲，动作洗练洒脱。

场内看客报以如雷的掌声。

戏入高潮，马天芳已经一脸的汗。灯光射在脸上，闪闪发亮。

台下的鼓掌、呐喊一阵阵，一浪浪。突然，传出一种异样的声音，原来有人喝倒彩，而且带动了一片观众。这出戏，马天芳演得很熟，也很松。于是，他循着异样的声音望去，记住了那张脸。

一下台，他就在脑海里迅速过了一遍自己的戏，没有任何纰漏啊。他甚至问了侧幕后面的人，都觉得没有任何一处闪失。

戏结束，演员谢幕。他分明看到那人还在，跟其他观众一样，也在拼命鼓掌。大幕一合拢，马天芳急急下台，径直向那人走去，请他留步，并邀至后台。让座，沏茶，恭恭敬敬地问："敢问先生尊姓大名？"

看客说："我姓辛名达。如果不喝倒彩，又怎能接近大名鼎鼎的马天芳先生呢？"

不等马天芳说话，这辛达就顾自说起了马天芳的籍贯和家世。"你祖上是簪缨世家，你父亲迷上戏后，就跟着戏班走了。他被永远逐出了这个家族。你从小学艺，博采众长，小小年纪就声名远扬。"看客对他了如指掌。

辛达又说："我和令尊大人一样是票友，我佩服他的勇气，可我永远只能做一个票友。"

辛达滔滔不绝，马天芳为他续茶，然后说："先生对我了解细致入微，不胜荣幸。只是今天的事，还望先生指点迷津。"

辛达说："指点岂敢，只是，戏中大雪纷飞，老曹福衣衫单薄，应当是打寒战，起鸡皮疙瘩，怎么可以大汗满面？"

马天芳说："我唱念做打，盛夏，怎么能不出汗，又怎么能冻出鸡皮疙瘩？"

辛达呷了口茶，说："机会难得，在下只求一事，明日上演，是否允许鄙人客串一回？一则满足平生夙愿，二则切磋剧情。若有差池，在下一人包揽。"

第二天的《南天门》，马天芳穿了便装，坐在最前排。

辛达饰曹福，举手投足都是马天芳的韵味。高潮处，瑟瑟发抖，而且马天芳看到，不仅手和脸都没汗，倒下时后脖子上竟还起了鸡皮疙瘩。他走到后台，叹服，拜谢，称他为一戏之师。"谢谢您，圆了我的一个梦。论技艺，我怎能跟您相比？控制出汗是容易的，少喝水，练功，就是了。"辛达对他说。

离开青岛前，马天芳去辛达住处告辞，意外听说，辛达受寒卧床，后来病情加剧，已经住院。

马天芳赶到医院，辛达看到他，蜷身坐起，居然打寒战。而此时，窗外是猛火日头。

马天芳问："大热天怎么会得寒症？"

辛达说："戏中寒，冻伤了。好在心愿了了。"

马天芳从未见过如此"入戏入道"的票友，一出戏，自己流汗，他却冻伤。回沪后，马天芳给辛达寄去中药，问候病情。而辛达的回复，总是云淡风轻。后来，有知情人告诉他，辛达的寒症，持续了半年之久。即使病愈，每逢人提到马天芳，提到《南天门》，辛达还会不自禁地打寒战。

守 望

秦兴江

初冬时节，天变得越来越短。

眼看太阳就要下山了，马大爷抚摸着身边的墓碑，还没有要走的意思。今天是来滩涂边第三天了，这三天陪伴他的只有身边马老太的墓碑，马大爷还没有看见一只天鹅的影子。

"会等到的，会等到的。"马大爷一边自言自语，一边像是安慰着墓碑下的人。

"奇怪，比十年前整整晚了三天啊！"

马大爷不由想起十年前的那个下午，那个黄昏。

那天下午，马大爷和马老太在自家自留地里收拾秋后的玉米秆和残枝败叶。看看天色不早，马大爷说："饿了，咱回家弄饭吃吧。"马老太一边应声起身，一边突然指着远处的水边问："那是什么？"

"像两只鹅。奇怪，这是谁家的鹅啊？"马大爷看着不远处的两只大白鹅说，"天都黑了，谁家的鹅跑这么远哩？"

也许是那两只鹅听到了他们的议论，突然一声长鸣，展翅飞远了。

"天呐，不会是天鹅吧！你看你看，都怪你，说话不能小声点？一辈子急吼吼的，像放炮仗似的！"

马老太开始大声埋怨起来。马老太一般是不埋怨他的，她是一个好媳妇，历来和声细语，可是这次却大声埋怨起他来。

第二天下午，他们又来到了滩涂自留地。当然，跟他们一起来的还有很多白天鹅。

第三天也是，从第二天的12只，变成了16只。马老太数了半天终于数清了是16只。

那一年，是白天鹅来的第一年，虽然白天鹅来的并不多，但是第二年、第三年，每到那个时节，马大爷和马老太都会去那个滩涂等候，白天鹅也会如期而

2021

至，一年比一年多。特别是经过了三年，他们更加坚信，白天鹅会不请自来。

马大爷和马老太逢人便讲那些白天鹅的故事，言语中不无自豪，那是他们的滩涂，那是他们的白天鹅。

知道白天鹅的人越来越多，后来，每到白天鹅快来的日子，滩涂上就不知从哪里突然冒出好多好多奇怪的人，他们带着长枪短炮，穿着奇装异服。

"你们，你们，你们是干啥的？不要吓跑了我的白天鹅！"马老太挺身而出，声色俱厉。

"又不是你家的白天鹅！"那些人连头都不扭一下，他们就像听不见马老太的声音，看见白天鹅飞来了，就恣意地踏过马老太家的自留地，举起手中的长枪短炮，瞄向水边的白天鹅……

马老太气急之下，一病不起。后来，就再也没有白天鹅翩翩飞来。

第四年，不，是第五年，白天鹅的身影终于引起了政府和更多人的关注。百里黄河沿岸，那一片片滩涂，和那水波荡漾的黄河水面，还有那林木交错的黄河湿地，数千只白天鹅仿佛水中的雪莲，又宛若快乐的天使，时而悠然自得地引吭高歌，时而踏着水花婉转低鸣，时而凌空亮翅，时而翩翩起舞……

那一片水域和滩涂，从此便被人们称作"天鹅湖"。

可是，马老太却走了。

"不，你没走，我要陪着你，年年都陪你看天鹅……"

马大爷从遥远的思绪中回到现实。天就要黑了，他留恋地抚摸着身边的墓碑。马老太去世后，她的坟就在自家的滩涂，这里是最先看见白天鹅的地方。

可是后来天鹅湖的水深达几米，沿河滩涂湿地都被淹没了。冬天，天鹅来的时候找不到吃的，天鹅的数量也就越来越少……这两年冬天，马大爷和村里的老人们没少带着自家的大豆、玉米，撒向白天鹅活动的黄河滩涂。马大爷想，如果马老太在的话，她肯定也会大力支持这样做的。不然，河水上冻的时候，那些天鹅去哪里找食吃呢。

天真的要黑了。马大爷再次抚摸着身边的墓碑，恋恋不舍地说："算了，明天我再来陪你吧！"

他擦拭着眼角的一滴泪水，缓缓地转过身。这时，天空中突然传来一声久违的鸣叫，那声音，马大爷再熟悉不过了！

"来了！来了！"马大爷激动地大声喊着。夕阳的余晖中，那最前面的一个身影，竟然变成了马老太年轻时的身影，是那么美丽动人……

麦芒熟了

吴万夫

唐小渡应聘到《金蚂蚁》杂志社做编辑时，麦芒已从主编的位子上退休多年。此前，麦芒曾经给唐小渡发过小说专辑与评论；作为回报，唐小渡也掏钱买过他的作品集。这种投桃报李的事，相信在不少作家与编辑身上都曾经发生过，时过境迁，大家自然而然很快就会淡忘了彼此。

唐小渡真正对麦芒的认识与了解，是从他到了《金蚂蚁》杂志社之后。退休后的麦芒仍然笔耕不辍，隔三岔五将信件送到杂志社收发室，顺便领上一沓信封与稿纸什么的。在网络化时代，麦芒仍然坚持传统方式写稿投稿，着实令唐小渡心生敬佩。对此，办公室主任侯乙却是满脸鄙夷不屑的神色，嘴一撇："麦芒就是个爱占小便宜的人，如今退休已多年了，工资都拿到五六千，竟然还将私人信件拿到单位寄！"

侯乙还向唐小渡披露了麦芒爱占小便宜的具体细节：其他同事领一支签字笔芯差不多能用一个月，而麦芒每个月至少要领两次。多领一支笔芯干什么呀？拿回家呗！一支笔芯也就几毛钱，就这他都看中了！

素来与麦芒不睦的侯乙愤愤地说。针对麦芒的行径，侯乙还专门想了一个馊点子：凡是来办公室领取笔芯的，必须拿用完了的旧笔芯换取新笔芯。侯乙想，这下麦芒总该有所收敛吧！谁知以后的每个月，麦芒仍然要领两次新笔芯。侯乙开始没在意，偶然的一天，他从旧笔芯上看出了端倪。

那天，侯乙拿着麦芒递上来的两个旧笔芯，放在眼前转动了几下，又将新笔芯与旧笔芯比较一番，结果发现两个笔芯长短、粗细不一。侯乙把两个旧笔芯很不客气地塞给麦芒，说："麦主编，你的旧笔芯与新笔芯型号不对，这两个旧笔芯不是我们单位购买的！"麦芒当场被闹个大红脸，捧着两支旧笔芯，支支吾吾说不出话来。

麦芒原有的形象，蓦地在唐小渡心目中一落千丈。

后来的几次饭局，进一步加深了唐小渡对麦芒的不好印象。在此期间，麦芒给唐小渡推荐了一个叫卫云涛的作者。卫云涛是当地公安局的民警，业余时间喜欢写小小说。或许是警察职业铸就了卫云涛的忠诚度，虽然他每次投给唐小渡的作品到了主编那里都被毙了，但他依然锲而不舍地给唐小渡投稿。如果换了别人屡投不中，早已转向寻找其他关系了，但卫云涛偏偏"一条道走到黑"，始终坚持只将稿子投给他一人。这让唐小渡很是感动，更加认可他的人品。

文坛也是江湖，是江湖都少不了圈子，这就免不了饭局。卫云涛是个重情重义之人，每年春节过后，他都会雷打不动地约上麦芒、唐小渡两个人聚一下。每次在饭桌上，麦芒都要自吹自擂一番，自诩桃李满天下，滔滔不绝地讲述经他手培养了多少作家……唐小渡认为，麦芒过度地拔高了自己，创作纯粹是个人爱好，一个人能否成为作家，凭借的是天赋加上后天努力，岂是某个人培养出来的？编辑不过就是个修修补补的小裁缝而已，千万不要把自己真当成了一棵葱。

麦芒的每次自夸都让唐小渡生厌，但嘴上却说着恭维的话。唐小渡有时也恨自己，这就是小文人的虚伪，虚伪的小文人能不累吗？本来，唐小渡也多次想过要拒绝这类饭局，但他实在不忍心驳了卫云涛的面子。

今年春节过后，卫云涛又约上麦芒与唐小渡照例小聚。不过，这次在饭桌上，口若悬河的麦芒很快转移了话题。麦芒对卫云涛说："今天挺赶巧呀，我早晨正想给你打电话呢！"

卫云涛问："麦老师打电话有事？"

麦芒说："以前借你的钱，我本想通过微信转给你，又担心微信转账不安全，想打电话咨询你一下。"

卫云涛笑道："麦老师最近发财了？"

麦芒轻声回应："谈不上发财，已欠好久了。"

卫云涛倒是爽快："不急着还，麦老师。——留下买补品吧！"

麦芒含糊其辞："你要是不急用，我就再缓缓……"

从他们的对话里，唐小渡没听出麦芒有丝毫还款的诚意。接下来，麦芒又向卫云涛与唐小渡分享了他以前出版作品集时遇到的三件"幸事"——

第一件事，他与某出版社签订出版合同，双方约定，开机印刷前付70%书款，剩下的30%待印刷后结清。结果出版社意外发生火灾，导致部分合同焚毁，所以对方在无合同凭证的情况下，自动放弃了让他支付余款的诉求。

第二件事，他的另一部作品集是朋友帮忙出版的，属于半卖半送性质，免了书号费，只让他掏印刷费。朋友是出版社社长，答应他先印书后付款。结果却发生一起刑事案件，朋友在窃贼入室行窃过程中惨遭杀害，他又省下了一笔费用……

第三件事，他新近出版的作品集是在蓝天印刷厂印刷的，老板此前曾与他有过业务往来，两人算是老相识。那天到车间提书时，他以手头拮据为由，缓交五千元，答应过段时间再结清余款。结果没过多久，老板猝然患脑中风失去记忆，他所欠的钱也就不了了之。

"我出版三本书，却花了极少的钱，主要是我运气好……"麦芒眉飞色舞地讲完这三件幸运的事，还哈哈地笑了起来。

唐小渡的脊梁沟里冒出了一股股冷汗。面前这个满头银发、年过七旬的老人，在他眼里不仅是陌生，还令他有些恐惧。唐小渡原想到，随着年岁的增长，人老了会更慈祥、更和善，可眼前的麦芒更锋利刺人！那顿饭，唐小渡如鲠在喉，完全败坏了胃口，同时他也暗下决心，今后再不参加这样的饭局了。

吃罢饭辞别过麦芒，卫云涛不经意地向唐小渡说起几年前，麦芒因家人生病半夜向他借钱的事。具体借了多少钱，卫云涛没有说，唐小渡也不便问，估计不会是个小数目。唐小渡没有接卫云涛的话茬儿，而是向他问及心中的另一个不解："麦主编一直以老师自居，他向每个人介绍你时，都说你是他的学生。——麦主编是不是真的在学校当过老师，教过你呀？"

身为警察的卫云涛不乏率真之处，连连摆着手道："没有没有，麦主编没做过老师，也没教过我。麦老师在《金蚂蚁》杂志做主编时，曾经办过一次写作函授班，我也报名了。很遗憾的是，单位随后派我外出参加业务培训，我只好主动放弃了那次函授学习的机会。虽然麦老师没给我看过一篇稿子，但他从此认下了我这个学生……"

唐小渡突然有一个预感，麦芒欠卫云涛的钱，怕是永远不会还给他了。

雪屋子

廉世广

朋友邀我去他建在山里的雪屋子，我的心里竟有一份激动和向往。朋友在家乡搞冬季冰雪旅游，雪屋子的创意是我提供的。

这个创意来源于小时候我爷爷讲的一个故事。

我爷爷年轻时喜欢打猎。爷爷说，那时候的冬天比现在冷，雪也比现在大，动物也比现在多。他说，那时候家里来客人了，不用提前准备，他背起猎枪，走进村子旁的山林，用不了一个钟头，就会打回一背篓山鸡、野兔。不过，要想打大一些的动物，比如野猪、黑熊、狍子，就得走远一些，到大山里去打。打猎的时机最好是雪后初晴，一场大雪过后，大山就像被重新粉刷过了，洁白的雪把原有的一切痕迹都清除了，这时，只要有动物出没，雪地上就会留下清晰的印迹。兔子的脚印像梅花，梅花鹿的脚印像两片分开的树叶，狐狸的脚印像三叶草，狍子的脚印像蝴蝶，黑熊的脚印很像人的脚印，野猪走过的地方像推土机，那种枫叶形状的脚印，就应该是山鸡了。爷爷说，猎人们把动物的这些印迹叫"遛子"，他们打猎的时候，大多是码着这些动物的遛子，一直跟踪到它们休息的地方。有时，因为码一个大动物的遛子，要翻过几道山，越过几重岭。走到天黑了，怎么办？就在山谷里挖一个雪屋子，在里面住一宿。

我对爷爷所讲的雪屋子非常感兴趣，问他，雪屋子大吗？不会塌吗？暖和吗？爷爷说，他们上山打猎的时候，背篓里都装着小铁锹、绷带等物品。在山谷中，选一块积雪又厚又实的地方，用小铁锹先挖出一个立面，然后清除立面前边的雪，再从立面往里挖，不一会儿，一个洁白的雪屋子就挖成了。屋子不是很大，住一个人却是绰绰有余。因为地处山谷，没有风，把背篓铺在地上，钻进睡袋，还是很暖和的。

爷爷说，一个雪屋子，一个冬天往往会用上许多次，自己用，别的猎人也可以用。他说，有一次，他在山上走累了，正好看到了山谷里的雪屋子，心想，这会儿我该好好歇一歇了。他走近雪屋子，刚想钻进去，突然发现里面有个动物，毛茸茸的，正躺在那里睡觉。他警觉地把猎枪支上，如果是凶猛的动物，他会立即开枪。可是，他观察了一会儿，发现躺在那里的是一只狍子。狍子性情温和，是食草动物，喜食灌木的嫩枝、芽、树叶和各种青草，小浆果、蘑菇等，从不会伤害人，被老百姓称为傻狍子。

真会享受啊！爷爷把枪收起来，自言自语。他掏出烟袋，抽了一袋烟，然后从背篓里掏出帆布绷带，说，这回要逮个活的回去。

狍子肉很香，狍子皮隔潮隔凉，很珍贵。

爷爷正要动手的时候，发现狍子的肚皮下一拱一拱的，拱出个小脑袋，那是个小狍崽儿。小狍崽儿见了爷爷，并不害怕，只是惊奇地用一双亮晶晶的眼睛看着他。

爷爷说，他打了那么多年的猎，什么样的动物都打过，从没有心软过，可小狍崽儿那双晶亮的眼睛却让他的心颤了一下，他拿着绷带的手再也动不了了。很显然，这是一对母子，它的母亲，那个傻狍子还不知道危险就在身边，仍在那里傻睡。爷爷想起不久前，曾在这一带打过一只狍子，是雄性。那只狍子被打伤后，在雪地里爬行了二里多地才死去，雪地上留下了斑斑血迹。也许，它就是这个小狍崽儿的父亲吧。

爷爷背起枪，向山外走去。走了一会儿，他回过头，看见那对狍子母子正站在雪屋子前向这边遥望。他转过身，雪屋子离他越来越远了。

爷爷从此不再打猎了。爷爷说，他总觉得小狍崽儿那双眼睛在问他，我爸爸呢？

那个雪屋子和雪屋子里发生的故事牢牢地扎根在我童年的记忆里。

就在几天前，我如愿到了朋友建在山里的雪屋子。也是山谷里，也是厚实的白雪。最先映入我眼帘的，是雪屋子前那座雪雕，一个狍子母亲安详地卧在那里，小狍崽儿偎依在它的怀中，脸上洋溢着幸福。我驻足在这座雪雕前，久久凝视。我说，这对狍子雕得真好！

朋友说，你啥眼神儿啊，这是一对梅花鹿！

我问，为什么不雕成狍子？朋友说，那也不美啊。

我说，如果你把它雕成狍子，这就不仅仅是一座雕塑了，而是一个故事，一个美丽的故事。

　　朋友听了我讲的故事，把梅花鹿改成了狍子。到雪屋子参观和居住的游客越来越多了。

藏 酒
万芊

　　几年前，我在航道处当人事干事。处里大多是一线维护航道的技术工人，他们又大多是部队转业的军人。

　　施工船队，常年在一线航道上，工人们以船为家，上一线时，往往一待就是十天半月。工人们吃住在施工船上，少不了馋酒的，往往是漫漫长夜小酒一杯好梦到天亮。然处里出于安全考虑，有一条明文规定，就是上船不允许喝酒，若施工船上谁私带私藏酒类，一旦被发现，扣当月奖金二百元。

　　打捞船队长阿祥是个老好人，据说自己不喝酒，船上谁喝酒总是眼开眼闭。伙房烧鱼解腥需料酒，然料酒的用量大得吓人，一日一瓶也不够。后来，处里规定伙房也不能备料酒了。

　　为这，分管处长常带我们科室人员上一线搞突然袭击。然每次都徒劳，谁会宁可罚二百，私带一瓶几块的酒来惹事。然毕竟施工船停泊的地点常前不挨村后不着店，买个酒也不方便。这就苦了那些酒馋虫。谁都知道，他们变着法子与处里斗智斗勇，处里也抓不住他们的小辫子。

　　一日，处里加工资，科长让我挨个去一线的几个船队找工人们签字。处里公务车轮不到我，我自然坐了农村公交再加步行去。

　　到打捞船队，签了字，正好午餐时间。我就留在施工船上和工人们一起用餐。队长说我千里迢迢给大家加工资，特意加了几个好菜，好好款待我。

　　进伙房，大伙或坐，或靠，或蜷，每人一双筷子一只大碗。

　　大师傅阿耿跟我挑话，说："小万老弟，你辛辛苦苦过来给我们加工资。我们得表示一点意思。"

　　我说："工资是处里加的，我只是个跑腿的。"

　　阿耿说："皇帝都不差卒，更何况你是处里来的钦差大臣呢。"

　　说着，阿耿把我拉到伙房中间的小餐桌边，又拉了几位师傅。一一坐下。船队长阿祥一见这架势，笑眯眯自顾自扒了碗米饭，舀了几勺菜，出了伙房，边出边说："阿耿，你们好好聊聊，不急。我下午值班。"

阿耿得令。把几个人手里的大碗收了，放在小餐桌上，像变魔术一般从伙房顶上的木板缝中抽出一根橡皮软管来，解开一端的小结。一股深黄液体伴着醇厚的黄酒味汩汩流出，灌满了眼前一只只大碗。

阿耿示意大伙儿端碗，敬我。我一时不知所措，迟疑再三，最终还是端起了酒碗。

阿耿笑了，说："小万兄弟，够哥们，来，干了！"

我推脱再三，最终还是跟他们一起干了。一大碗酒下肚，我有些后悔，想想自己竟然在一碗酒面前成了意志薄弱者，违犯了处里的规定。回去后，处里追究起来，可真的不好交代。

酒也喝了，一失足成了阿耿的铁哥们。

几碗酒一喝，我好奇地问："你们用啥法子藏酒的？"

阿耿是个直爽人，边喝酒边给我解开他们藏酒的秘密。原来，他们外出施工前总要带一大罐黄酒上船，几十斤。黄酒一开封就要发酸。酸了不好喝。于是，阿耿他们在藤上的封泥上小心地钻一个小孔。插根小软管，再把小孔封严实，把软管一端挽个小结。他们把大酒罐藏在伙房顶上夹层里，即使打开伙房顶板也见不到藏着的酒罐。万一穿帮，他们也会迅即把酒罐取出丢进船舷边河里。

我笑了。我喝了他们私藏的酒，一下子与他们同流合污了。

那天，我喝高了，船队长阿祥叫了辆黑车，偷偷把我直接送回家了，像做贼一样。

为感谢阿耿他们的好意，在他们上岸轮休时，我请他们吃了顿夜宵，七八人，整整喝了五六箱啤酒。喝没了我好几百大洋。阿耿他们也挺仗义。我家换煤气、搬家具之类的重活，他们总是抢着干。本来同住一个大院。谁也避不了谁的眼。

这年冬天，是江南十年一遇的大寒天。下了场大雪。娄江上有座几十年造的拱桥倾斜了，成了危桥。

大冬天，水位低，也正是拆危桥的好时机。只是这桥离人家厂房后墙特别近，爆破时，炸药的用量不能太足。

为确保拆桥万无一失，我们科室人员也都穿上交通制服一大早在危桥四周值勤。

早上七点，正点爆破，总指挥一按按钮，破碎的混凝土飞起又落下，惊心动魄，只是危桥晃了几晃，最终没能如设计的一样整座桥塌在水里，而像满目疮痍的怪兽一样挺在河上。

总指挥慌了，爆破工程师脸面尽失一副狼狈的样子，几位桥梁工程师，划着小木舟靠近观察。最后，画了张草图。

从草图看，爆破，基本上把桥体给炸断了，只是拱桥内芯的一些钢筋还没完全断开，形成了一个新力点。这个新力点支撑着摇摇欲坠的断桥，给进一步拆除施工带来了难以想象的危险。若再爆破，有点似杀鸡用牛刀。最好的法子就是派人上去在力点上拴根钢索。然后用打捞船牵拉。

然潜水员阿林下水后，折腾了一个多小时，还是无功而返。实因炸裂的钢筋混凝土如交错的犬牙一样，让身穿笨重潜水服、连着氧气管的阿林，根本无从靠近、下手。

看着筋疲力尽的阿林，阿耿说："我来试试。"

总指挥同意后，让我去买酒。阿耿说不用，从打捞船舷挂的防撞旧轮胎里取出一瓶烧酒，咕嘟咕嘟喝了半瓶。脱了棉大衣、外衣、外裤、内衣，只剩下内裤的阿耿在刺骨的西北风中挺立着。牵着钢索，阿耿游到断桥处，麻利地把钢索固定在断桥的力点上，再游离了危桥。

一切准备就绪，打捞船起锚，使劲一拉，危桥哗啦一下塌在水里，残桥面入水形成的巨浪如海啸一般。

两岸一片掌声。阿耿成了英雄。

事后，处里给阿耿发了三千元嘉奖，但同时扣了他二百。

头头说："桥归桥，路归路。奖罚得分明！"

田园蝼蚁

揭方晓

"我亦如蝼蚁，田园自在行。"

这是老陈面对无边孤寂时，时常感叹的一句话。

其实，老陈本可以不如蝼蚁。他是申江大学知名的生物学教授，却在风华正茂、声名鹊起时，毅然归隐山林，在这三面环山、一面临江的小山村——神仙排落了户。

面对众人的不解，他说这里就是中国的瓦尔登湖，他要当现代陶渊明，过一过诗歌里、古文中才有的那种自由自在的田园生活。

这都哪跟哪啊。瓦尔登湖与陶渊明，一外一中，八竿子打不着。

神仙排人不多，而老陈住的地方，又在村尾，所以与村民多无来往。也正因如此，他才会常觉得寂寞，才会常念叨"我亦如蝼蚁，田园自在行"这样酸腐的句子。

不过，老陈也不是完全没有朋友，村民阿华是他唯一的知己。

说是知己，其实有些勉强。老陈是大学问家，对鸟类、昆虫、植物这些门类的学问熟谙在心。他在田园里劳作时，耳朵里分得清乌嘴鹬、厉鹗、石鹏、燕鸻、蓝矶鸫、流苏鹬、伯劳狸、梦卿鸟、细眉、绵鸱、青苔鸟、陶使、报春等禽鸟的歌声；嘴角里叫得出土蜢、螟蝛、壁钱、灶鸡、铃虫、草虫等昆虫的名字；眼睛里辨得明水丁香、槭叶牵牛、肖梵天花、赛葵、昭和草、决明、小金英、酢浆草、藿香蓟等植物的样子。若能有幸跟他聊天，保管你会大开眼界。而阿华则只字不识，连自己的名，还是老陈来了后一笔一画教他的。教是教会了，可他把自个儿的名写得歪歪扭扭，村里的狗都摇头走开，嫌难看。

一次，阿华与老陈有一句没一句地闲聊着。阿华突然问："老陈，听说你原来在大城市里，是好厉害的人哦，怎么会流落到我们这小山村呢？"

老陈淡淡一笑："愿我们的田园，我们的土地，日益复活。"

阿华听不懂，搔了半天头，愣没理出个头绪。

其实，不光阿华不懂，全天下的人或许只有老陈自己懂。

老陈常说，他喜欢田园，喜欢凝视田园在时光的长河里安静流淌的模样，就像森林中暗自穿行着的涓涓细流一般；他喜欢田园，喜欢它与生俱来的恬美、散淡、空旷、辽远，甚至是落没、萧疏、荒寂、苍凉。

唉，这话说得文绉绉的，没有一丝野性。

总之，老陈太神秘，让人看不懂。这是阿华对老陈的评价。不过，阿华也有让老陈佩服的地方，那就是阿华特别坦荡。这种坦荡，是完完全全的坦荡，是彻彻底底的坦荡，是没有任何束缚与阻碍的坦荡。

这不，劳作了一整天后，若天气不冷，阿华定会跳进附近的小溪里，在大自然的辽旷中，在无边夜色的黑幕下，脱光衣服，赤裸裸地，无一丝牵挂地，躺在从山中林间流下来的清泓里，洗除外在的一切，还出原本的自我，这是何等享受、何等痛快啊……直到洗满足了，才提了换下来的衣服，赤裸着走回家，又赤裸着提满了一水缸的水，倒床上睡去。

阿华孤身一人，家里没什么可避讳的。

老陈却不能免俗，自小穿戴惯了，又放不下心头的羞耻，一时不惯裸露。即便跳进小溪里，身上还是会穿着底裤与背心。阿华笑话他："这黑灯瞎火的，谁看哟？"

老陈讪讪一笑："有天嘞，有地嘞！"

"这会儿，天公地婆，也该休息了吧？"阿华心想。

那年，日本兵来了。本来他们待在城镇，或是大点的村子里，与神仙排这样天高地远的小山村并无干系。可是，他们不知打哪里得知，神仙排附近的大山里，有丰富的铁矿石，就把神仙排及周边村子里的青壮年通通抓去开矿，嫌老幼碍手碍脚，全部杀死。

阿华暴脾气上来，拼命反抗，被日本兵杀死，尸体被赤条条地遗弃在小溪里。老陈刚从山上采摘植物标本回来，在村口恰好看到这一幕，躲草丛里，睚眦尽裂。

这之后啊，老陈就失踪了，不过，听说山里的游击队里，从此多了一位读过很多书的大学问家，认得很多动植物，说话也文绉绉的。只是大家并不拿他当外人，一来他打仗勇敢，回回冒着枪林弹雨往前冲。二来他跟大伙儿一样，赤裸裸地在小溪里洗澡，一点也不避人，完全不似寻常读书人那般羞涩。

唉，他会不会是老陈呢?

若是，他肯定还会感叹："我亦如蝼蚁，田园自在行。"

姐 妹

蓝 月

周村姑妈和安桥姑妈是我父亲的两个姐姐。

姐妹俩一个嫁去了周村，一个嫁去了安桥。

我们就按照地名叫周村姑妈和安桥姑妈。

我奶奶在我父亲5岁的时候就因病去世了，那时候，周村姑妈14岁。

周村姑妈从小就能干，也许是过早承担了家庭的重担，很少看见她脸上有笑意。村人暗中叫她冰美人。我周村姑妈是村里面最美的姑娘，皮肤雪白，头发乌黑，樱桃小嘴，杏仁大眼，身材窈窕，却有着一股子不服输的拗劲。

做媒的踏破了门槛，周村姑妈最终选了周村的一家。定亲后，周村姑妈也从不过去，还是在家操持着，她说，一天没过门，她就还是陈家的女儿，必须尽女儿的本分。

周村姑妈周身清清爽爽，一条辫子，一丝不乱，中式的大襟褂子，优雅得体。

别的女孩子都剪了辫子，穿起了新式衣服，周村姑妈一点不动心，她说，女人就是要中规中矩，安分守己，花里胡哨的不像话。

说这话的时候，周村姑妈的眼睛会瞟一下安桥姑妈。

安桥姑妈撇撇嘴，表示无声的抗议。

安桥姑妈喜欢新式打扮，她说社会在进步，不能老生活在旧时候，还夸张地翕动鼻子说，怪了，啥味道？好像什么东西霉掉了。

周村姑妈鼻子里哼一气，你就作吧，哭在后头。

周村姑妈瞧着安桥姑妈有气是有原因的。

安桥姑妈比周村姑妈小三岁，虽说模样比不上周村姑妈秀气，在村里也是排前头的。但是安桥姑妈拒绝任何媒人来说媒。

她说，她要嫁就要嫁一个能谈得来，对她知冷知热能疼她的男人。

说这话时，安桥姑妈的眼睛水汪汪，脸蛋儿红扑扑。

安桥姑妈心里住了一个人，这人是一个泥瓦匠，老家安桥的，到我们村里来做工造房子。

泥瓦匠长得高高大大，浓眉大眼，可以称得上帅气，但由于家里穷，近三十岁了还打着光棍。

安桥姑妈却看在眼里拔不出来了，醒着梦着都是这人。

还偷偷约着看了露天电影。

周村姑妈知道后，坚决反对，你一个十八岁的黄花闺女啥人不好找，找一个大一轮的男人，而且家里条件那样差。

安桥姑妈说，家里条件差没关系，只要肯干就会好的。我就看上他对我好。

周村姑妈气得上前就要捏安桥姑妈的嘴巴子，对你好？说出来也不害臊！姑娘家家和男人腻歪，你不怕丢人，我们陈家可丢不起这人。等爹爹回来，看他怎么处置你。

周村姑妈说的"爹爹"也就是我爷爷。

我爷爷被队里派出去了，要一周才回。

等我爷爷回到家的时候，我安桥姑妈已经跟着她喜欢的他去了安桥。生米变熟饭，不认也得认了。可我周村姑妈不认，她说，没这个妹妹。

周村姑妈按部就班嫁去了周村，大辫子盘成了发髻。

这桩婚事，我周村姑妈是满意的，也是满心骄傲的。婆家在周村是数一数二的殷实人家，丈夫高大帅气。

婆家也喜欢这个漂亮能干的儿媳妇。

几年过去，周村姑妈生下两儿两女。后来，大女儿就嫁在村上，小女儿嫁了个外村的，不过也不算远。

周村姑妈看着自己的生活在自己的规划下有条不紊，她面上什么反应没有，心里是高兴的，唯一不满意的是，丈夫从小被公婆宠坏了，遇事没主见，和他的长相根本就是南辕北辙。

周村姑妈原本以为嫁了人，就可以轻松一点了，在她内心，更愿意当一个啥事不管的小女人，但她的愿望落空了，到了婆家，依然样样要她操心。

安桥姑妈去了安桥，看到四处漏风的房子时，她顿时傻眼了。

真应了那句老话："匠人家里折脚凳"。

安桥姑爹抱歉地说，家里穷……

当天晚上，虽然安桥姑爹的怀抱很温暖，但安桥姑妈还是忍不住眼泪簌簌而下。

安桥姑爹说，你实在不愿意，我就送你回家。一切错，我来承担。

安桥姑妈抬起泪汪汪的眼睛，看着安桥姑爹说，承担什么？是我自己找的！你要记住你说的话，一辈子对我好。

安桥姑爹点头就像鸡啄米，说，肯定的。

从此，安桥姑妈再也没有回过娘家，周村姑妈连提都不提这个妹妹。

直到爷爷病重过世，安桥姑妈来奔丧，姐妹俩也没有说一句话。

周村姑妈在79岁那年，突然病倒了，她破天荒差人去叫了安桥姑妈。

周村姑妈伸出手。

姐姐……安桥姑妈轻轻握住了周村姑妈的手。

姐妹俩泪眼相看，看着看着，周村姑妈展开了笑脸，安桥姑妈随之也笑了。

安桥姑妈在周村姑妈床前，陪着周村姑妈走完人生的最后一程。

周村姑妈依然脸色白白净净，依然一丝不乱盘着发髻，身上穿着中式的大襟褂子，仿佛岁月在她身上静止了。

水 妖

陈 炜

莫雷拉失望到了极点。他在若热湖边待了整整半个月，没有见到水妖的一丝踪影。

二十五年前，莫雷拉四岁的时候，第一次听爷爷讲起若热湖水妖的故事。从那时起到成年，他听许多人讲过水妖的故事，水妖的名字不一定相同，有的在湖里，有的在海里，有的在江里。成年后，莫雷拉心中的水妖定型了，虽然面目还很模糊，但依然让他觉得触手可及。

莫雷拉先后让父母失望。他的父亲是医生，在王国西部声誉甚隆，一直希望独子能从医，他却偏偏选择了学画。他的母亲希望儿子早日成婚，他却毫无此心思，除了偶尔找女模特练习素描，几乎不跟女性往来。

到了二十九岁，出师数年后，莫雷拉的画技已有所成。他没有接下教会的壁画订单，而是携带简单的行李悄悄离开了家。

莫雷拉来到沉寂的若热湖畔，每天沿着湖行走，不时从行囊中拿出画卷看看，长时间盯着幽静的湖面。夜晚，他就露宿在湖边的大树下，抱着画卷而眠。

画上的是水妖。从年少时起，莫雷拉画过数百幅水妖图，这是他最近画的，也是他唯一满意的一幅。之前的水妖图，都已被他付之一炬。

半个月里，莫雷拉见到了若热湖的阴晴风雨、雾霭波涛，见到了湖里的鱼虾水藻，就是没有见到水妖。他携带的粮食已经耗尽，不得不准备离开。

收拾完毕，莫雷拉背上扁扁的行囊，画卷捧在手中。走出一段路，他又折回去，将手中的画卷扔进湖里。"谎言，一切都是谎言！"他大声叫着，泪流满面。

湖中翻腾起来，白浪涌起，水雾漫天。等恢复平静后，莫雷拉惊呆了：如同他投入湖中的水妖图变成了立体似的，他跟前站着一个既清纯又妖娆的年轻女子，他梦寐以求这么多年的人。

"我是依希娜，你打算离开再也不回来了吗？"

2021

"不不，"莫雷拉说，"我本来想回去再好好画一幅，没想到你终于出现了。当然，不可否认，这两天我确实从心底里有些动摇了。"

"你现在感觉如何？"

"美梦成真。"莫雷拉说，"现在，就算我死在湖边，也心满意足。"

依希娜说："我不能理解你的想法。美梦成真的时候，为什么想着去死？"

"也许是太高兴了吧，只能用这样的语言来表达我的喜悦。"莫雷拉说，"如果可以的话，我愿意一直看着你。"

"直到死的那一天？"依希娜说着，两个人都笑了。

两个人聊着聊着，不觉天色渐暗。依希娜脑袋靠着莫雷拉的肩膀，两人看着湖面落日的余晖慢慢被月光替代。

"好了，你见到了我，也聊了这么多，该回去了。"依希娜说。

"不，我还没在月光下听到你歌唱呢。"莫雷拉说，"你要知道，我期待这歌声已经二十多年。"

依希娜略有犹豫："你难道不知道，被我歌声诱惑的人，会失去他的灵魂。"

"我灵魂中的大部分，早已归你所有。我不会害怕任何东西。"莫雷拉说得很坚定。

依希娜的歌声响起，融进月光，融入湖面的水汽，让莫雷拉觉得自己像是飘浮在空气中。

歌声停歇，莫雷拉还是如同微醺一般，半闭着眼，沉浸其中。

"午夜前我必须回到水下。"依希娜说，"你回去吧。"

莫雷拉说："真不想离开啊。我们还能再见面吗？"

依希娜沉吟片刻："如果你还有能将若热湖激起巨浪的画作，那么我们还会再见面的。"

依希娜消失了。

在唧唧的虫声中，莫雷拉离开了若热湖，一步步向着家乡的方向而去。

莫雷拉越来越沉默，简直到了除了绘画之外就与世隔绝的地步。他有时也觉得对不起亲爱的父母，但是直到他们去世，他也没有让他们开心过。

花了十年，莫雷拉想忘掉依希娜的容颜，重新画一幅水妖图，但他一直做不到。依希娜的形象就像刻在他脑子里一样。

人到中年后，莫雷拉终于放弃了再作一幅水妖图的想法。他尝试着画若热湖，那氤氲的水汽、幽灵般的水鸟、浮动的波光……

一次偶然的机会，邻近的一位爵士到了莫雷拉的画室，见到了大批热若湖画作。他大为赞叹，希望以高价收藏其中的一些。但莫雷拉拒绝了，他说这全是未完成的作品。

莫雷拉靠渐渐稀薄的家产生活着，步入老年。他还是每天待在画室，拿着画笔，有时几天都不能落下一笔。在病倒之前，他毁掉了绝大部分画作，只留下了一幅放在画架上，这是他认为最接近完成的一幅。

雷雨后的一个夜晚，莫雷拉躺在床上，呼吸艰难。他觉得自己的生命就在屈指可数的几个呼吸间了，遗憾的是这些年来没有一幅自认为可以去见依希娜的画作。他挣扎着起来，拿起调色板和画笔，颤巍巍地站在画架前。他抱着最后一试的想法，用画笔在画布上轻轻一点，若热湖中多了一道暗白的笔触。

这是水妖依希娜，远远的看不清面目的依希娜。画作终于完成了。莫雷拉枯干的眼里落下泪来。他听到了歌声，若热湖畔依希娜的歌声。

次日，爵士见情形有异，带人撞门而入。莫雷拉躺在地板上遗容安详，画架上空空如也。

2021

守墓人

佟掌柜

云阳城城东的东山公墓，依傍山坡建造，山坡下是湖。夏季的时候，荷花铺满湖面，时有水鸟和野鸭出没。山坡顶上大约二十平米的两间砖房，是守墓人老郭起居的地方。

老郭长得人高马大，腰板笔挺。黑白相间的络腮胡子，因疏于打理，横冲直撞地在脸上长着。别看他胡子茂密，头发却很稀疏，把额头显得更加红润发亮。

老郭整天拎着大水桶，扛着锄头，在园区里巡视。遇到来扫墓的人和他搭话，就停下，闲聊几句。

去年清明，我和父亲来给母亲扫墓的时候，无意中发现大理石墓基和地面接触的边缘，有条细小的裂缝。父亲很是着急，一个劲儿念叨："这要下雨把你妈浇了怎么办？"

"爸，您别急，我这去找墓园的管理员，花了好几万，他们得管。"我的声音有些大，把老郭引了来。

听明白怎么回事，他说："等着，我这就去取玻璃胶。"

不一会儿，他回转来，没一分钟工夫，就把缝隙用胶粘好。我和父亲连声感谢。

他憨厚地笑了："谢啥，应该的。"

我赶忙递过去一根烟，他接过去别在耳朵上，拿起锄头和水桶，继续巡视去了。

母亲忌日那天，我看见他坐在台阶上吸烟，老远和他打招呼。

"郭师傅，抽烟呢，上次谢谢你啊。"

他诧异地看着我："谢我啥？"

"你忘了？清明时你把我妈的墓地修好了。"

"哦，哎，这事儿谢啥，应该的。刚才也有个谢我的，你们这些文化人可真客气。"

"他谢你啥？"我好奇地问。

"他父亲下葬的头一天下雨，我用块大雨披把墓整个罩上了。"他不经意地说，"我早就忘了这事了。"

我看着他优哉游哉地吐着烟圈，心不知怎么，竟像被什么撞了下。

"郭师傅，你在这待多久了？"

"媳妇去世那年我就来了，七年了。"

"对不起啊，看我这话问的，惹你伤心了。"

"媳妇走那年才58岁，哎。我在老家给她选了块风水好的墓地，我的名字也用红字刻墓碑上了……我一直陪着她呢。"

他眼神里流露出的哀伤让我连忙转移话题。

"郭师傅，怎么没见你养的那两条狗？"

"让我送人了……"他的声音很低，眼里流露出不舍。

"送人干吗啊？给你做个伴多好。"

"倒是能给我做伴，可是也惹祸……"

"不会吧？那两只狗从来不咬人啊，很温顺的。"

"我的大黄二黄当然不咬人了，"他声音提高了些，马上又低了下去，"可是一到晚上总偷吃人家上供的供品。"

我本来想说，吃就吃了呗，也没什么啊，只听老郭继续说："不该吃的绝不能吃不说，打扰魂灵安寝是有罪的。"

我咂摸着这话的滋味，把没说出口的话咽了回去。

第二年夏天，一天半夜，我喝多了酒，打车来到墓园，从门上跳进去，跑到母亲墓前大哭，后来竟趴在坟上睡着了。

等我醒来的时候，发现自己躺在一个陌生的床上。我使劲晃晃脑袋，四处看了看。离床脚不远处有一台立式风扇，底座蒙着一层灰尘，网罩上套着洗得发白的手工刺绣梅花布罩。床对面方桌上摆着29寸后罗锅式电视机，旁边钉在墙上的简易书架上，参差不齐地摆着几十本书。靠墙放着一溜乱七八糟的杂物。老郭盘腿坐在屋角草席编就的、看不出颜色的蒲团之上，嘴唇翕动。

"郭师傅……"我喊了一声。

他把手指放在嘴边，做了一个嗫声的手势。

过了两分钟，老郭站起来，向空中挥了挥手："你们该走了，我这来客人了，今天就念到这儿。"

"你在跟谁说话？"

"来听经的魂灵啊，"他的声音很平静，"他们每天都来听我诵经。"

我的汗毛噌地竖了起来，紧张地四处望了望。

"呵呵，你别害怕，他们不会伤害你的。你刚才和你妈对话你咋不怕？"

我的头发倏地也立了起来，感觉瞳孔都放大了。

"我和我妈对话？！"

老郭拿起挂在墙壁上的一串钥匙，转过身对我说："走吧，我送你出去。下回可少喝点酒，看你醉的，我把你背回来，你都不知道。你说你大晚上跑你妈坟头号，说答应她的很多事都没做到，让你妈骂了吧。"

我紧紧跟在他身后往外走："我妈骂我？骂我啥？"

"还骂你啥？！你妈骂你是浑小子，你爸都84岁了，不在家好好陪你爸，跑这儿乱叫……"

狼从爷的身边走过

张洪霞

1942年，东北。

村里传来一阵狗吠声，月光如昼。爷背上编好的一捆席子，奶用棉布包好几个窝窝头，塞进了爷的大褂兜里。

集市离家30里地，爷在头遍鸡叫时出发，赶到集市，天刚好蒙蒙亮，不仅能在集市上寻个好摊位，还能在老八羊汤馆就着窝头喝上一碗羊汤。

送走了爷，奶关上院门，踮着小脚进了屋。看一眼炕上一溜的小脑袋，奶深深地叹了口气，思忖了一小会儿，她把被子往炕里推了推，随后从柜子上拿起针线笸箩，盘坐在炕上，借着月光，纳起了鞋底。奶一边纳一边想着走夜路的爷，这个时辰该走到哪儿了？过没过那几道黑黢黢的山岗？

在奶想的这会儿工夫，爷正大步流星地往山岗上走去。那真是山路十八弯，弯弯绕绕。爷一两个月赶一次大集卖炕席。爷编的席子在十里八村有名，横花竖纹，紧致密实，他还能在席子上编出很多花样儿，什么福字、双喜字，还有各种花儿，好看又栩栩如生。爷的炕席在大集上卖得最快，买过的人都说，爷编的炕席不容易跳篾儿，结实耐用。

月光将盘山道照得瓦亮，道两旁的树木、青草散发着一股清新的味道，偶尔传来几声布谷鸟的鸣叫，在空旷的山谷里回荡。

爷一边走，一边在心里犯着嘀咕：这是出来早了，还是咋的，咋就没碰到一个人呢？以前总会碰到起早赶集的小商贩。特别是邻村卖烧饼的吴老汉，每次，爷都能和他搭上伴儿，走上一路，过了山岗，俩人还能坐在大石头上，歇歇脚，抽袋烟，唠唠庄稼，叨咕叨咕集市的行情。

纳着鞋底的奶，突然一激灵，手指不小心被针尖扎了一下，左眼皮也紧跟着急促地跳起来。奶停下来，拿过剪鞋样子的纸，扯了一条，把扎出血的手指卷了起来。看着透过窗棂的月光，奶自言自语道，这天啊，总是会亮的。

爷走着走着，听到后面有动静，是脚步声，但又不太像是人的走路声。他感觉不太对劲儿，猛回头，爷吓得张大嘴巴，差点没喊出声来。不远处，一群狼走了过来，不，应该说是一支狼的队伍走了过来，它们齐刷刷地排成两排，大摇大摆地向这边走来。

顿时，爷头皮发麻，头发一根一根地立了起来。爷没有迟疑，他"嗖"地一下闪进道边的灌木丛中，趴伏在那里。爷把兜中的窝窝头握在手里，紧紧地压在胸口下，一动不动。

狼群走了过来，爷的眼睛眯成一条缝，他最先看到的是两只藏青色的头狼，它们的皮毛，在月光下闪着光。狼的队伍依旧整齐地向前行进。

恐惧中的爷，大气都不敢喘，背着席子蜷缩在杂草中，乞求着狼群快点从自己的身边走过。

就在狼群行进过半时，一只灰色的狼，从队伍中窜了出来，它左右瞧着、嗅着，嘴角向后咧，露出一颗颗白森森的牙齿，喉咙里发出阵阵低吼，向爷步步逼近。爷的心"怦、怦"的，早已乱了节奏。狼转了个圈，从爷头顶这边转到爷的脚下。突然，爷感觉脚下一热，灰狼"哗——哗"地对着爷的鞋壳里尿了一泡热尿。爷被烫得发抖，他咬紧牙关，纹丝不动。灰狼尿完了，又一次在爷头前脚下转着圈，就在爷认命地闭上眼睛的刹那间，"嗷——嗷——"几声震彻山谷的嚎叫声响起。那嚎叫声，像是命令，更像是出发的号角声。灰狼停止了嗅来嗅去的举动，飞快地向着狼群追去。

爷吐出一口长气，睁开眼睛，看见头狼边走边回头冲着灰狼号叫着。不一会儿，狼群就消失在茫茫的夜色中……

过了许久，爷半爬半挪，靠着一棵大树坐了起来，他腿发软，脚发麻。鞋里狼的一泡热尿，早已冰凉，半晌，爷才感觉裤裆里也是冰凉一片。

坐在杂草中的爷，试了好几次，终于站了起来，他拖着发飘的脚，在山路上跟跟跄跄地奔跑起来。

当浑身上下就像淋了一场瓢泼大雨的爷，出现在老八羊汤馆时，天刚好蒙蒙亮。

后来，奶说，爷是捡了一条命。

多少年过去了，在山村生活了一辈子的爷，早已作古。

那天，已是古稀之年的父亲和孙辈们又提起当年的狼事。孩子们七嘴八舌地议论着、猜想着，然后又不断地推翻他们自己异想天开的答案。有一个细节，孩子们讨论了许久，那就是爷在遇到"狼"的危急时刻，为什么要把窝窝头藏在怀里？

　　父亲听后，含笑不语。谁也不知道，父亲沉默背后的真相是：奶塞给爷的窝窝头里，有为驻扎在村里的八路军送到老八羊汤馆的重要情报。

老狗贝拉
·············
杨轻抒

对贝拉的称呼，有好几个，比如疯狗、癞皮狗、野狗、流浪狗、那家伙……当然，叫得最多的是流浪狗——对，贝拉现在是一条流浪狗。

贝拉是一条很老的流浪狗——贝拉已经十五岁了，按人类的年龄，应该已经八十多岁了。八十多岁的人类，差不多已经走到了生命的末端，尤其是那些辛苦了一辈子、缺医少药的人，他们像黄昏里一片不为人知的落叶，像人类社会的一声叹息。贝拉在这个年龄，就像人类中不少八十多岁的老人一样，眼睛开始花了，耳朵开始聋了，牙齿开始掉落了，最严重的是，记忆开始出现问题——很多事情已经记不清楚了，甚至已经忘了自己这十多年走过的路、碰到过的人、深爱过的小母狗——对于前一分钟的事情，也经常会忘得一干二净。

还好，贝拉还记得自己是一条流浪狗，曾经叫贝拉。

贝拉躺在一堵土墙角的下面，阳光正好落在那儿，阳光是贝拉的棉被，对于一条身上的毛都快掉光的狗来说，最好的挡风的东西就是阳光。贝拉半闭着眼睛，享受着这难得的阳光——这个夏天下了太多的雨，下雨天没有阳光，贝拉感觉这个夏天就像冬天。

虽然天上有太阳，但是太阳只是一团儿，雨还在下，打在树叶上，啪嗒啪嗒地响，不远处的河里的水还在涨。路上有很多人，那些人脸上挂着紧张的表情，一会儿走过来，一会儿走过去，但是贝拉还是看出来了，他们的紧张只是在脸上，其实内心并不紧张，他们的紧张似乎只是做给人看的，至于为什么要做给人看，贝拉搞不懂。但是贝拉知道，他们并不真的相信水会涨上来，或者说他们相信堤坝是牢固的，即使水真的涨上来，也不会冲他们的房子，也会绕道，嗯，就算涨上来了，也不会让他们受到损失，只会让他们的邻居遭殃。

水就要涨上来了，而且肯定会涨上来，水涨上来，会淹掉那些低矮的房屋，会冲垮不远处的桥，甚至还可能把那些来来回回的人冲走——关于水一定会涨上来，这是墙上那群蚂蚁兄弟告诉他的，是树上那条漂亮的青蛇妹妹告诉他的——

当然，他们不告诉他，他也知道，活了十五年了，时间足够长了，他已经知道了世界上太多的事情，何况作为一条狗，他还有着祖先天生的本能，正是这些本能反应保护了自己的种族免遭灭顶之灾。

贝拉知道自己躺的这堵墙也会被水冲垮，但是，又能怎么样呢？除了这堵墙，贝拉已经没有去处了。贝拉在村子里被大人追着，被小孩打着，还有一个老太太打电话，让派出所的人来把贝拉打死——理由是这肯定是条疯狗，迟早要咬人，不是玩的事情。

好在派出所的警察很忙，没人来理一条狗的事情，哪怕是一条真的疯狗。这样，贝拉才暂时还活着。

贝拉当然不是疯狗。活了十五年，贝拉从来没有咬过人，虽然凶过人，做出一副很凶的样子，但那都是做样子给人看的。贝拉虽然没有咬过人，大家却并不认为贝拉永远不会咬人，人类总是善于从一开始就想到最坏的结果，对人如此，对一条狗，当然更是如此，何况现在贝拉是一条流浪狗，而流浪狗基本上就是疯狗的另一种称呼，疯狗怎么会不咬人呢？大家说。

贝拉躺在墙角，想了很多事情，杂乱得就跟天上的乌云一样。但贝拉虽然东想西想，耳朵却没闲着，贝拉耳朵里全是水的声音。嗯，对，水的声音。水声在人类耳朵里就是一种声音，但是在狗的耳朵里却像人类的文字一样，一字一句，一行一段，都表达着特定的意思。贝拉虽然躺在墙角，但是贝拉听着那条叫黄水的河里的水在说着什么。贝拉听得很清楚，那些浑浊的水在跟水里的那些被冲断了根的树木商量，一会儿怎么去撞那座桥；在跟水里的桌子板凳说，一会儿怎么去砸那些木板的门；在跟另一些更大的浪说，一会儿怎么才能把那条路拍成几段……

贝拉感觉到了一种阴险正笼罩着这个村庄，一场毁灭悄悄来临。

虽然贝拉并不怕那些浪，就算他们把自己卷走了也没关系，毕竟自己已经活得太久了，早就不想在这个世界待着了，但是贝拉本能地感到了一份刻骨的恐惧，贝拉听得越清楚，越感觉害怕，它感觉到了自己身上不多的那些毛发开始竖起来，像一根根孤独的旗杆，在风里飘荡。

又一个大浪狂笑着拍上桥面，发出巨大的"叭"的声音，在那一声"叭"

里，贝拉感觉那座老桥像一个老人不由自主地打了个寒战，这时候，贝拉真正感觉到危险已经近在眼前了。

桥上的人没有感觉到桥的恐惧，他们听不见桥的肋骨已经开启了一场断裂，他们只是在说着一些徒劳的话，而在话语里，他们并不相信桥会垮，路会断，房会倒，他们听不懂那些浪花的话。

但是，贝拉听得懂，贝拉想得到，贝拉甚至已经看见了眼前将会出现一幅什么样的场景，贝拉本能地跳起来，大叫："快跑……"

贝拉的叫声尖厉而恐怖，这并不是贝拉想发出的声音，但是贝拉发现，自己的声音已经完全失控了。

贝拉的意思，就是警告那些看起来并不紧张的人，让他们不要因为自己的徒劳、愚蠢而被洪水冲走，但是贝拉忘了自己是一条狗，自己表达的意思再清楚，在人类听来，也只是犬吠——不，是一条狗发疯了。

人们开始紧张起来，不是因为洪水要涨上来了，而是因为一条狗终于发疯了。相比洪水涨上来，一条狗的发疯才真正让他们感觉恐惧，他们在听到贝拉突如其来的尖厉而恐怖的叫声之后，只愣了片刻，就立即操起锄头扁担铁锨——他们能够抓到手的任何东西，哪怕是一根柳条——高喊着尖叫着向贝拉奔来……

宰相申鸣

戴 希

原本，申鸣只是楚国的士子。他很有孝心，常陪父母漫步花丛、休憩绿荫，每天为父母端茶递水、挠痒擦背……原本，他就想这样，生活纯粹、与世无争。他觉得挺好！

楚惠王熊章闻知申鸣的为人和才气，颇为赏识，请他做楚国的宰相。

"可我只想做父母的孝子，不愿做王的大臣。"申鸣回绝，波澜不惊。

楚王很意外，就问："既然你是父母的孝子，那父母的话你总会听，父母要你做的事你不会拒绝吧？"

"那是自然！"申鸣爽快回应。

于是楚王采取迂回战术，派人去找申鸣的父亲。

听说申鸣不愿做宰相，父亲苦苦相劝："我儿，在家尽孝固然是君子所为，但大丈夫更应胸怀天下，壮志凌云。你去辅佐君王，治国安邦，造福百姓，光宗耀祖，世人景仰，此为积大德啊！"

于是申鸣接受楚王招募，入朝为相。

三年后，白公熊胜因与郑国有杀父之仇，不满楚与郑结盟，于是举兵起事。形势危急，申鸣主动请战，出征平叛。

消息传来，申鸣的父亲忧心忡忡，茶饭不思，试图阻止他："我儿，如今我们已年迈体衰，你不能随侍在侧也就罢了，还要舍命征战，以身涉险，这是不孝之举，会毁了你的一世孝名。"

申鸣含泪道："父亲！自古忠孝不能两全，食君俸禄，忠君之事，眼下国家有难，我岂能置身事外？"

申鸣拜别双亲，披挂上阵，最后率军将熊胜的叛军围困于慈利。

熊胜已处劣势，但他的手里，握着一张王牌——申鸣的父亲。

申鸣是有名的大孝子，熊胜当然知道。他采纳部下石乞的建议，劫持了申鸣的父亲，以其父性命相逼，以平分楚国相诱。他想，若能借此胁迫申鸣退兵，并得其襄助，自可一举反败为胜。

岂料申鸣油盐不进，软硬不吃。

"为人子，我当尽孝；时为人臣，自当尽忠。此番临危出征，剿灭叛贼就是我的使命，岂容你阴谋得逞！"申鸣派人正告熊胜。

熊胜一怒之下，杀死了申鸣的父亲。

申鸣强忍悲痛，亲率大军攻陷慈利。熊胜战死。

申鸣班师凯旋。楚王率百官迎接。满城百姓夹道欢迎，纷纷向申鸣欢呼致敬。

楚王激动之余，要赏赐申鸣一百斤黄金。

申鸣拒绝了："辅佐君王、护国安定，是我的职责，何需犒赏？这次平定叛乱、诛杀逆贼，我尽了一个忠臣的职守；叛贼劫持我的父亲，我却不能出手相救，眼睁睁看着他惨遭杀害，这是我作为儿子的不孝。行不两全，名不两立，我不孝至此，还有何颜面立于这世间？"

言罢，申鸣面朝家乡方向伏身跪拜，以头叩地毕，飞身撞柱而亡。

满朝惊愕。

楚王痛惜不已，后下诏，在申鸣的故乡（今湖南省常德市临澧县新安镇古城村）筑城，予以纪念。

黄骠马

蔡永平

清晨，"咚咚"传来撞门声。我打开院门门闩，唰地，马脸戳到我眼前，唬我一跳。我大声喊："爹，黄骠马又回来了。"

这马是包产到户时生产队分给我家的。马儿体长臀圆，全身黄毛，鬃毛黑亮，脑门处有一形如圆月的白斑。爹摩挲马儿："好马，秦爷的黄骠马。"秦爷是隋唐英雄秦叔宝，爹最喜欢听小学陈校长讲《隋唐演义》。

爹打扫干净放杂物的小屋，马儿住进屋子。天麻麻亮，爹和马儿去嫩草茂密的山坳，马儿"唰唰"啃草，爹"吧嗒"抽旱烟锅；中午天热，爹和马儿去河旁，爹拿刷子给马儿洗澡；傍晚，爹背一捆嫩草，和马儿踏着星星回家；晚上，爹夹起被子到小屋，在马儿咀嚼嫩草声中"呼噜噜"睡得香甜。

黄骠马干活卖力。套上犁铧，马儿扬起四蹄，十几亩山地耕犁得平展展。驾上车子，粪块装得如小山包，马儿走得稳当速疾。驮上几百斤麦子，马儿翻山越岭如履平地。

那年，我家庄稼长势最好，仓子里粮食冒尖了。爹摩挲马儿："有你日子有盼头了！"

第二年我初中毕业考上师范，爹笑得没了眼睛："我家出秀才了。"可难肠的事摆在面前，家里拿不出学费。爹想尽一切办法，最后长叹："卖黄骠马吧！"

邻村的杨二拿六百元牵走了黄骠马，爹红着眼说："等年成好了，再买匹黄骠马。"

邻村离家十多里，黄骠马隔三岔五跑回家来。爹斜披衣出屋，"咴咴"马儿嘶鸣，"嘚嘚"挤开我们跑进院中。爹抚摸马儿身上的鞭痕，咬牙骂："杨二心忒狠。"

半晌午，杨二提长鞭，黑了脸走进院子："这畜生不拢家，养不成！"

杨二扬起长鞭抽向黄骠马，爹一把拉住杨二："打不得，马儿怀崽呢，要不，我给你退钱，不卖了。"

杨二挠头："这让你太吃亏，白使唤这么些日子，我介绍买家，把这畜生卖到远处去，让你省心。"

杨二拿钱走了。我蹦跳起搂抱黄骠马，可心儿惆怅得像压了重担。爹说："砸锅卖钱，我也要供你上学。"

第二天，杨二和一留络腮胡的汉子开客货车来了。杨二介绍汉子是他表哥，汉子围着黄骠马看，摸捏马儿全身，汉子微笑点头，递给爹六百元钱。

爹牵黄骠马，马儿四蹄蹬地，屁股后缩，马脸蹭爹身子，亮晶晶的大眼流下泪水。

爹抱住马头，摩挲马脸，和马儿喃喃低语。

杨二和汉子合力将马儿装上客货车，货车扬起灰尘走了。马儿拼力扭过头望我们，爹低垂头，我流泪。

几天后的清晨，"咚咚"传来撞门声，我打开门闩，"哗啦"汉子撞进来："前晚马儿跑了。"

爹斜披衣出屋："马儿没回来呀，跑哪儿了？"

汉子哭丧脸："不会落到马贩子手里宰了吧！"

汉子急惶惶地走了，爹搓手跺脚，在院门前来回走。

突然，"咴咴"马儿嘶鸣，"嘚嘚"黄骠马冲来，马脸一下扎进爹怀里，爹紧紧抱住马儿。

爹找到杨二说："你带信让你表哥取钱来，马儿不卖了。"

杨二凑上前，低声说："带啥哩，我再介绍买家，五五分成。"

爹瞪圆眼："你不如黄骠马！"

汉子来了，摩挲马儿："真是好马，孩子上学要紧，我预订小马驹，明年秋上我拉马驹，和老哥再算账。"

阳光朗朗，我、爹和汉子脸上漾满笑容，黄骠马"咴咴"，摇头，摆尾，舞蹄。

鱼爸爸

庞　滟

孩子们在辽河岸边玩耍时，只要看到鱼爸爸，就吓得一边跑着一边唱"鱼爸爸大傻瓜，抓鱼不吃喂王八"，个个躲得远远的。

鱼爸爸之所以让孩子们惧怕，是他爱管闲事。鱼爸爸看到孩子们下水，总要挓挲两只长胳膊，大声吆喝："你们都谁家的？不要下河，赶紧给我上来！"哪个不上来，他就亲自下河抓鸭子一样揪上来，还要告状给家长。

孩子们在他必经的路上挖坑，架上树枝，再盖上浮土，眼瞅着他掉进去，跳着脚拍手大笑。这时的鱼爸爸只是叫着："哎哟哎哟，老喽老喽，眼神也不济了，小河沟也翻船，你们还笑，还不快跑！"他爬起来，拍拍身上的土，背着手走远了。

鱼爸爸是堤坝上的护林员。一个人常常盘腿坐在河滩，孤单单抽烟，目光总像雾气缭绕的河面，荡漾着深不可测的忧伤。

我父亲和鱼爸爸是儿时玩伴儿，以前的鱼爸爸可不是这样子，水性好，外号浪里白条，整天乐呵呵的没有愁模样，喜欢带着儿子在辽河里游泳、打水仗。他儿子虞得水长得和他很像，细高又俊俏。

自从辽河上架了一座大桥，来往辽河两岸的渡船渐渐消失了，人工养鱼池也多了起来。村里人大都进城去打工，到河里捕鱼的人几乎没有了。

鱼爸爸依旧喜欢下河，几天不捉鱼就浑身痒痒。虞得水也爱玩水，能在水底下憋着气从这岸游到对岸再冒头，但他不捉鱼，也不吃鱼，他还经常把爸爸捉的鱼偷放回河里。鱼爸爸见了也不骂，总是不出声地抿嘴笑，继续捉他的鱼。

那是一个大雨后的下午。鱼爸爸背着网，拎着桶，又要去河里捉鱼，看着埋头学习的儿子，招呼道："儿子，念书也别太累了，咱们走，到河里放松放松去。"

平静的辽河像一面镜子，空气新鲜得像冰镇的西瓜水。鱼爸爸看着不断跳出水面的鱼，孩子一样手舞足蹈，哼着渔家小调下网捉鱼。

虞得水穿着裤衩也下了河，他游着游着右腿突然僵直，身体随着漩涡向水中钻去。

河面平静得很忧伤。鱼爸爸杜鹃啼血般呼唤儿子，一声声撕心裂肺，直到张大嘴巴发出的声音无力再跑远，还在拼命呼喊。鱼爸爸疯了一样，儿子的身影一直没有出现。

鱼爸爸和全村人找遍下游很多地方，一直找到入海口，脚板走烂了，也没能找到儿子的尸体。有人问他，还去更远的地方找吗？他摇头，好半天才说："不去找了，我得照顾他妈，不能让她再有个三长两短的。我们一起等他回来吧！我儿子水性那么好，肯定还活着。等得水玩够了，就能回来见我们了。"

从此，鱼爸爸不再吃鱼，但他还到处抓鱼。把从小河小沟里抓来的鱼搬运到儿子失踪的地方，一条条放进水里，低声说："快游吧快游吧，游到大海去，找到我儿子得水，给我带回来啊！"那样子很郑重，很忧伤，一往情深得让人心疼，想落泪。

一个夏日傍晚，一帮孩子跟在提着鱼桶的鱼爸爸身后，一边往他身上扔土块，一边大声唱："鱼爸爸大傻瓜，抓鱼不吃，放进辽河喂王八。"一个白脸的细瘦男孩跑过来，赶走了调皮的孩子们。这个大男孩就是搬到城里去上大学的我，和虞得水是初中同学。

夕阳像熟透的果实，被黑暗收了去。我走近和鱼儿们道别的鱼爸爸。他转过头时，声音颤抖地问："得水得水！是你吗？"他踉踉跄跄奔过来，使劲抱住我，哽咽着说，"儿子，我的好儿子啊，我等了你这么久，等你来找我！爸爸好想你，想得好苦啊！"

愣住的我，热泪滚了出来，好半天才哽咽道："鱼爸爸，得水和我都好想你啊！"

睡在玉米地上的老人

王 哲

这片玉米地也就三四亩那么大的地块儿，玉米已经成熟了，裹着玉米的叶子有些发白，玉米秆也有些发白。在金色的秋风里，玉米秆儿在微微摇晃，秆上的叶子也在扑啦啦地响。

老人拎着新磨的镰刀从地头走到地里，用手抚摸着阔阔的玉米叶子和圆圆的玉米秆儿，目光饱含深情……

这块地他已经种了十几年了，都说种地不能重茬。可他年年种玉米，因为他喜欢吃玉米，他吃了一辈子的玉米，一直也没吃够。

他喜欢喝玉米面糊糊，抓一把玉米面往锅里一撒，然后用勺子一搅，锅开了糊糊也熟了。他也喜欢吃玉米面饼子，特别是那种带锅巴的玉米饼子更好吃，就着萝卜条子汤，一吃一身汗，他觉得天底下所有的美食也不过如此了。

老人看着微微摇晃的玉米秆儿，像是看着一个刚刚睡醒的婴儿。他的手摸向饱满的玉米穗儿。然后使劲儿把玉米穗儿握在手里。

镰刀闪着寒光被他夹在腋下，老人先是顺着垄沟儿走，然后再横着垄走，他神色凝重地看着玉米地，饱含深情地在地里走了一个遍。

最后他从秆子上掰下一穗玉米，然后小心翼翼地把叶子剥了，用手抠下一粒玉米送进嘴里，他觉得玉米的味道就是甜，但细细地品味还有点儿涩，这也许才正是生活的本真，太甜了对人的健康不好，要是太涩了口感又不好。

金黄的玉米粒整齐地一行一行地排在玉米瓢子上，像玉米秆儿一行行整齐地排在土地上一样，很有顺序，也很容易让人展开联想。

老人年轻的时候喜欢在玉米堆上睡觉，那种感觉好像真的拥有了整个世界，特踏实也特幸福。

有时候，老人觉得他自己就是一片望不到边儿的玉米地，就是一穗成熟的玉米。在收获的季节，在金灿灿的阳光下，你想不快乐都不行。

可这一切都将成为历史了。他就要走了，要离开这片土地了。他在城里的女儿要来接他和老伴儿了。

都说叶落归根，可自己的根儿在哪儿啊？他忽然觉得自己的心好像被岁月掏空了，里面什么也没有，只剩下对玉米地和对玉米一个念想了，又觉得自己的心忽然很大，城市里的高楼大厦根本装不下。

他已经在玉米地里转悠好几天了，他舍不得开镰。他想再好好看看长在地里的玉米，把它的样子记住。

都已经到晌午了，老人还在玉米地里转悠呢。秋天的阳光温温地洒在他的身上，洒在他布满沧桑的脸上。

他的刀一直夹在腋下，锄玉米的时候，阳光也是温温地洒在他身上，他佝偻着腰在绿色的玉米苗中间晃动。他从不用锄草灵，也不上化肥不撒药。他遵循的还是农耕时代的劳作方式，他喜欢那种亲自动手的感觉。

正在他漫无边际地遐想的时候，女儿开着车来到玉米地。

老人看女儿拎着镰刀走到自己跟前，把身子转了过去。

女儿上前搂住父亲的肩头，亲切地说，爸，我知道你舍不得你的玉米，可你就舍得我们吗？

老人转过身子把镰刀从腋下拿出来说，开镰了！

女儿晃晃自己手里的镰刀，说，爸我来帮你！

老人笑了，然后说，你行吗？

女儿说，爸，你别忘了，我也是农民的女儿啊？

老人虽说已经六十多岁了，但镰刀在手，好像一下子年轻了，他一哈腰，等女儿抬头的时候，老人已经割出去十几米远。

女儿只好紧紧地跟在老人后边，可无论她怎么使劲儿，总是撵不上父亲。

她只好说，爸，你倒是等我一会儿啊！

老人回头看着女儿一个劲儿地笑，然后说，还敢说自己是农民的女儿吗？

女儿割到父亲跟前问，爸，这玉米对你真有那么重要吗？

老人说，那你先说，你对我重不重要？

女儿说，敢情它在你心里和我一样啊？

老人说，我知道你现在啥也不缺，山珍海味地早吃够了，可你知道我为什么每年都给你送玉米?

女儿说,还不是让我吃着放心!

老人摇摇头。

女儿说,那什么意思?

老人说,我怕你在城里待久了忘本!

女儿沉默了,是啊,父亲说得没错儿,她现在已经是一家上市公司的高管,年薪百万,在她的心里好像早和土地玉米没关系了,至于父亲送给自己的玉米,她一年又能吃几回呢?

父亲说,我和你妈都老了,可越老越念旧,这就是我们不愿意跟你去城里住的原因。

女儿说,我们住一起,我也好照顾你们。

父亲说,可你有没有想过,我们都离不开这片土地,像你现在离不开城里一样。

女儿说,那你什么意思?不去?

父亲说,去是得去,我想再缓两年,等我和你妈动弹不了,你不让我们去我们也得去!

女儿又沉默了……

晚上女儿和父亲回到平房。母亲到超市买了很多好吃的,可女儿却要吃锅贴饼子。

她以前怎么没发现呢?锅贴饼子就着萝卜条子汤,甭提多好吃了。

她吃得额头上都是汗,特别开心。

老人看着女儿说,行,这回真像农民的闺女了!

那天晚上女儿失眠了,她怎么也睡不着,她只想多挣钱让自己父母晚年过上好日子。现在她的愿望也实现了,可她觉得父亲并没有她想的那样快乐,至于母亲也是一直拖着不愿意和父亲进城。

今天她终于明白网上那些鸡汤了:一个人离不开钱,可真正的快乐又不是钱能买来的!

她觉得父亲所有的快乐都在土地上,都在那片种了割,割了又种的土地上。

看着父亲割地时候快乐的样子，她就想，就算自己给父亲买一栋别墅住，他也不会这么快乐。

她觉得有些对不起父亲，正在这时母亲敲门，告诉她父亲不见了。

夜色很好，有唧唧虫鸣和清幽的月光，还有秋天的味道。女儿急急地来到玉米地。

在割倒的玉米地里堆着一堆玉米，父亲的身子躺在上面，在月色下像一个熟睡的婴儿，看上去特别安静。

讲 究

滕敦太

那天喝喜酒，在城里工作的大干初次见到大江的媳妇雪玉，说我得喊你二嫂呢！

雪玉就一愣，大江说管你叫哥呢。

大干说，当年我老爹报户口，阴历阳历弄混了，其实我比大江小一天。听说你是个讲究人，自家兄弟一天也不能含糊。是这个事吧？

雪玉不知有这个事，说这话也有道理，那你是兄弟（方言，指弟弟）了。

本地风俗，小叔子可以开嫂子玩笑。大干说话就放松多了，一边敬雪玉酒，一边说些不荤不素的段子。男人们就笑，雪玉也抿嘴笑。

临走时，大干借着酒劲拉住雪玉的手，半真半假地开玩笑：嫂子真好啊，二哥有福了。这辈子如果能与嫂子办回好事，也就值了。

雪玉明知故问，什么好事？

大干觍着脸说，那个事啊！农村叫钻苞米地，城里叫办好事。

雪玉拖长了声音，嗷……那个事啊？咱感情归感情，那个事就莫必提了。"莫必"是方言，绝对不必的意思。雪玉说话坚决又不失礼数，众人哈哈大笑，散了。这话自然也流传了出去。有上门借钱的，人家不想借，就学着雪玉的腔：咱感情归感情，那个事就莫必提了。嘻嘻哈哈就过去了。

让人津津乐道的是，雪玉不知从哪里听说孕妇尿可以提炼尿激素制药，居然联系了制药厂代收孕妇尿。谁家有结婚的，她就找上门，先说一套祝福的话，送两包洗衣粉，再送一个制药厂特制的有密封盖的小桶，说专收孕妇尿，每桶给80元钱。

现在生活好了，谁家也不缺这几十块钱。新媳妇嫌麻烦，长辈就劝：答应吧，也费不了多少事。雪玉是个讲究人，你与她处好了不吃亏的。雪玉的生意就出奇地好。有人也学着做这一行，可找到人家门上，都说，给雪玉留着呢。

大江当了村主任，那天与雪玉说话，俺村岭地一年四季望天收，如果争取个小流域项目，就能在岭项上建天池，旱涝保收。可小流域吃香，争不来啊！

雪玉眨眨眼，大干不就管这个吗？

大江就抓头皮，说你不知道底细。俺这个本家一肚子花花肠子，村里人找他办事，说得真好，光想好处不办事。就俺们两家的关系，俺还真不知道他比俺小。为了能开玩笑占你的便宜，把他死鬼老爹都搬出来了。

雪玉就笑，说明人家讲究啊，想占便宜还占理。一码归一码，咱还是去找他一趟，行不行看人情嘛。

雪玉带了些土产，拉着大江进了城。大干坐在办公室里，先与雪玉开了一排子玩笑，然后脸一板对大江说，不是我说你，你知道批一个小流域要做多少工作？就这点东西谁屑要？不过，嫂子既然来了，我怎么也得给个面子。我找几个管事的喝一气，嫂子会来事，就一起去吧……

雪玉站起来，说你弄错了吧，咱们来找你办村里事的。能帮就帮，不能帮咱们就回去了。花集体的钱喝大酒，政策不许的，族规也不许的。

大干摇头，一码归一码，这个事嘛，村里不出血不好弄。不过……

雪玉一拉大江，那咱走呗。

大干拉拉雪玉衣角，感情到了事好办，有些事……

雪玉笑笑，说大干啊，咱可是个讲究人。感情归感情，有些事就莫必提了。

大江回村，把进城找大干的事讲了又讲，村里人都摇头。

雪玉呢，还是种她的地，挣她的钱。哪家有办喜事的，她上门了，人家都给她面子，攒一桶孕妇尿能挣几十块钱。不用投入，没有风险的，居然做成了独家生意。

春节后，大干回村拜年，喊了本家几个兄弟到大江家喝酒。大江不想理他，雪玉戳戳男人，大过年的谁来了也得管酒啊，咱还能不讲究吗？

酒菜现成的。雪玉拾掇好了，也上了桌，兄弟们喝几杯，她也喝几杯。大干就说雪玉好酒量，又会说话。要是在场合上，别人办不了的事你就能办。

雪玉说话不轻不沉：那得看什么事？咱可不能说人话不办人事。

大干喝高了兴，没听出雪玉话里有话。话题一转，听说你收孕妇尿？那可是个好事，一桶孕妇尿，掺上水就成了好几桶，来钱快啊。

雪玉脸一沉，这话说的！制药的尿掺水那不缺德吗？再说了，尿里掺水，人家制药厂查出来，还有生意吗？

大干嘿嘿直乐，掺水会查出来，掺尿就没事了。你一泡尿……

雪玉一扬手，一杯酒直接泼在了大干的脸上。你个瞎潮！

大干擦擦脸，两眼大大的：开个玩笑，你也值得翻脸？

雪玉杏目圆睁，你当别人都没个数吗？把身份证拿出来。一个大伯头子，跟弟媳这样说话，是不是瞎潮？！

大干急了，我比大江小啊，我老爹临死前说的。

几个兄弟居然一个腔调，没有的事！土生土长的谁不知道谁？这个事莫必提了。

大干也算有头有脸的人物，当众被泼了酒，下不了台，头发里就流下汗来。以前有事兄弟都会随着他，今天怎么啦？

再看雪玉，重新倒满酒，说大过年的家族聚会，咱想起族规里有这么一句，"公事莫贪家事莫浑，妻贤夫敬兄友弟恭"。今天咱叙个家礼，敬小兄弟们一杯。

大干尴尬地端起酒杯。雪玉瞥他一眼，这杯不带你。

众人都随着说，对，这杯不带你。

大干红着脸放下酒杯，我以前办事……不够兄弟。雪玉讲究得……是！

2021

我想去草原

非非鸟

才下飞机，我就迫不及待想联系檀越。

为啥？我的单反和手机里，全是天蓝湖净的好风光。逗逗他。

同学檀越不止一次说要去草原。哪里不去都不能不去大草原。他激动地挥舞拳头，仰头干了一杯啤酒。要去就去呼伦贝尔，"天苍苍，野茫茫，风吹草低见牛羊……"每当滚瓜烂熟念起这几句诗时，他便闭眼晃脑，很是陶醉。

我太喜欢草原了，他说。这是事实。他对草原歌手们如数家珍。腾格尔、降央卓玛、乌兰托娅、德德玛……他们的原唱歌曲都熟唱如流。KTV里，一曲《我和草原有个约定》就能让他泪花闪闪，喉头哽咽，那份投入无人能及。檀越还曾心血来潮，上健身房练摔跤。至于吗？那啥，咱到时挑战下草原勇士，嘿嘿！

又不是啥难事，休个假，扯张机票，不就成行了？我揶揄他。可不，咱就来一个说走就走的寻梦之旅呗。可檀越的寻梦之旅也忒多波折了。

第一次，他早早请好了年假，策划的自助游线路也拿出来炫耀了好几回。头天晚上一起吃饭时还在手机上戳点着评价网上的优惠机票，说冬游的好处。

没想第二天，电话来了。取消了！啊？

知道不，单位要提一个办公室副主任……合条件的只有两人。想想吧，小马他是向来不休年假的，这时候我提出休年假不就显得那个了？

旅游是分分钟的事，提拔可是百年一遇呢，说句不好听的，你都快成老盆景了，这有啥好纠结的。我说我理解。

我去鄂尔多斯草原游回来的那次，他羡慕地翻着照片，啧啧连声说，你这跟团去，仓促了，要是我就来个深度游，不费它十天半月咋能体验草原风？

果然，隔了段日子，他就给我挂了个电话说，机票都订好了，周末直飞海尔拉，落地后再租辆越野车自己跑。啧啧，这够爽了吧？那边有网上联络的驴友一起走呢。

没想，这趟还是黄了。

秦科长知道吧？刚提副局长，周末说小聚，这……我……

电话里，他半晌不发话，最后唉了一声说，有什么办法呢，只好退票了。以后大把机会。

檀越说的机会很快就来了，他要去包头参加个会议。会议结束，我顺便就留下来好好体验大草原的魅力。秋天那是绝对美的呢，想想吧，一望无际的大草原浸染在秋色里，那割下来的牧草呢，一捆捆错落有致地散布在草坡间，黄酥酥圆滚滚的……还有镶嵌在其中的河流湖泊，晓得吗，这时候草原五彩缤纷，动静相宜最迷人。檀越很是兴奋，用诗意的语言描述着即将现于眼前的美景。看看吧，到时给你带个大惊喜，他挥了挥新买的佳能微单，笑意从瘦脸上淌了下来。

谁也没想到，一周后他就沮丧地回来了。

因为会议才结束，领导就说要他立马赶回来，有个紧急事要处理。哎，草原啥味也没闻到。

真是好事多磨，就这么一个小愿望啊……我突然很同情他。

当他再和我提起旅游的事，已是好几年后。他和另外的朋友结伴走了趟。

去了草原？不，没呢。本想去，但朋友说还是去九寨沟吧，就随他们了。檀越遗憾地说，到底更喜欢草原啊，下次一定得去。

但檀越的草原梦一直都没实现。后来，这个话题就成了同学圈里的一个"梗"。同学聚会的集结号也叫"我要去草原"。微信一打出这暗语，群里就各种夸张的表情。

这回，他看来下了决心，特地来了个电话，15号，怎么样。咱省点心，报个深度VIP团？我问旅行社了，恰好是他们开业十周年，还打八折呢。

我没问题呀，你呢，走得了？年假啦。

但是到了出发前一天，他果然又来了电话，支支吾吾说得似乎很无奈。哈哈，我就知道他的所谓决定从来都是泡沫。不管了，我按计划出行，就让这家伙深深羡慕去吧。

说了这么多，我这回来，是不是得炫耀下？我一定要逗逗他，让这小子再长长见识，而不是总从网上找些P过的草原美图转发朋友圈。

接电话的是他老婆。原来，檀越检出了些健康问题，本想支撑着出发的，临

2021

行前突然加剧，腿脚无力，只得取消了。关于这些，他都没告诉我。

怕你笑话啊。病床上，檀越从苍白浮肿的脸上挤出一丝笑。

呼伦贝尔……他费劲地支起身，陶醉地哼起了歌。这辈子，一定得去趟大草原。他突然拉住我的手，深陷的眼窝里闪出了光。

舅妈的身后事

洪兆惠

小舅打工挖煤，巷子塌方，没了。那年，舅妈53岁，两个儿子都成家另过。看她孤单，我妈就把老吴介绍给她。老吴是我爸的铁路工友，年纪大点，75岁，但体格硬朗，站在那儿，高挑儿挺直，走起路，嗖嗖的，而且有教养，一辈子不动烟酒，不沾闲话。关键是，他没儿没女，舅妈嫁过去，在农村，一个月四千多的退休金，两个人铺张着花。舅妈不用从地里刨食，也不用拖累儿子。

舅妈同意，领了证，结了婚，我们改口，叫吴叔为吴舅。我的两个表弟，叫吴舅为大爷。他们在吴舅的镇上住了一年，就迁到小舅家的村子。舅妈心焦，每天都想见到孙子，吴舅二话没说，搬家。

搬过来后，吴舅融入村里老头的闲聊。村头有棵百年榆树，从这里向南望去，大片庄稼，202国道，浑河，顺山爬行的绿皮火车。暖和天，老头们坐在树荫下，看远山远水，聊村上百年往事。吴舅抗美援朝时，在朝鲜抢修铁路，援建坦赞铁路时，到过坦桑尼亚，肚里藏着许多异域故事。老头们和善，吴舅解封开口。他不紧不慢，有板有眼，说着那些遥远的事。村上的人都喜欢舅妈的这个老头。

他们过了10年，舅妈病了，胃里长个肿瘤。只有两个表弟知道，晚期，他们不肯放弃，坚持手术。手术头晚，我去医院，吴舅私下里和我说：不管花多少，我都给你舅妈治。不用两个儿子，一分钱不用。说这话时，吴舅平平淡淡，像自言自语。术后一年，复发，病灶多处。

舅妈和小舅过了半辈子，打了半辈子。你说东，我说西，事事戗喳儿。奇怪，舅妈对吴舅，百依百顺，也许是天公作美，引吴舅为同俦，以此来补偿她和小舅30年的憋屈。舅妈知道自己不行时，怕两个儿子把她和小舅合葬，就把儿子叫到身前。你们要是那么做，我死了当鬼也要回来作你们。最后咬着牙，狠狠补一句：让你们白天晚上不得消停！

吴舅偷偷和我说：你舅妈要和我埋在一起，这话和儿子没法说出口。我说我

2021

去，说说他们，年龄大他俩一截，应该听得进我的劝。吴舅忙摆手，说：人死灯灭，两眼一闭，啥都没了，何必呢？他陷入沉默，半天，低声自语：和你舅妈过了10年，整整10年好日子，足了。

我对大表弟说，舅妈和谁合葬，没有实际意义，为何不答应舅妈，让她安心走呢。表弟沉默，弟妹反驳我：我妈和我爸有儿子有孙子，不葬在一起，那是啥风气？我们也有儿子呀！

舅妈有狠话撂下，合葬的事不再提起。其实这时，她真正放不下的，是吴舅。她把儿子儿媳一起叫来，一改往日说一不二的强势，流着泪说：我求你们，把你们的大爷留住，别让他离开这个家。四个孩子异口同声：不会，这里就是他的家。

舅妈走了。送舅妈的那天凌晨，吴舅坐在炕上，右手腕被一根红绳捆在柜门的拉手上。他向我苦笑，说：这里的风俗咋这样，不让我送，还把我拴在这儿。你舅妈胆小，我在身边，她好歹不怕。

舅妈没有和小舅合葬，骨灰埋在山坡一隅。

两个表弟都要把吴舅接到自己家，和他们一起过。吴舅不肯，说：我离开了这个屋，你妈说不定哪天夜里回来，想看看家，可屋里黑灯瞎火，没人，多孤单哪。兄弟俩分工，大表弟家给吴舅烧炕，二表弟家给吴舅送饭，吴舅自己，每天只管到老榆树下报到，一群老头在那儿等着和他唠嗑。

来年清明，吴舅提前去舅妈的墓地，孩子要陪，他拒绝，说我自个儿去，有话和你妈说。吴舅去的那天，清朗，温暖，轻风拂面，吸入一腔春的气息。吴舅坐在墓旁，从上午八九点一直坐到晌午。下午，他去了县里，叫上出租，车去车来。掌灯时分，不急吃饭，叫来表弟两家六口。开门见山，两件事。他冲着大表弟说：我和你妈有8万存款，养老用的，你妈走了，我有你们，用不上了，今天给两个孙子，一人4万，上学用。记住了，你妈的意思。头晌在你妈那儿，我听到了，她是这个意思。

说着，他掏出两张农行卡，一张递给大孙子，一张递给二孙子。两个孙子不敢接。大表弟说，这不行，二表弟也说，这不行。吴舅变得严厉，说：你们哥俩别说话。他转向孙子，说：你奶盼着你们好好念书，咋的，不想好好念？两个孙子摇头，又点头。吴舅乐了，你奶这就放心了。把卡塞到孙子手中，又说，密码回头问你爸你妈。

吴舅沉默了一会儿，说：这第二个事，清明把你妈和你爸并骨吧。这是我的意思，不过头晌央求过你妈，末了，她同意了。她一个人待在一边，孤单单的，我心里不得劲儿。

清明当日，小舅和舅妈合葬，立了碑。那天，也是个好天，无风，无云，天空蔚蓝。按习惯，在福来饭庄摆了五桌，其中一桌是老榆树下吴舅的聊友。十二个老头挤坐一桌，嘻嘻哈哈，讨论着老吴头的福气根源。也在那天晚上，吴舅又做一个决定，把退休金分成三份，两份大头，两个表弟一人一份，剩下零头那份，留给自己，隔三岔五，给老榆树下的老头们买盒烟，买包茶，买壶酒，图个乐呵。表弟和弟妹哪里肯收，吴舅又一脸严厉：咋的？你们四个，谁都不想管我啦？

一晃又是8年，吴舅没病没灾，连个头疼脑热都不得。疫情正紧时的一天，他在自家院子里跌倒，就此左腿不听使唤。一个月零三天，表弟和弟妹四人，一人一天，轮流照看。春天来时，吴舅走了，享年93岁。村里人都说，老吴头心善，让你们伺候着，又不拖累，就一个月，利利索索。

按吴舅的遗愿，他的骨灰回到老家，和原配妻子并骨。她走的那年，他53岁，40年后，夫妻俩地下重聚。用吴舅的话说，尘归尘，土归土。

海布楞

张 港

啥是布楞？布楞就是大清时的军中号角，有牛角的，有黄铜的，还有一种大号海螺做的，叫海布楞。嫩江草原达斡尔人，是从老兵安代那儿，才知道海布楞的。

梅里茨屯的安代说，他就是吹海布楞的布楞手。进西藏征廓尔喀时，布楞手安代，脑门子暴青筋，腮帮子鼓出血，吹沸了达斡尔披甲的心血，吹颤了廓尔喀人的肝胆。正吹得欢实，一弹打来，射中了海布楞。

伤兵安代回到嫩江草原，背一只带窟窿眼子的海布楞。安代说海布楞是军中神物，安代说海布楞是皇帝所赐。村里人说：吹一个。安代拿绸子条堵住窟窿，站高处一吹。只出一声，就罢手摇头："没半点军中豪气。没半点军中豪气。"

有人说了：海布楞吹出的，声如老牛撒尿，什么军中豪气，什么皇帝赏赐，不像实话——草原尚无盗窃奸淫，谎话妄语是大罪过。

从此，安代不再说话，低头走路，只给人看五虎抓地的英雄步。有人看见，安代独自一人对大江哭泣，念念叨叨军中豪气什么的。

安代有了儿子，喝江水吃牛肉的儿子安宝儿，风吹着长大。

那年柳蒿芽半绿高岗的时候，十五岁，狼眼睛，牛脖颈的安宝儿，不见了。怎么找也找不着了。安代一急，成了老安代。

过了三年，贩皮子的老西子来了。老西子一听安宝儿，惊得踹翻了火架子。老西子说："坏了，可坏了！这孩子是去找大海了！"

找大海？原来是，爱显摆见识的老西子，大吹到过大海，大吹见过大海螺。安宝儿问这问那，又给老西子灌了酒。老西子说：大海远在三千里。这不是错话。要命的是，这老西子随手一指，说了大海的方向——他指的是东方。

在嫩江草原，一千人没一个见过海的，可是，全知道大海是在南方，没听说东方有海。

草青草黄，冰结冰消，只一晃儿，弯腰驼背的老安代，过八十岁了。这人整天背对朝阳，蹲沙岗上看嫩江翻浪。天天如是。嫩江成冰，他就走上江面，踩雪窠子游荡。

雁叫招云，湿风带雨。这一天，蹲柽柳丛后的老安代，见牧人安顿了马群，就从一拐一晃换成英雄步，走出来招手："抽口烟，歇歇。"

牧马人一见八十多岁的老安代，心里多出好几种味道。这人太老了，人人得敬着；这人讲话太絮烦，像酒后硬灌的白水。

老安代冲牧人一铤身子，笑笑说："知道吗？其实，往东走，也有大海。"这话，百里江岸男女老少全听厚了耳朵，有的已经听了两三辈子。大家全顺和着，全微微笑着，心里全在说：安宝儿，是条汉子，可是他走错了方向。

是啊，掐指算来，安宝儿也过五十了。跟他光屁股一起的，也是老人了。人人可怜着老安代，人人认为这就叫魔障。

老安代拿出已经摩挲得浑圆的海布楞，凑近牧人说："要是不中枪子，吹出的声音，那真是壮气。"说着，又凑近些，想让牧人看他的海布楞。牧人假意有马出群，打马跑了。

老安代抚摸着浑圆的海布楞，仰脸自己说："要是不中枪子，吹出的声音，那真是壮气。"

正絮烦着，老安代忽大叫："啊呀——"在草地上翻滚起来，跑起来，大叫，"听到没有？听到没有？"

牧人见老安代五官都移了位置，只得勒马静听。牧人说："风声。贴地风。"

"不是，不是！"牧人跳下马，侧耳又听，他惊讶了："这春尾巴，怎的有了秋声？"

"再听。"牧人伏地再听，大叫："似有马队！"老安代奔跑起来，朝那声音喊："海布楞——海布楞——"

群马踢腾，百鸟冲天，牧人冲老安代喊："可不好了！有兵马杀来！"

老安代扯住缰绳说："不是兵马，是海布楞。"

牧人将信将疑，二人朝声音跑去。渐近渐小，断气之声。二人奔到钻天杨下，只见一个长发遮肩盖脸、衣裤花杂的人，四肢僵直，倒在沙砾上。

2021

那野人，忽地跳起，怪声嘶哑："这，可是，梅里茨屯？"

二人点头。"可认得，安代老爷？""我，我，我就是！你是安宝儿？！"那人翻倒叩头，捧出只大海螺："爷爷，爷爷！你吹，你吹！是我爹，给你的——"

赵驴脱单

贺敬涛

赵驴又喝酒了，还卖了一箱蜂。

从镇上回到月亮湾村，赵驴一头撞进大白桃家。过去，月亮湾村穷，大白桃家是个牌场。

进屋时，见四个人正有说有笑，赵驴大喊了一嗓子："嗨，加我一个！"

正说笑的大白桃嘴角都翘到了天上："睁大眼睛看看，是打牌吗？咱村早都没人打牌哩！"

的确，四个人正拿着蓝莓资料谈事情。今年，政府采取"公司＋农户"的方式发展蓝莓种植，他们都是蓝莓基地的农户。

赵驴讨了个没趣，晃晃悠悠往家走，一屁股坐在院子石凳上，看着仅剩的3箱蜜蜂呼哧呼哧喘粗气。

一阵摩托车响，月亮湾村第一支部书记王月花风风火火赶来了，咔地停下车，咚咚进院直奔蜂箱："赵驴，那一箱蜂呢？"

"卖——了！"

"那是脱贫蜂，是帮你脱贫的，还能帮你娶媳妇……继续卖吧，看你咋脱贫、咋脱单？"

"卖了多少钱？卖哪儿了？"

"500元，卖给对角沟的李二狗了。"赵驴手足无措得像个孩子。

"不管你了！"王书记俊俏的瓜子脸气得白一阵，红一阵。

第二天，日上三竿，赵驴还在睡觉，门咣地被村主任李辉推开了。

"赵驴，还睡啊！王书记被蜂蜇了，住院了！"

原来，从赵驴家出来，王书记直奔对角沟村，自掏腰包把蜂又买了回来。王书记抱着蜂箱放到摩托车后座，驮着往月亮湾村走，山路不平，蜂箱掉到了沟里就散架了，王月花赶忙用夹克衫包住，多亏刚好路过的大块地村主任帮忙，群蜂才没有跑散，可王月花却被蜂蜇了5下，因是过敏体质，呼吸急促，晕倒过去，被紧急送进了医院。

从县人民医院看完打点滴的王书记回到家，赵驴又悔又气，折身进屋，抄起棍子把酒瓶子打得稀烂。

赵驴变了。肯吃苦，还爱钻研了，挨个拜访全县的养蜂专业户学习养蜂知识，回来细心观察蜂群生活习性。

没多久，4箱蜂又分出了12箱，王书记又为赵驴贷款购买了4窝崖蜂，因养护精心，不久又增加了蜂群。村子地处深山区，气候适宜，林木茂密，花种类多、花期长，产的蜜多，质量也好。

王书记通过互联网卖蜂蜜，又跑县里、市里大超市推销，销路顺畅，赵驴成了养蜂专业户。

赵驴苦命人，七岁丧父，八岁丧母，在村里是吃百家饭穿百家衣长大的，眼看都四十好几了，还单着。

"赵驴呢？"王月花在赵驴家院外，正碰着村主任李辉。

"人家可是大忙人。他去看崖蜂了。"

"走、走，路上说。"王书记拉着李辉往村北青石崖走。

"县妇联、县文联、县民政局要联合举办'搭鹊桥、促脱贫'公益相亲活动，为单身男女牵线搭桥，我第一个给咱赵驴报了名！"

"嗨，甭操心了！"李辉抱着膀子，咧着嘴笑。

"能不操心吗？我一定要帮赵驴寻个媳妇！"

"真不用！"李辉笑眯眯地卖起了关子。

"咋回事？"王书记瞪起美丽的大眼睛。

李辉冲远处努努嘴。

远处的青石崖，是赵驴的崖蜂养殖基地。石崖上倒挂着一排崖蜂，蜂儿出出进进，嘤嘤嗡嗡，正酿造如蜜一样的生活。山崖下有两人正在割蜜，一个是赵驴，一个是大块地村的陶金枝。

王书记一拍脑袋："嗨，你看我这脑瓜子！金枝这段时间，可是老来赵驴这检查工作呢！"

三个月后，市电视台记者来月亮湾村采访脱贫先进个人赵驴，村里妇女小孩子围过来看热闹。赵驴对着镜头，声音有些哽咽："感谢党，感谢政府，感谢王书记，俺赵驴现在脱贫了！"稍顿了顿，他伸过脑袋低声说，"记者同志，俺不打光棍了！"

"那叫脱单。"金枝在下面大声纠正道。

赵驴闹了个大红脸，正正衣领，对着镜头清了清嗓子大声说："对，俺赵驴，脱贫了，还、还脱单了！"

秋鸭子和球憨子

高尚平

先前住洞庭湖边的人，常在湖汊沟港捕鱼。老辈人说，捕鱼有杀腥不杀腥之分。杀腥的人一双光手能在没什么鱼的地方搞到早饭菜，不杀腥的人拿着工具到鱼成堆的地方也难捞到一只鳊鲏子。秋鸭子和球憨子从小一起捕鱼，一个特杀腥，一个却特不杀腥。

春天钓鳊鲏，钩几乎放一个地方，秋鸭子一下子钓小半桶，球憨子的鹅毛浮筒都没动过几次。夏天放"卡子"，头天晚上同放一个湖汊，第二天早上去收，秋鸭子一扯一条鲤鱼或鳊鱼，球憨子扯到最后，往往只一两条小黄骨鱼。秋天撮虾子，秋鸭子一早晨能用筲箕在黑草子里舀好几斤，球憨子拿虾舀子在"虾把"里撮半天撮不到一碗米虾子。冬天在几乎干了的水沟里捉鱼，球憨子不光无法与秋鸭子相比，有时连堂客们都不如。

秋鸭子每次和球憨子一起捕鱼，就想送些给球憨子，球憨子怎么也不肯接受。他说他得了别个的好处晚上就睡不着。秋鸭子开首不肯信。那年球憨子老婆生小孩，因有哮喘病，又瘦，生第一胎就缺奶。秋鸭子这天正好捕到两条大鲫鱼，就送给她做发奶汤。球憨子打架一样不肯收，后来想到老婆实在需要鲫鱼发奶，就收了。奶是发起来了，球憨子却两晚没睡着，总是说："怎么还他的情呢？"老婆说："在自留地里摘点辣椒给他吧。"球憨子说："他家哪缺辣椒呢！"老婆又说："到队上买点橘子送他呢？"球憨子说："队上的橘子，还要我们买给他？"商量半晚没结果，第二晚又商量。第二晚没结果，球憨子就说："回人家的人情真是比挑三百斤的担子都难。"

秋鸭子听说了这事，便不再送鱼给他了，只是一有捕鱼机会就喊他。有回出工小憩，秋鸭子邀球憨子到喻家坝基一条干得只有尺把深的水沟捉鱼，那鱼只往秋鸭子胯下钻，全不到球憨子脚边来。秋鸭子就用脚在水里放肆蹬，把鱼赶到球憨子身边来，球憨子才捉到三五条小鲫鱼。这样的情况多了，球憨子也接受不了，他说："这不等于送鱼给我吗！"后来，秋鸭子一喊他去哪里捕鱼，他就不去了。他说："我自己知道自己，捕鱼真的不杀腥。"再后来，就干脆不捕鱼了。

可是这年秋天，不宜再生小孩的老婆又生了一个小孩。因前一胎是女孩，想生个男孩，就又生了这胎。

生的果然是个男孩，本来是件欢喜的事，可是奶水比上胎更少。孩子吃不饱，就总是哭，晚上几乎不睡。磨些米粉熬糊喂他也不吃，吵得他老婆整晚整晚睡不得。球憨子见老婆一天比一天瘦，心疼得不得了。没钱买鲫鱼发奶，只好又从门旮旯里寻出钓竿来，从屋边囱肥中挖了蚯蚓，还跑到街上买了一口有"倒挂须"的鱼钓来，再用米汤和一些细糠来打"窝子"，然后到汤家坝基的杨树下去钓鲫鱼。黑早去钓，出工小憩去钓，钓了七八天却没钓到一条鱼。老婆见他晒得头黑脸黑，胡子陡然长了许多，梦里还说钓鱼，便反过来心疼他。她一着急就比先前更瘦了，奶水也更少了，球憨子想钓到鱼的心情就更迫切，就晚上也去钓。

秋鸭子明知这事，却不送鱼给他们。有一天，他在球憨子家禾场上东头走到西头，像路过的样子。球憨子老婆见到秋鸭子，突然来了灵感，立即喊秋鸭子进来。秋鸭子问有什么事，她说："你屋里养的有鲫鱼吗？"秋鸭子说有，她就把球憨子十几天没钓到一条鱼的情况说给他听，然后说请他帮个忙。秋鸭子问怎么帮，她说："请你找个说法，半价卖一只大鲫鱼给球憨子，另一半钱我给你。"秋鸭子说这办法好，球憨子应当能接受。她就从怀里掏出一些角票分票来给他，然后说："少了我再补给你。"秋鸭子说声"好说"，便走了。

秋鸭子回到家里，先从水缸里捞出一条一斤多的大鲫鱼用旧报纸包了放到小竹篓里挎在腰间，然后到汤家坝基河边像观鱼的样子晃来晃去。球憨子看到秋鸭子了，立即打招呼。秋鸭子慢慢走过去，问球憨子怎么又钓鱼了。球憨子不回答，只说："半个月没钓到一只鱼哩，快帮帮我吧。"秋鸭子说："我怕你睡不着，不敢帮。"球憨子说这回不管那么多了，秋鸭子就说："你去山上折些红叶子树丫来吧。"球憨子不知折树丫干什么，却没问，只问要几根。秋鸭子说，随便折几根就是。球憨子便立即往对面山上去。

球憨子一走，秋鸭子就将球憨子的鱼钓拉上来，从篓子里拿出那条大鲫鱼来，将钓稳稳地钩在鱼嘴上，再轻轻放下水去。然后冲着球憨子喊道："快来快来，浮筒在动哩！"球憨子听了立即转身往回跑，一看，那浮标真的在闪。秋鸭子说："快拉快拉！"球憨子将钓竿往上一拉，一条大鲫鱼便到了身边的草地上。球憨子一边将鱼取下钓来一边说："你果然杀腥，一来我就钓到鱼了，太感谢你了！"秋鸭子说："我就不信什么杀腥不杀腥的话，捞鱼就是碰运气，这是你的运气，快拿回去给老婆做发奶汤吧。"球憨子就收了鱼钓往回跑。

球憨子老婆吃了发奶汤后，当晚奶水陡然增多。孩子吃饱了，一下便睡了。夫妻俩自然都很高兴，一齐趁早睡了，老婆准备问球憨子一句，却什么也没有问。

第二天，球憨子出工去了，秋鸭子就来对他老婆说："昨天本来是卖鱼给球憨子的，不料他自己钓到鱼了，现在将钱退给你吧。"球憨子老婆接了钱，眼里浸出了泪水。她想问秋鸭子一句什么，却怎么也说不出话来。但后来又想，就是问了，秋鸭子也不会说。这么一想，也就释然了。

杨兄弟

赵文辉

饭店纳入正轨，尤其还清了贷款后，我松了一口气，时不时去桑个拿，撸个串，放松一下。有一回，刚躺下，一条热毛巾就盖到脸上，我心里一阵惊喜：久违了。当时他和所有搓澡师一样，用澡巾在我身上试探没几下就问："灰不少呵，哥，要不要来个搓泥宝？"

我说不用。要是别的师傅，从接下来的手法我就能感觉到他们挣不到提成后的失望和敷衍，他却不一样，自始至终都是那么认真、卖力，特别是在后背上的过多停留和脚趾间的细心扣挠，让我对他一下子产生了好感。他用手指头肚给我挠头，没有让指甲去野蛮地工作，这个年轻人让你没法不喜欢。一边洗头一边闲聊，他问我是做啥的。我让他猜，他吸了吸鼻子，说我头发上有股炸油条的味。我一愣，旋即告诉他我是个厨师。往下越说越投机，最后我俩互留了电话，加了微信，我在备注名一栏存了一个"杨兄弟"。离开时他问我："去你们饭店吃饭，能不能送个汤？"

"小事一桩。"

"能不能打折？"

"小事一桩，免单都没问题。"我差点说出自己就是老板，于是赶紧改口，"请你撮一顿没问题。咱这人，爱交朋友。"

他听了两眼放光，说："我哪天真去找你了？我也爱交朋友！"我回答他没问题。

我以为只是说说而已，忽然有一天，我正在厨房检查灶台卫生，对讲机里说有人找。杨兄弟和一个白净的胖子站在大堂等我。杨兄弟介绍，胖子是他最好的朋友，李社勇，一个盲人按摩师。那天我请他俩吃了我们饭店的拿手菜：戳开铝箔包装，露出浇过汁的鲈鱼和洋葱丝，这就是我们用铁板上的招牌鲈鱼。还请他俩喝了半瓶熟客留给我的好酒，杨兄弟惊为天人地叫出酒的名字，李社勇也大为吃惊："我长这么大可是头一回碰这玩意儿。"他一说话，两个眼珠就在眼眶

2021

里拼命转圈，好像控制不住似的。他很健谈，喜欢提问题，跟所有对生活充满憧憬的青年盲人一样。他刚抿了一口就问我："听说假茅台都要加一滴'敌敌畏'来提香，不知是真是假，赵哥？"我说："你要怕下药，你那份让杨兄弟替你喝了？"他一听赶紧捂住酒杯，我们都笑了。

没过几天，杨兄弟回请了我一顿，在一家著名的大排档，带着那个一张嘴总是闲不住的按摩师。李社勇好像吃过县城所有的馆子，一个盲人美食家。我和杨兄弟一边剥毛豆花生，一边等待烧烤，李社勇不碰毛豆花生，他对夜市摊的凉菜有所畏惧。他二舅也开夜市，心里老装着这个外甥，隔三岔五请他去撮一顿。有一回二舅请他吃烩锅面，汤太浓天太冷，吃到一半汤都凝固了，上下嘴唇差点粘住。杨兄弟打断他，那是你太能说了。我们一齐大笑起来，李社勇忽然转向杨兄弟，用什么都看不见的眼睛盯着杨兄弟：

"你舅舅不行，老家伙不地道！"

杨兄弟急忙阻止，却根本不管用。李社勇已经转向我，愤愤不平地告诉我：杨兄弟5岁时妈妈嫌弃爸爸没能耐丢下他们跟人私奔了，失去生活勇气的爸爸也一走再没音讯。他跟着舅舅生活，初中没毕业就出来学搓澡。舅舅是个酒鬼，酒喝多了就拿他出气，每次都朝死里揍。李社勇还告诉我，杨兄弟快一年没吃饺子了，他舅舅却经常下馆子，一个人能吃一斤猪头肉。杨兄弟三十多了还是单身，没有彩礼谁嫁他？挣的钱他舅舅给他保管着，说是攒着给他娶媳妇的，却给自己的儿子在城里买房用了。我细细打量杨兄弟，高挑、白净、英俊，他不应该是个搓澡工。这一刻，我对这个世界非常不满。

最后，杨兄弟非常严厉地阻止了李社勇，说："我好歹是他养活大的，不准你再说他的不是！"

不久后我去搓澡，杨兄弟看出我脸色不好，问我有啥心事。那几天城管局正在找饭店的事，说我们的油烟净化器不合格。我花4万多改了一套新的，以为完事了，谁知又接到一张3万的处罚书。打了又罚，罚了再打，这也许就是他们鼓励三产为民服务的招数。找人说情，没用，局长是个背景很深的人，除了县委书记和县长，谁都不认。3万块，我得卖多少盘菜才能挣来！杨兄弟听完哦一声，若有所思地点点头。

几天后，城管局法制科让我去一趟，科长说局长专门交代你的事了，从轻处罚，交5000元，这是最低的处罚了。开始我还纳闷，不知道谁帮了我。后来才知道是杨兄弟替我求的情，城管局长是杨兄弟的熟客，每次来都点名要他服务。他很喜欢杨兄弟的"热毛巾"，尤其是酒后。

我决定好好请杨兄弟喝几杯，让我省了一大笔银子。还是那家烧烤大排档，入冬了生意依然火爆。那天我们吃光了桌子上的所有能吃的东西，就像这是最后的晚餐，吃完这顿，就没下顿了。等我们喝到最后时，两瓶白酒已经见底，长条桌上密密麻麻摆满了空啤酒瓶。我大着舌头喊店主过来，把不锈钢盘里两支羊肉串和一支板筋拿去热热。它们已经冰凉，不锈钢盆里有一层白色的凝脂。我又想起李社勇吃炝锅面的事。这时，杨兄弟忽然认真地望着我，仿佛有话要说。他的眼睛那么清澈，一个年逾三十的男子，还是这么纯净和真诚。

"你不是厨师，你是老板。"我听见烟在一次性水杯里嗤灭的声音。

我点点头："当初是想和你开个玩笑，没别的意思。"

"我认为你不会承认，你应该说你就是个厨师，你不是老板！"杨兄弟突然一下子泪流满面，我吓了一跳。寂静像铅砣般沉重。

良久良久，他才抬起头："我最不能忍受的，就是有人骗我，你欺骗了我。"杨兄弟呼出的白气悬浮在湛蓝夜色中，仿佛永远也不会消失。

第二天，酒醒后我拨打杨兄弟的电话，电子小姐告诉我"对方不在服务区"。给他发微信，显示的是"发送失败，对方开启了好友验证"。我一惊，我知道真把他伤了。过了几天，还是跟他联系不上，我急匆匆去九天洗浴，却已是人去楼空。李社勇一双眼白过多的眼珠子不停地转圈，责怪我："你不该骗他的，当初他妈离开他说去姥姥家，他爸说去打工挣钱给他买电动火车，都他妈一去没回头。他被骗怕了，他可从来不说一句假话。"

我想起有一次杨兄弟对我说过的话："如果这辈子可以重来的话，我想当一名厨师。"当时我还真动了念想，可如今……那个深夜陪你一起撸串的人，一定是你生命中不同寻常的人。我追悔莫及。

2021

极端颜值

朱红娜

当柳丝丝与吴易同时走进办公室的时候，如两块石头砸进平静的湖面，溅起巨大的浪花。

造物主是个什么东西？怎能把两个人造得如此天壤之别：柳丝丝哪看哪漂亮，哪看哪舒服。吴易哪看哪丑陋，哪看哪别扭。用当下最流行的语言形容是：柳丝丝是白富美，吴易是矮墩矬。

这招考官也真是，既然造物主造了颜值的两个极端，何必又把他们放在一起，比较也是一种伤害，衬托得优者更优，劣者更劣。

唯一显得公平的是：柳丝丝是女的，吴易是男的。虽然当下流行小鲜肉，但男人的低颜值更容易被人包容。

很快，吴易的矮墩矬就被大家接受了。

而柳丝丝，就像昏暗中的一盏灯光，照亮了办公室，甚至照得人头晕目眩。性格开朗的柳丝丝，明明可以靠颜值吃饭，偏偏才华四溢：唱歌、跳舞、钢琴、绘画……样样拿手。

柳丝丝的到来，让大家隐隐有些压力，同样的工作，在其他人手里叫苦连天，到了她手里，轻而易举就搞定了，领导对她刮目相看。最不舒服的应该是两个人。一个是陈旻雯，单位的年度大会表演，往年都是陈旻雯的戏，能力平平的陈旻雯因此头昂了一点，眼睛向上了一点。这唯一的优势在柳丝丝面前黯然失色，陈旻雯不得不低下了头，眼睛向下了一点，而嘴角明显上扬了，不时就吐出酸溜溜的"红颜祸水、红颜薄命"之类的词语，含沙射影，明眼人一看就知道针对柳丝丝的，而没心没肺的柳丝丝却当作没有听见，一样旻雯姐长旻雯短的，叫得旻雯心里的气一层一层往外冒，脸色渐渐转红，再转成猪肝色。另一个是张昊杰，张昊杰是领导的培养对象，柳丝丝到来之前，领导所有重要的事情都交代他去处理，而现在，柳丝丝快要取代他的位置了。"哼，还不是因为她漂亮。"张昊杰在柳丝丝不在的时候，气也会从鼻子里喷出来。有人附和，漂亮就是资本。

只有吴易躲在一角，从不发言。

单位不少适龄未婚男孩，平日里个个都嚷着娜姐介绍对象。近水楼台先得月，我说，小伙子，这么美的一朵花，你们追啊！却个个摇头，丝丝适合做花瓶，不适合做饭盆。

在中学做老师的表弟跃跃欲试，姐，把美女介绍给我吧！

也不撒泡尿照照自己，人家可是排着队被追的人，这一朵鲜花能插在你这堆牛粪上吗？

说话也不睁眼，我怎么牛粪了，她不就是一公务员吗？公务员配老师怎么就不搭了？

去去去，轮不上你。

表弟吐着舌头，枉叫你姐了。

大家正在抱怨工作太多，记性太差。柳丝丝说，我教大家一个方法吧，叫形象记忆。比如十二星座，是不是很难记住顺序？大家试着把自己的身体想象成十二星座。柳丝丝一边比画着身体部位，一边教大家：把头想象成白羊的头，记住白羊座；把眼睛想象成牛的眼睛，记住金牛座；两个鼻子，记住双子座；嘴巴上咬着一只大闸蟹，记住巨蟹座；脖子上都是狮子的毛，记住狮子座；肩膀上扛着小女孩，记住处女座；胸脯两端平齐，记住天秤座；肚脐像个蝎子粘在肚皮上，记住天蝎座；大腿上被丘比特之箭射中了，记住射手座；摸摸膝盖，记住摩羯座；小腿像两个瓶子，记住水瓶座；双脚踩在鱼上面，记住双鱼座。这样从头到脚记下来，是不是很快记住了？

大家一边认真听着，一边记着，真的是很快就记住了。

这样的人太可怕了。张昊杰悄悄凑近我。

不至于吧？

你想啊，她还有什么搞不定的，我们哪里是她的对手。

仔细一想，也对，太强大的人，别人都成了垫脚石，何况一个貌若天仙的美女。

年终评选优秀的时候，所有人都大跌眼镜：办公室12人，柳丝丝0票，吴易全票，其他人0票。

很明显，吴易自己投了自己的票。

怎么会这样？张昊杰问我。

这不是明摆着的吗？大家都以为吴易不可能，就把票投给了他。

吴易让人刮目相看，我开始留意起他，正如禅语所言：相如心生。吴易的丑陋不仅在外表上，还在心灵上，而外表的丑陋巧妙掩盖着内心的丑陋，你不细心发现，还真看不出来。

多年以后，柳丝丝依然是柳丝丝，依然孑然一身，但又不是原来的柳丝丝，她变得忧郁寡言。吴易已不是原来的吴易，做了科长，变得肥头大耳。前任领导已经退休，一次偶遇，领导慨叹，柳丝丝是个好女孩，但是因为太漂亮了，我不敢用她，都说寡妇门前是非多，殊不知美女门前是非更多。

我慢慢同情起柳丝丝来，在一次喝咖啡的时候，柳丝丝告诉我，吴科长在追她。他不是结婚了吗？

离了。丝丝说，娜姐，其实我从来没有拍过拖，他是第一个追我的人，我不知道该不该答应他？

这一刻，我真想狠狠扇自己一个耳光。

为 妖

张建春

老而不死为妖。晋哥把这话挂在嘴边当歌唱。晋哥还真是老了，时年九十八，翻过两道坎就一百岁了。

快一百岁的人了，喊哥不地道，但晋老人家执拗，喊爷喊伯喊叔，不理，连喊晋老也不同意，非得喊哥。晋哥，这一喊，九十八岁的老人有劲头，也拉近了距离。

八十五岁前，晋哥挂在嘴边的话是"老而不死是为妖"，到了九十岁省了一个字"老而不死为妖"，大同小异。也有区别，九十岁后晋哥实实在在把自己当妖了。

妖该有妖气，晋哥没有，硬硬朗朗的，倒有镇妖之气。不过妖是什么样子的，没人见过。晋哥一辈子说来简单，上学工作，娶妻生子，养家糊口，算是顺畅。要是有挫折，也就是在家乡结婚，为调回，放弃了喜欢的报纸副刊编辑工作，回小城，做了高中语文教师。不过这是愿打愿挨的事，怪不得别人。

真要说有妖气，晋哥当副刊编辑时还真妖过，那是个文学年代，围着副刊转的人多。围副刊转也就是围编辑转，一周一期副刊，晋哥被围得死死的。晋哥认稿不认人，傲得像挺胸凸肚的公鸡，来无影去无踪，既有傲气又有妖气。妖气是说晋哥选稿独特，眼毒得如妖。调回小城，晋哥失落过一段时间，随后学生围住他，又比作者围得紧，不久就释怀了。

晋哥书教得好，文学功底摆那儿呢，怎么教都受学生的喜爱。六十岁退休，早已是桃李满天下了。晋哥和学生处得好，也让学生喊他晋哥，学生们张不开口，缀了两个字，晋哥老师。晋哥认可。倒是退休后，学生来看他，免了后面的两个字，他答得鲜甜，气得老伴骂他老妖怪。晋哥哈哈大笑：老而不死是为妖也，妖而不怪。

老伴先晋哥而去。晋哥七十五岁时，老伴走了，享年七十二岁。晋哥悲伤几天，又挺了胸活得热闹，人生七十古来稀，老伴过了七十，不屈寿了。老伴是好老伴，晋哥待见她，也因为待见才从市里调回小城，厮守在一起。眼见老伴离世二十年了，想想晋哥还是眼热，免不了叨咕：老而不死为妖。

晋哥有时真把自己当妖了，一茬子的老伙计们都不在了，说话的人越来越少，这不算什么，儿孙绕膝，不寂寞。就是年老了，睡眠少，夜间醒来，静得没个边际，晋哥就听到许多耳语般的声音飘来飘去，有老伴的、有学生的、有作者的，尤其是些走了的老伙计叽叽咕咕，喊他喝酒、下棋，耳根不清净。老伙计们想他了，晋哥也想他们。还有意外的，一些个小兽夜里扒窗户，目光幽幽地和晋哥对视，似要说话，只差喊出晋哥了。这不是妖是什么？几乎夜夜如此，晋哥竟也习惯了。

晋哥书法好，一笔滔滔。年轻时，晋哥业余时间练字，入心入神入迷，倾注了许多心血，中途断过，一退休就又拾起来。晋哥长寿和练书法有关，一年三百六十五天不断，一练就是大半天。晋哥的书法名气大，独成一体，有力度，更有妖之气。求晋哥写字的人多，晋哥少有拒绝，一张纸、一捧子墨而已，讨个好口碑。

八十岁前，晋哥为求墨宝的多写些唐诗宋词之类，挥挥洒洒，如行云流水。读他的字，心情好时更好，心情不好，读了也会云破日出，心中开朗。小城人为拥有晋哥的墨宝骄傲，挂在中堂，再低矮的房子，也亮堂。也有用晋哥的字换钱的，光头三明就是一例，他老婆换肾，缺钱，求晋哥写了一幅又一幅字，转手卖了。晋哥装作不知，有求必应，写得还特别用心。后来光头三明隔段时间不来，晋哥就找上门去，捎带着披上一两幅字丢下，一句话不说，转身就走。

到了九十岁，晋哥对求字的人多是婉拒，实在推不过，也写，千篇一律：老而不死为妖。题款：九十小叟晋哥废作。满足了求字者，又让求字人难堪，字只能收藏，想挂在中堂或书房，难了。

晋哥九十八岁这年，小城办文化节，把晋哥请在首席，充面子。晋哥须发皆白，主持人极尽恭维之辞介绍晋哥，一口一声晋哥老，主持人聪明，晋哥不能喊。开幕式热闹，各色人登场，就有人拿晋哥说事。说要给晋哥找个老伴，且推出三五个妖娆女子供选，让本来笑得合不拢嘴的晋哥突然拉下了脸。

主持人乖巧，见事态有变，忙请出纸笔，让晋哥泼墨。晋哥也不推辞，一挥而就：老而不死为妖，不为猴。

妖字的一捺如刀，猴字却写得呆滞。

都万元

欧阳明

都万元当上万元户是1989年。那时，我和他一起在上坎中学教高一，他教数学，我教语文。

上坎中学是县直属中学，地点却在乡下，离县城二十里地。

都万元大名都治国，未当上万元户之前，我们都叫他老都。

老都比我大近二十岁，个子不高，一米六多点，胖胖的，走路手双桨一样前后划动，像鹅，有些晃。

老都备课讲课都极其认真，课余除了饭后在校园独自散散步，其余时间都待在屋里看书，少与我们交往。他烟酒不沾，更不打牌，和我们也玩不到一块儿。

老都参加工作那阵，教师还被叫作臭老九，地位低下，要找个端铁饭碗的姑娘做老婆，很难，除非他爸妈有工作，自己也长得帅气。老都相貌平平，父母又是农民，自然更难。那时子女户口随母，他好不容易从农村出来，不愿意和其他很多老师一样，讨个农村户口的老婆，让子女又走自己的老路。就耐着性子等，但等到三十岁了，依然无人问津。年龄不饶人，他怕等成了老光棍，就匆忙找了一个农村姑娘成了家。

成家后，老都让老婆来到学校一起住。老婆没工作，就在学校里摆了个摊，向学生卖点汤菜什么的。学校当时没有学生食堂，学生只能用饭盒蒸饭。

从此，老都除了上课，多了一件事，就是给老婆打下手。

老婆的摊子虽小，也是个生意，一个月也可挣个二三十块钱，所以大家也叫老都都老板。

老都有个女儿，正读初中。他刚结婚那几年，还没实行一胎政策。据说，他是两代单传，本想再生个儿子的，但由于老婆生女儿时，出了点状况，子宫被切除了，只好作罢。

老都的万元户是学校安排的。他不想当，也没资格当，因为他就算把老婆女儿卖了，也没那么多钱。

一万元，对当时的中学教师来说，是个天文数字。当时我们算过一笔账，要是真有一万元，存到银行，每年利息就上千，比工资还多几百，可以什么都不用干了。

可校长坚决要老都当，反反复复劝他说，全县教育系统就分了一个名额，教育局叫我们学校推荐，是对我们的重视。

可我年纯收入确实一千都不到呀！这不是搞欺骗吗？老都心有顾虑。

这不叫欺骗，上面说了，万元户只算收入，不算支出。我帮你算算吧，你工资每月70元，一年就840，那个摊子，每天能卖30吧？一天30，十天300，一百天3000，一年就10800，这不就上万了嘛！校长说。

账哪能这样算！老都很惊诧。

哎呀！其实有没有一万并不重要，县里只是想树一些典型，来鼓励大家发家致富，千万不要较真。

可以找其他老师当啊！

其他老师家里没企业，凑不够收入。

卖点汤和菜也叫企业？！老都很惊讶。

企业不分大小，好了，就算我求你，给我个面子吧！再说了，当万元户也不吃亏，能领三百块奖金，那可是几个月的工资呀！无论如何，你得让我把这个差交了。

一校之长啊，管着每个教师的职称评定，得罪不得。见校长把话都说到这份上了，老都不得不点了点头。

那年秋天，老都参加了全县万元户表彰大会，戴了大红花，领了奖状，还被安排作为代表发了言。

老都的发言有几分钟。但据参加了会议的人说，大家只记住了他编的几句顺口溜。那几句话是：如今的百姓，吃的是油，穿的是绸，住的是楼，玩的是球。球是篮球的球。大家都说他说得好，把老百姓在物质和精神生活方面的变化形象地概括出来了。

会后，我们改口叫老都都万元，喊他用奖金请客。他说，没办法，奖金老婆收去了。大家都说他太抠门。

当上万元户后，都万元的生活依然照旧。唯一不同的是，上面来检查勤工俭学工作时，校长会把他叫去，介绍他是万元户。他听了一言不发，只是不置可否地笑笑。

1991年，我考进了县城的机关。又五年，县直属中学撤并，上坎中学因为连续几年招生困难，被撤了。老师们被分散到了县内其他多个学校。之后，大家就几乎没什么联系了。

前几年，88级高中班的学生开同学会，邀请老师参加。教过那个班的其他老师都去了，唯独不见都万元。

都万元呢？我问在场李老师，他当时教的是政治。

李老师说，联系不上了，当年撤校，他因年纪大了，城里的学校都不要，被安排去了洛水中学。

洛水中学是个很偏远的乡镇中学。

欺负老实人啊！他咋不闹呢？我说。

闹？他那性格，会吗？

他应该早退了吧？我问。

嗯，退了就和老婆搬回老家乡下了。

咋不在县城买套房呢？据我所知，百分之九十以上的乡镇的教师，都在城里买了房子。

他哪有钱，你调走后，学校因为食品安全，就不准卖饮食了。一个人的工资，既要养家，又要供女儿读书，根本没结余。

他那个万元户真是名不符实啊。我呵呵一笑。

去年暑假，有热心的老师建了一个微信群，想把曾经在上坎中学的老师拉在一起。结果只来了一半的人。因为有的已经死了，有的已无法联系，包括都万元。

这个群死气沉沉，除了一两个人常转发一些养身文章和花边新闻外，大家都不发言。

今年三月，李老师突然在群里发布了一条消息，说都万元死了，患癌症死的。

我估计很多人都看见了这条消息，却几乎没人搭话。我也没有，因为不知道说什么好。

其实，人就那样，很好的朋友，只要多年不交往，哪怕见了面，也没什么话可说了。

不过，我私下算了一下，都万元还是活过了七十的，不算亏，按照我们本地的说法，过了七十，就上得了香火了。

在我们这儿，香火是一种供奉的牌位。在农村，每家每户都有。所有的香火上面，都必须写有"天地君亲师位"几个大字。可见老师不管生死和贫富，都一直被供奉在香火上。

想到香火，我突然感到愧疚，愧疚不该多年来也跟着别人把都老师叫都万元。那确实有点亵渎他老师的身份。

李老师后来在群里还说了一件事。说都老师的女儿在清理他的遗物时，无意间看见了那张万元户奖状，觉得很好笑，一把火就将它烧了。

李老师还说，这事是都老师的女儿亲口说的。都老师的女儿，也是教师，去年调到李老师所在的学校了。

回复这条消息的人同样不多，只有两个龇牙的表情。

谢小桃的自行车

红 墨

凤凰牌，亮闪闪。坐在自行车后座上的谢小桃，一只手居然搭在扁脸的腰上，小辫子飞呀飞。扁脸把铃铛掐得山响。根子听了，像心尖儿上扎了根针。

断墙空地，谢小桃身子歪斜着坐在车座上，僵硬的手臂握住车把。扁脸一只手把住车把，另一只手扶住谢小桃的腰。断墙外的根子见了，恨不得冲过去，剁了扁脸的那只爪子。

根子矮下头，又不自禁地翘头，把眼珠子贴在了断墙的洞口。

"扁脸有自行车！"谢小桃朝着墙外喊，手臂一扬，一团泥土飞出墙，砸在根子的背上，软软的，好像谢小桃胸前掉落的桃子。

扁脸仰着头得意地笑着，日头的强光下，扁脸的脸歪不拉几的。根子见了，啐了口唾沫。

哐当一声，自行车连同谢小桃摔在了泥地上。扁脸没有扶谢小桃，却扶起自行车。

"可惜你的车子了？我可赔不起！是你硬要教我骑的……"谢小桃说。

"没，没事。"扁脸的脸更扁了。

根子心里愤愤道：扁脸，你有啥能耐？不就是有个吃皇粮的爹吗？

日头落下山梁。根子才从水田里上来，双脚泥粑粑的，被扁脸拽到家。根子还以为是让他来观赏自行车的。可扁脸跨进门槛，便蹬掉一只鞋子，掀起一截裤管，笑嘻嘻说："根子，你瞧我这袜子！"我才不瞧袜子呢，我想摸一下自行车。根子没有说出口，眼睛四顾，寻觅"凤凰"的倩影。

"谢小桃送我的！"扁脸说。

似一颗炸雷在根子心中引爆，根子的视线不禁转向扁脸的脚。已是暖春，扁脸居然穿着棉纱袜子，袜子的颜色杂七杂八，显然是用零零碎碎的棉纱头编织的。根子发现扁脸的右脚没穿袜子。

"只穿一只袜子？"

2021

"谢小桃只送我一只。"扁脸挠着后脑勺说,"我也没敢问,大概没棉纱头了。"

"一只袜子!"根子坏坏地笑。

后来,根子遇上扁脸便看他的脚,每回都看见扁脸穿着一只棉纱袜子,好像从没换洗过。有一天,根子在镇上,有人拍他的肩,根子回头见是扁脸。扁脸说,他们几个坐车去邻县耍一趟,自行车让根子给骑回家,还反复叮嘱根子,"像保护自己的生命一样保护好车"。根子看见扁脸身后还有两个叼着香烟的愣头青。

根子推着自行车走到路口,突然发觉,自己不会骑自行车。路人拿羡慕和怪异的眼光瞧他,这小伙咋会有自行车呢?咋不骑上去呢?根子推着自行车逃离大路,拐进了山道。

两旁是小松林。根子环顾四周,连一个鬼影儿也没有。根子寻了块平整地儿,把"凤凰"的"脚"支起来,从头到尾、从尾到头摸了个遍,不错过任何一个部位,好像摸的是谢小桃的身子。根子的手指油腻腻的,谢小桃的身子咋这么油腻腻的呢?原来根子的手指沾满了机油。后来,根子借助旁边的一棵小松树骑上了"凤凰",他的双脚越踩越狠,后轮子越转越快,车铃声越来越清脆。根子觉得,他骑着自行车行驶在鹊桥上,游逛了牵牛星、织女星,后座上的谢小桃双臂环住他的腰,小辫子横着飞……

轰隆一声,"凤凰"翻倒,幸好倒在柔软的草地上。曾听扁脸爹说,自行车借给别人骑,还不如老婆借给别人骑。根子脱了补丁衣裳把"凤凰"擦拭了一遍,磕碰处还蘸上唾沫处理了一下,所幸没见伤痕。出了山口,田间小道太窄,只好把"凤凰"扛起来走。根子吹起口哨,仿佛扛着的是谢小桃……

根子发誓要买一辆自行车,就到四十里外的村子,表舅的砖瓦窑做活。三个月下来,根子的肤色黑成了木炭,手掌长满茧子,脊背脱落几层皮。根子终于有了一辆自行车,是飞鸽牌的,当然只能是二手货,表舅半价卖给他的。

根子推着自行车在谢小桃家门口来回晃悠,车子嘎达嘎达响。可惜根子见不着谢小桃的身影。

那天,天蒙蒙亮,"老飞鸽"嘎达嘎达从谢小桃家门口经过。车把突然一晃，谢小桃呼地跳上了车后座，一只手搭在根子的腰上。

"谢小桃，你为啥只给扁脸织一只袜子？"根子问。

"他教会我骑车，我给他织袜子，谁也不欠谁。"谢小桃反问根子，"你愿意我给他凑成'双'吗？"

"不愿意。"根子便按车铃，却是哑的。

谢小桃说："去镇上换个新铃铛！"

根子的脚下踩得生风。谢小桃的小辫子飞呀飞。

2021

十七岁出门远行

李秋善

初中毕业后，我在家里务农，冬天农闲的时候，村里六户人家联合弄了个弓房，一家出一个人，领头的是被我称作三爷爷的一个人。我虽然叫他三爷爷，但他岁数并不大，也就是四十多一点。我家也有一份，于是我就去轧棉花、弹棉花。

弹棉花的滚筒上齿条倒伏了，需要更换齿条，县里的农机公司没有。弹花机上的生产商是山东省汶上县的某农具厂。

派谁去买齿条呢？谁也没出过这么远的门啊。最后三爷爷说，国华（我的乳名）你去一趟怎样？我是一个尿人，长这么大到过最远的地方就是县城。我咬咬牙说，我去。

于是我从三爷爷那里领取了路费，第二天就出发了。为了防身我特意买了一把匕首，带在身上以备不测。

从地图上得知，汶上县在鲁西地区，我设计的路线是，从我所在的垦利县乘汽车先到济南，再乘火车到兖州，兖州住一宿，再乘汽车到汶上县。本来济南有到汶上县的汽车，可我没坐过火车，想体验一下坐火车的滋味。

第一次出远门，感觉什么都是新鲜的。我第一次看见了山，汽车在崎岖的盘山道上行驶。我看着车窗外的景色，此时正值冬季，那山光秃秃的，并不好看。第一次坐了火车，感觉坐火车也没什么好玩的。那个时候几乎没有安检措施，别说你带把刀上车，就是带把枪也没人管。

在兖州下火车时已是晚上了，出站口有旅店的人在接客。我就近住在兖州火车站旁的一家小旅店里。

登记完，我随着服务员来到二楼的一个房间，房间是个两人间，我来之前已经有一个人入住了，那是个眉毛很浓的中年人。中年人热情地跟我打招呼，递烟给我，我说，谢谢，不会。中年人问我是哪里人，要到哪里去。我一一作答。

服务员是个中年大姐。她说了句，楼下有热水，有暖瓶自己拎去。说完就下楼了。

中年人有一句没一句地跟我唠嗑，他有口音，我似懂非懂地应付着他。

我累了，脱衣服躺下睡了。睡梦中感觉中年人一直在唠唠叨叨，还有依稀的火车汽笛声。

朦朦胧胧听见有人问我，有刀没有。这一句特别清楚。

我像是被这一句叫醒了一样，说，有。起身从我随身带的包里掏出那把匕首，当啷一声丢在两床之间的桌子上，倒头接着睡去。

第二天，我被火车的汽笛声唤醒。尽管离火车站很近，昨晚上太困了，汽笛声也没影响我的睡眠。

我打量了一下房间，中年人不知什么时候走了。我的那把匕首好好地在桌上，仿佛没被人动过。

我把匕首收进包里，想着中年人半夜问我有没有刀干什么？好像他也没用这把刀啊。

退房时，我问服务员，我屋里那人什么时候走的？服务员说，半夜就走了。走时慌慌张张的。

我因急着赶路，也没多想。从兖州乘汽车到汶上，已近中午。

汶上汽车站，那时候还没有出租车，有自行车载客的。我向自行车载客的打听那家农具厂。自行车载客的是一个小个子，面皮白净，戴顶军帽。他说，你要去的那家厂子在县城西约十里路。我说，带我过去多少钱。小个子说，两块钱。我说，走吧。

于是，小个子载着我在颠颠簸簸的土路上行驶着。大约过了半个钟头，到了一个大院子跟前，小个子说，到了。

我看着这个大门紧闭的大院，大门上的牌子就是我要找的那家农具厂，我有些失望，显然这家工厂已经停产了。

我只好跟小个子商量把我带回去，问多少钱，他说，也是两块。

在回去的路上，小个子喋喋不休地让我把钱给他留下，说等工厂开工后他给我买了东西给我寄过去，还摆出一副学雷锋做好事的样子。我说过，我是一个厌人。我冷笑一声，不说话，从随身带的包里掏出那把匕首在手里把玩。小个子回头一看，眼里闪过一丝惊恐，不说话了。一直到了车站，小个子没说一句话。我给他五元，他找我一元，也没说话。

我想，虽然农具厂停产了，农机公司门市部也许有我要买的东西。我找到了汶上县农机公司门市部，果然有我要买的齿条，我欣喜若狂。

原路返回，还是在兖州住了一晚，这一晚，两个人的房间只有我一个人。兖州—济南—垦利，终于，我回来了。

三爷爷见我拎着齿条回来了，很高兴，说，国华是个大人了，可以出远门了！

此后我外出的许多个日子里，都带着这把匕首防身。特别是1986年我干油田轮换工的时候，油田很乱，更需要一把刀壮胆。直到1987年在我一次回家探亲时，母亲发现了我带的匕首，给藏起来了。我找遍了所有房间的角角落落，也没找到那把匕首。

母亲说，年轻人不能老带着把刀，迟早闯祸。此后我再没带过刀，但也没人找我的麻烦。

1999年我拆掉老房子，翻盖新房时，在老房子房顶发现了那把匕首，匕首已经锈迹斑斑了。

许多日子里，我都会记起在兖州的那一夜，那个中年人半夜问我要刀干什么，他为什么又半夜不声不响地半夜离开了呢？

那一年是1983年，我十七岁。

渡　船

刘帆

马老四独自坐在船头发呆。

渡口的小卖部门前，大半个树荫下，坐着一群人，这是一伙要过江的人，也是马老四的渡客。

过渡的人，不管知道不知道，大家都习惯喊他"老四"。

马老四有个规矩，不到点不开船。因此，买了票的这伙人，就在岸上树底下拖条板凳歇着。三三两两，也没个队形，惯了，这些渡客，马老四有的闭着眼睛，听声音也能听出来谁是谁。

渡客们肆无忌惮地谈论一个话题，在马老四看来，可能是一种痛。马老四的儿子，指着岸上的一帮人说："爹，他们在谈论架桥的事，吴乡长上次过江说过，这么宽的江，得有一座桥。"

如果是不知好歹的人，跟马老四说架桥的事，或许，马老四会生气。然而，现在说话的是儿子，还有儿媳妇也在船上，虽然儿子的心思并不全在船上，但是马老四心头的气，还是堵得慌。他看了一眼儿子："是啊，架桥，做不了水上人家，你就上岸，老马家还有几亩薄田，饿不着。"

或许，是担心儿子听不懂，马老四故意抬高了八度声音，冲着青衣江吼道。然后背转身，朝岸上一声吆喝：

"开船啰——"

这马老四，今儿个怎么回事？离开船时间还有半个钟呢！

众人骂骂咧咧，不情愿似的，一个个从树荫底下钻出来，拎着包，挑着担，牵着小孩，乖乖上船。

马老四如今的汽船，虽然比不得电视上海洋里漂浮的豪华游轮，但就在这青衣江，却也是十分显摆了，比起马老四之前的木帆船，起码，往来两岸的渡客，眼里的船，在这青衣江，上下游几十里远近，也就他的船最好了，所以，众渡客都喜欢往他的船扎堆，马老四脸上的笑容，据说从新船抵达青衣江那天起，就明显地挂在脸上。

过江从之前的五角，到一元，再到今天的五元，说老实话，也没见到几个渡客感到不满。

马老四的腰包日渐鼓起来。这条船能够载多少人，往返摆渡多少趟，整条航线全由他说了算。按理说，赚得也差不多了，停渡也可以，毕竟年纪摆在那里，脸被江风吹，日头晒，人黝黑，更显老些。

渡船的航线，是马老四开辟的。不对，航线是马老四家族很久很久以前，在这青衣江上用一条船犁波劈浪开出来的，就是通俗讲的，水上通道。

马老四家族选择青衣江这一段宽阔江面摆渡，是有考量的。青衣江蜿蜒流长，多狭窄江段，这样的地方，往往波涛汹涌，只有这宽阔水面，水路虽然远了点，但是水流平缓，摆渡才比较安全，特别是之前的渡船是木船，为避免狂风骇浪，降低风险，保证人和船的安全，自然是平缓江段适宜。

一年三百多天，马老四的船几乎没有看到停渡的。或许，这也由不得马老四，毕竟，青衣江两岸，走亲、采买的渡客们三三两两地过江，特别是往返的学生伢子，上学没少渡过，哪天停歇过？这使得马老四一家，上岸的机会就很少。采买油盐酱醋茶和肉蛋蔬菜等，小贩们会送到江边来，不甚宽阔的码头，不晓得何时开始繁盛，开墟建市，两岸如出一辙。不同的是，马老四陆上安家的这一头，墟市是农历三、六、九，对岸是二、五、八，两岸物资集散，有所差别，往来互市，才有流通，或许就是这个理。

马老四，心中的烦恼，又显然不在两岸的墟日不同。刚才，儿子的话，勾起马老四心中的不快，是因为传言有板有眼，原来计划架桥，桥址是选择在狭窄江段，为的是缩短里程，减少不必要的投资。但是，上个月，乡长从这里过河，在船上说可能在马老四这一处航道建桥，马老四听说后，对桥址就特别敏感。

架桥是这么说，却眼见一直没动工。马老四曾质疑这是要断自己的活路。如此有针对性的设想，马老四不是傻子，随时在盘算上岸过日子的时间，那一天真的来临，马老四的劲道也就没有了。

"嗯……乡长啊，我想通了，架桥好，桥通路宽，汽车一溜就过去了……"

乡长好像没听到，径直走到船头："那年我上学，就是坐着它走上岸的！

渡船怎么啦？渡人上岸，好啊！听说你儿子将来要去渡人，做教书先生，那更好啊……"

茄子是我偷的

刘万勤

　　我出门向西走，拐一个弯儿，听见喊喊喳喳的争吵声，仔细一看，那里站着东阳和大头，两个人的手你一比画我一比画的，像两只公鸡在打架。

　　只听大头说："茄子确实不是我偷的，要是我，天打五雷轰。"

　　东阳说："赌咒不灵，放屁不疼。前些时，我家的韭菜是你割的吧，辣椒是你摘的吧，空心菜是你剪的吧，没隔多长时间，你又偷我家的茄子。好汉做事好汉当，不敢承认了？"

　　大头猛一趔趄，像是掏心掏肺地说："以前的我承认，这回的茄子我没偷，承认个屁！"

　　噢，是在吵吵茄子的事！我心里咯噔一声，眼前即刻浮现出昨天关于茄子的事：我路过菜园子，看到挨路边东阳家种的茄子，有两个圆滚滚的碗口一样大，那深紫色在太阳光下泛起明溜溜的光，实在喜人。我想蒸碗蒜辣茄子吃，味道很好，就弯腰摘下来拿回家。我和东阳老同学，俺两个在一起不分你我，吃点喝点从不计较。伸手摘他两个茄子自然不是个啥事。事不大，我有心给东阳说个清楚的，可一忙起来，就搁下丢在了脑后。他俩为这事争吵，根儿在我这儿，我必须过去把话说个一是一二是二的。

　　我快步走到跟前，对着东阳说："东阳，别争吵了，茄子是我偷的。"

　　东阳听我这么说，吃惊地看看我，头一摆，不可置信地说："你今天是怎么了，这是啥好事？怎么拿屎盆子往自己头上扣？"

　　我说："该扣就得扣，我老实交代：紫茄子，一共两个，碗口一样大，确实是我昨天路过菜园子偷的。"接着我把"偷"茄子的经过，以及没有打招呼的缘由，一丝不差地说个明明白白。

　　东阳依然不信，说："我知道你两家是拐弯儿亲戚，常来常往，你护他可不是这个护法！"

　　我正要继续分辩，一旁的"沙哑嗓"插过来："大头，杀人不过头点地，是啥就说啥。之前，你偷我家的西红柿，你承认后我难为你了？这回不就是两个茄子的事，承认了，以后不偷就算到底了，又不是啥值钱东西。"

大头瞪起眼说："茄子确实不是我偷的，得看事实呀！"

我马上接上话："说得对，得看事实。事实上，这茄子是我偷的，就该我来承认。"

东阳急得团团转，说："说你偷，谁信？你半辈子拿过谁家个柴火棒？"

旁边的"公鸡嗓"也插话过来："你是咱村有名的文化人，文化人啥素质？全村红白事都是你坐礼桌，一宗事都进几万块，哪曾少过一分钱？你出名的干板直正，谁不知道？"

我嘴巴张几张，连连倒吸几口气。

在门口簸粮食的吴婶听不下去了，放下簸箕走过来，没想到话头也直接对向我："你是清楚人，你想想这事揽你怀里对大头有啥好处？他不惊惊心，小偷小摸的毛病啥时候会改？"

"吴婶，"我不知道弄清一件事这样难，央求似的说，"我拍良心说话，茄子是我偷的，我就得承认。"

吴婶变了脸色，扭头走去，只听她嘟囔道："心说你是明白人，怎么也这样糊涂呢！"

东阳也着急地说："老同学，你听吴婶怎么说你的？别来胡搅腾，忙你的去吧。"

越是这样，我越不能离开，不能因为自己冤枉别人。

张嵘此时也走了过来，他也是我同学，他嬉皮笑脸地拍拍我的肩头说："真稀罕，人家大头躲还躲不及哩，你却硬起头皮往里钻。要有个杀人案，你也说这人是你杀的？"

我气鼓鼓地说："咱今天就事论事，别远扯。这屎盆子，要硬扣在大头头上，大头真冤！"

我看见不远处站着五爷，背起手走过来。他是家族里威信最高的长辈，他会给公公正正说一句的。五爷来到大头身边，手指点着大头的眉头说："大头，你该长个心眼了，前时你媳妇为啥不跟你过？不就是因为你好顺手牵羊的名声不好？这茄子是你偷的，就爽爽快快承认，别扭屁股掉腰的，改好了以后还能再找个媳妇过日子。"

大头一听，像被打了一棍子，蹲下捂住脸呜呜地大哭起来："我冤呀——"此时，我按捺不住焦急，大声说："茄子，确实不是大头偷的，是我偷的，都别再说了！"

五爷和旁边的人，冷笑着一个个地走开。东阳也嗵嗵地跟着离去。

一股风摇得树叶沙沙响，我看一眼大头的惨相，狠劲跺跺脚。

相遇草堂

靳雪明

我站在草堂前，激动而又踟蹰着。来看望祖国最孤独的诗人，是我多年来的梦想。

我将顺额前的散发，拍打越过千里附在衣服上的尘土。浅蓝色的亚麻衣服看起来有些褶皱。我本该换一套衣服前来，可却抵挡不住迫切的心情，就这样站在了草堂前。

我轻轻地推开那扇被诗人杜甫悲呼"安得广厦千万间，大庇天下寒士俱欢颜"的草堂，一股淡淡的香味钻进肌理。我分不清是书香，墨香，还是诗人读书前焚香的味道。我拿起供桌上的檀香，点燃，轻轻供奉进香炉。我双手合十，对着诗人的塑像虔诚地弯腰叩拜。

我抬起头，凝视着塑像。诗人的面颊清瘦矍铄，目光穿过草堂，在尘世间飘游。紧抿的嘴唇显得沉着坚毅，下颌的胡须似乎微微抖动，好似有话要说。

园子里的翠竹俊秀挺拔，有风吹过，沙沙作响。池塘里的荷花随风摇曳，一只蜻蜓落在上面，转瞬又飞走了。小桥流水，亭台楼榭，显得古朴典雅，幽深静谧。

我沿着指示牌去往诗人书房。我只想看看，让诗人忧国忧民，胸怀天下的地方。

推开书房门，一张书架，一张书案，一把竹椅，简朴整洁。我伸手想要抚摸一下这些历经沧桑饱含灵性的物件。

"你是谁？从何而来？"一个声音恍若隔世，从我背后传来，低沉浑厚。

我迅速转过身。一个老人，着一袭藏青色袍衫，面容矍铄，目光沉稳，紧紧抿着嘴唇。尽管声音低沉，我还是惊了一下。旋即，我对着老人一叩到地。

"我……我是一个学生，来自千里之外的城市。"在祖国最伟大的诗人杜甫面前，不知是拘谨还是激动，我竟然口吃起来。

我熟读诗人杜甫的诗。我喜欢"好雨知时节，当春乃发生"。我更喜欢"烽火连三月，家书抵万金。白头搔更短，浑欲不胜簪"。"射人先射马，擒贼先擒王。"我更喜欢"会当凌绝顶，一览众山小"。柔情豪迈，家国情怀，齐聚于他一身。我一度认为，他是我瘦骨嶙峋的前身。祭奠他，就是祭奠自己，祭奠死而不灭的诗魂。

"你因何而来？"诗人问。

"我要取出身体里的积雪，煮一碗茶，泡开我内心的夜色。"我说。

我知道，他内心的夜色黑得透亮，黑得耀眼。

"有用处吗？"语气沉重，眼睛里满是忧伤。诗人转身在书架上拿起檀香，点燃，插进香炉，然后在书架上抽出一本书，坐在书案前开始读书。我明白了香味的由来。

我说："没有试过，怎么知道结果？"

诗人扭转身看着我的眼睛，似乎惊异于我年龄不大却说出的话语。

我走过去轻轻地合上他手中的书。

"闭上眼睛，静静聆听。"我对他说。

他深呼吸一下，闭上了眼睛。

我问他："听到了什么？"

"流水声、鸟声，孩子的吵闹声、女人的笑声、男人的饮酒声，摊贩的叫卖声。"

我笑了。

"这是世间之音吗？"他问。

我说是。

他摇摇头，不相信。拿起合上的书本，打开。

我问他："你有多久没有走出草堂，走到离尘世更近的地方？"

"记不清楚了。也许很久很久。"他说。

我说："你不介意跟我去离尘世最近的地方走一走吧。"

他犹豫了片刻，站起身，随我走出草堂。

扑面而来的烟火味，喧嚣声，让他有些惊诧。他说："尘世何时变得如此繁华？"

他抬头看着坚硬的楼宇，喃喃道："不会再有八月秋高风怒号，卷我屋上三重茅了。"

此时，草木茂盛，与阳光相濡以沫。他竟然觉得有慵懒的感觉。

我笑了。

回民街上，我将一碗羊肉泡馍放在他面前。就着行囊里剩下的半壶老酒，他吃得酣畅淋漓。

我说："我该走了。"

他点点头。我知道今夜，在他梦里，鱼群仍在河里游，山河、故人都不会再哭泣。

大唐的落雪覆盖过的尘世，史书里的尘世，梦里的尘世。我走出草堂，心里对他轻轻说："你仍然是我瘦骨嶙峋的前身。"泪滑落我的脸庞。

花 姐
········
曲 波

不知道花姐姓名，我叫她花姐，是因为她长得像花一样美：明亮的大眼睛，眼尾上挑，似含情的桃花；长长的睫毛，蒲扇似的一闪一闪的；烫得整齐的卷发，像翻卷的花瓣，衬着她满月般白净的脸蛋，笑起来，嘴角微翘，两个酒窝深深浅浅地明灭。花姐喜欢穿花衣，大花、小花、碎花，花枝招展的。

认识花姐大概是二十年前，那时，我刚搬到一个新小区，去附近的市场买肉，在卖肉摊前转悠，正犹豫时，看到了角落里的花姐。

花姐穿着花裙子，白皙的脸庞，水汪汪的大眼睛，看见我，像是遇到了熟人，热情地和我打招呼，说着话，手里的刀开始在肉上拉。

待我到近前，她举着一条瘦肉问我：满意不？

我接过肉，看了看，满意地点点头，和花姐像是熟人一样聊起来。原来，我们住一个小区。问了年龄，她大我几岁，我说她漂亮，她夸我长得好，我们俩几乎是同时说出，说完一怔，哈哈大笑。

这以后，买肉我就锁定了花姐。有时，在小区里散步我们也会遇到，彼此打声招呼。她穿着花裙，漂漂亮亮的，跟在高大英俊的老公身后，看起来很幸福。

一年后，不见了花姐，她的摊位空空的，小区里也遇不到。后来的一天，在街上偶遇花姐，她拉着我的手不停顿地说，说老公出轨，她哭过喊过吵过闹过，最后原谅了他；说她不卖肉了，在学电脑维修。

我惊讶地看着她，四十岁卖肉的花姐，去学修理电脑？我说这可是半大小子学的呀。她点头说是，老师开始都不收她，她晃着头说不学不行，就是想学。她坐在第一排听课，每天和与她儿子一般大的孩子们摆弄电脑零件。

这以后，又是几年未见。三年前的春节，大年初四的晚上，我去跳广场舞，遇到了花姐。她穿着红袄，满头整齐的卷发。花姐见了我，过来和我说话。她说儿子在大连，这几年她一直在大连开电脑店，这次回来过年，有份礼，随完就回去了。简短聊了几句，我们继续跳舞。她在舞队的后面认真地跟着比画。

舞蹈队要参加正月十五广场舞比赛，花姐也报名了。参赛的舞曲《带你潇洒带你嗨》是当时流行的曳步舞，奔跑、侧滑、侧拉，节奏感强，运动量大，很多人都做不到位。教练表扬花姐说，大家要向那位穿红衣服的大姐学习，她才学几天呐，跳得多好啊，像小姑娘一样。的确，奔跑起来的花姐像个飒爽的小姑娘，脖颈挺拔，后背笔直，腿抬得高，胳臂大甩开，意气风发的样子。"带你潇洒带你嗨，昂首向前是豪迈，昨日烦恼都抛开，大步向未来——"欢快动感的节奏，花姐"嗨"入迷了，大家看她也入迷了。

　　广场舞比赛结束后，没再见到花姐，直到不久前的一天，在小区偶遇花姐。我们同时看到了对方，同时哎了一声，又几乎同时说出：你还是那样，不见老。说完，我们又同时笑了。她说她从大连回来了，老公肺癌去世了，她说她天天哭，晚上睡觉不敢关灯，又说起老公的病怎么确诊的、治疗的，老公咽气的时候，她打瞌睡睡着了。她说一直懊悔，那晚，她挺一挺，在他耳旁说话，他兴许能坚持到天亮，兴许能多活几天呢。她絮絮叨叨说的时候，我脑海浮现出她跟我讲老公出轨时，她说自己心口疼，嘴巴苦。花姐说，她回来在做电商，在天猫上卖陶瓷。她说陶瓷是从日本进口的，经过几千度烧烤，高科技的陶瓷，国内没有，价格高。她说每天接受订单，发货，又进货。花姐在说，我在听，我算计她的年龄，六十岁了，哪像这个年龄段的人说的话。我由惊讶变成佩服，我相信花姐，她说的每一句话都是真的。

2021

兄 弟
········
李海燕

二宝说完，爹看向我，一人要96元钱？我看见爹的白眼球上有几条红血丝。对，俩人192元。二宝答道。娘的手哆嗦一下子，手里的水瓢歪了，水洒出来一些。

爹坐在八仙桌前，卷了一根老旱烟，吧嗒吧嗒地抽着，烟灰落在像长了麻子一样的桌面上。

我突然说，我要退学，出去打工挣钱。娘吃惊地看着我，眼看就要上高中了，说不念就不念了？

二宝说，大哥退学，我也退。我说咱俩分工，你念书，我挣钱供你。

二宝身子一挺，没商量。

娘对爹说，当家的，你倒说句话呀！爹吼了一句，别起哄，明儿个一块儿上学去。爹说完扔掉烟头，出了家门。

夜像一把锁头，锁住了村子的喧嚣，就连我家爱叫的老黄狗都闭上了嘴巴。爹的鼾声长长短短地响着，二宝的磨牙声此起彼伏，只有娘安静地躺着。我的手心里攥着96元钱，怎么也睡不着了。

爹回来时，啥也没说，把手里的钱一分为二交给我和二宝，就躺下了。我和二宝都没问爹钱是打哪儿借来的，问了爹也不会说。

借着朦胧的月光，我看了一眼北墙上嘀嗒嘀嗒走着的挂钟，已经快凌晨三点了，我悄悄爬起来。娘说，干啥去？我一愣，随口说，上厕所。我抱着衣服溜出房门。月光落满院子，我攀过豁牙一样的矮墙，向东边的山上跑去。跑到半山腰，我停下来，回头望去，那座低矮的土坯房被树木遮挡住了，只露着房顶上那根高高的烟囱。我突然想哭，眼泪在眼眶里撞了几个来回，被我硬生生地憋了回去。我咬咬牙，顺着那条出山的蜿蜒小路，走了。

我每天在脚手架上爬上爬下，每个月把赚的钱寄给爹，后来直接寄给上大学的二宝。二宝每次收到钱都给我写封信，信的末尾总要写上一句，大哥，你的恩情我要用一辈子来报答！

我用自己满是老茧的手给二宝写回信，咱俩孪生，你念书就等于我念书，好好念，将来找个好工作，娶个漂亮媳妇。

二宝的书念得很好，大三那年入了党，当上了学生会主席。每年的暑假，二宝都会来工地看我，并在工地做一个月的临时工，每天我俩挤在一个被窝里，像小时候一样踹着脚丫子。二宝毕业前夕，我接到他的一封信，信里夹着他和一个姑娘的合照。二宝告诉我，他要随女朋友去陕西。不是和我商量，就是把决定告诉我一声，最后说，爹娘就交给你照顾了。我心里别扭了一个晚上，第二天早晨起来，我理解了二宝。

二宝去的是陕西的一个贫困县，他的仕途比较顺畅，当年考上了公务员，在县政府机关做文秘工作，3年后成了办公室主任。二宝决定结婚了，婚礼定在当年的国庆节。

我高兴得像自己要娶媳妇似的，把仅有的一万元钱寄给了二宝。二宝把钱退了回来。我又寄过去，我说再退回来，咱俩就不是兄弟了。二宝说，你一定把爹娘带来参加我的婚礼。

我说必需的。

结果工地赶工期，我没请下假来，没我领着，一辈子没走出过大山的爹娘，自然也去不成千里迢迢的陕西。那天我约了几个老乡，在一个小饭馆里破天荒地奢侈了一把，我把自己喝得酩酊大醉。

二宝去陕西后，我开始谈恋爱，女友是一个饭店的服务员。我和女友在市区租了一间房，我俩每天早出晚归，拼着我们的未来。有一天我接到家里的来信，信中说爹腰疼，地里的活儿干不了了。我说服女友，在外漂泊13年后，登上了回家的列车。

我订婚时，选择了五一，是因为考虑二宝有个小长假，那时候二宝已经是副县长了，自从他去了陕西，我们就没见过，弟妹也只在照片上看过。

二宝告诉我，他在一个叫万家沟的乡镇搞扶贫，事儿太多，实在抽不出时间回来。我说，那就等我结婚时回吧。二宝说，一定回！

我结婚那天，二宝也没回来，只给我寄来一床红缎面被子，喜鹊登梅的图

2021

案，挂牌上有二宝写的一行字：我实在难以成行。大哥，你一定要幸福！爹气得把烟袋扔了，骂二宝忘恩负义，对不起我这个重情重义的大哥。娘也说，即使官身不由己，也不该这样薄情寡义呀。这次我没替二宝说话，心里生了一个疙瘩。

自从我结婚，和二宝的兄弟情就渐渐地薄了，我俩就像两条平行的铁轨，各行其道。有时候想他，我就把自己灌醉，从不主动联系他。二宝除了一年三节，在电话里问候我和爹娘，平时也很少和我们联系。

有一天晚上，看电视的妻子连声喊道，大宝，你快来，二宝上电视了。我忙跑过去，见正在接受采访，问的答的都是二宝扶贫的事，原来二宝刚刚参加完全国劳动模范表彰大会归来。有几个镜头展示着二宝的生活日常，一双露着几个窟窿的袜子、一双开了胶的胶鞋、一顶破草帽……再看二宝，穿着一件浅灰色的夹克衫，黑瘦黑瘦的，发际线已经退到头顶，这哪儿还像印象中二宝的样子，我的眼泪流了出来。

我让妻子把二宝送给我的那床被子拿出来，我抱着被子，跟电视里的二宝挥着手，二宝，我过得很幸福。

点 赞

颜士富

安全科就俩女人——罗慧和范梅，一个科长，一个科员。

人少就显示不出官的优势，什么工作都一起上，分不出高下。

她俩都在办公室时，有事干活，没事就聊聊天下大事，关系挺融洽。

这样工作多少年，两人都感觉挺好。

微信朋友圈诞生后，渐渐地就改变了她俩相处的模式，没事的时候很少谈论，两人都抱着手机刷朋友圈。

朋友圈给人们的生活带来了丰富的信息量，当然，也能映射出一些人的情绪变化。比如朋友圈里一个小小的点赞，就藏着很深的玄机。

罗慧城府深，既不发朋友圈，刷朋友圈时也很少给人点赞。如此，不会给任何人情绪带来波动。

范梅就不同了，每天打开朋友圈，首先晒晒自己的照片，还有一些心灵鸡汤式的感悟，显摆着自己的文采。

罗慧路过了，只是看看而已，并不做出反应。时间长了，罗慧也会在朋友圈发些工作动态方面的消息。范梅路过了，一看了之。

某一天，范梅晒出自己小宝贝的生日照，罗慧路过了，顺手给了个赞。范梅兴奋不已，感觉领导给自己面子了。于是，立即打开罗慧朋友圈，一赞到底。

罗慧看了，一笑了之，感觉范梅挺有意思。

其实，罗慧并不刻意去为某某点赞，有时感觉内容有趣或值得一赞，就点一下，对那些无聊的话题就忽略而过。

范梅就喜欢发些无聊的东西，比如中午小鸡炖蘑菇之类的也要在朋友圈晒晒。

罗慧刷到范梅的朋友圈时就不屑一顾。

没有了赞，范梅很纳闷，罗慧为什么不给自己点赞呢，范梅百思不得其解。范梅太在乎了。于是她不知是有意还是无意，也不再继续为罗慧点赞了。

小事毕竟是小事，如果把小事无限放大了，上升到做人的高度，就会影响到

2021

两人的关系了。

从此，罗慧对范梅冷不冷热不热的。因为工作上的一点小事，罗慧就批评，口气很硬。一时间闹得空气有点紧张。

两人的关系就这样僵着。

有一天，组织上来考察罗慧，罗慧可能要调出安全科，是提拔还是平调，范梅不知道，她走了，科长的位置就空下来了，对于范梅来说，这也是一个机会。罗慧走的时候，会不会给自己说些好话呢？

一天晚上，范梅约了自己的闺密，想让闺密为自己支着。

闺密如约来到一个茶吧，两人面对面坐着。范梅说，事情是这样的，开始吧，科长好像也不发朋友圈，也不给任何人点赞，有一天，她竟给我点赞了，我一激动，就每天给她点赞。鬼使神差了，她又不给我点了，我想嘛，这个也是礼尚往来，从此，我也不再为她点赞了。说到这儿，范梅叹了口气说，没想到，她也在乎这个。

闺密听后，说，小样，还跟领导分庭抗礼了。

哎，范梅说，事已至此，你替我把把脉，看看如何改善这种僵局？

闺密略一沉思，说，表现不能太露骨，那样会让对方更看不起你。

快说吧，找你来就是想让你支着的。

用一种微妙的方法，潜移默化，自然水到渠成。闺密说，在哪跌倒，就从哪爬起吧。

经闺密这么一点拨，范梅恍然大悟。她每天晚上回到家，做的第一件事，就是打开罗慧的朋友圈，一赞到底。

有时夜里一觉醒来，也不忘打开罗慧的朋友圈，看看有没有新的动态。范梅如此坚持不懈。

数日下来，两人的关系并没有得到改善。

罗慧的调令终于来了。罗慧走了，公司又派了一位科长来。范梅失望了。

在走的时候，罗慧冷不丁来了一句：幸灾乐祸！

其实，范梅到最后也不明白，是点赞给她惹的祸——罗慧母亲去世的消息，她在下面来了个大大的赞！

我娘这辈子

张 凯

　　我爷我娘，相识在朋友的婚礼上。那时结婚都简单化，新郎新娘的行李搬到一起，再把各自的朋友请来，发发喜糖、抽抽香烟，就是一家子人了。

　　我娘漂亮，风韵，有内涵，追她的小伙子一拨接一拨，我娘就没看上一个。

　　我爷是乡下人，木讷，老实，言语金贵。老大不小了，媒人说几个姑娘，见面时，我爷头一低只搓手，硬是说不出话来，结果都一样，人家姑娘看不上。

　　朋友的婚礼刚结束，我爷壮了壮胆，走到我娘跟前说："明天中午，我请你到淮滨饭店吃饭，好吗？"

　　我娘看着木讷且红着脸的我爷，很是吃惊。出于礼貌，我娘还是答应了我爷。

　　第二天中午，我娘如约来到淮滨饭店，这时我爷已找好位置坐下等我娘。我爷我娘面对面坐着，没啥话说。我爷头微低，眼皮上翻，木讷讷地瞅我娘。我娘被他瞅得心里发毛。我爷我娘间的气氛十分尴尬。我娘一心只想尽快结束，马上回家。

　　就在我娘要开口说回家的当口，女服务员端来两碗白开水："请二位喝碗茶。"我爷突然说："服务员同志，我喝白开水习惯和辣椒面，麻烦你把辣椒面拿来。"

　　喝白开水和辣椒面，我娘愣了。服务员啊的一声也愣在那。我娘和服务员的目光都集中到我爷身上。我爷不知所措，把头尽量往怀里藏。

　　服务员把辣椒面拿来，我爷把辣椒面放到碗里，用筷子搅和搅和，就大口大口地喝。

　　我娘特别好奇，问我爷："你喝白开水，和辣椒面干啥？"我爷沉默了很久，一字一顿地说："农村人，家里很穷，喝凉水和辣椒面好喝。现在我都几年没回家了，喝白开水和辣椒面，就当是我想家的方式吧。"

　　我娘听了，浑身起鸡皮疙瘩，头发直往上竖，两眼发酸，但心被实实在在地

2021

打动了。我娘暗想，打记事起，她第一次听到一个大男人说想家。我娘就认定，知道想家的男人是顾家的男人，顾家的男人就是好男人，好男人都是可靠的男人，可靠的男人就能跟他一辈子。我娘忽然就想和我爷多说几句话。最后，我娘没有拒绝我爷送她回家。

后来，我爷我娘频繁地约会。他们再到饭店吃饭，每次我娘都对服务员说："请拿些辣椒面来好吗？我的朋友喝茶喜欢加辣椒面。"我娘渐渐感到我爷实际上真是好男人。我爷的大度、细心、体贴，是我娘认为好男人的标准。我娘暗自庆幸，幸亏当时的礼貌，才没有和我爷擦肩而过。再后来，我娘我爷结婚了，从此过着四十多年没有硝烟的幸福生活。我爷也喝了四十多年和辣椒面的白开水，直到我爷得了那场病。

一天，我娘在箱底发现了一封信，信封上写着：爱妻芸亲启。我娘流着泪拆开信，信的内容，让她吃惊，让她痛不欲生。

我的爱妻芸：

芸，我就要走了，但你要原谅我欺骗了你四十八年。

芸，还记得我第一次请你吃饭吗？当时尴尬透了，也不知道是怎么想的，我竟对服务员说拿辣椒面来。说都说了，只好将错就错，硬着头皮喝。没想到竟然引起了你的好奇心，你这一好奇，我竟喝了四十八年和辣椒面的白开水。知道吗？喝和辣椒面的白开水，咽的时候辣得嗓子疼，喝到肚子辣得胃难受，屙屎辣得屁眼疼，好在习惯了。

芸，你知道不？每次你把和辣椒面白开水端给我的时候，我都想告诉你，我再也不喝了。可还是忍住了，我那是怕你生气呀，更怕你会离开我啊！现在我什么都不怕了，我知道活不了多长时间就会死喽。

芸，人死后，生前所做的错事，哪怕是欺骗，总会被活着的人原谅的，对不对？

芸，我这辈子能和你做夫妻，是我祖上修德，是我一生最大的幸福，如果有来生，我还要娶你做我的老婆，只是我再也不喝和辣椒面的白开水了。

芸，等我走后，你自己多保重，但别忘了，每天还给我弄一碗和辣椒面的白开水。

永远爱你的巍

信让我娘感到非常吃惊，也让我娘感到被欺骗四十八年的滋味。其实，我娘多么高兴，我爷为她竟能做出一生一世善意的欺骗……

宣德炉

曹洪蔚

汴梁人生紫烟喜欢收藏香炉。

生紫烟不信鬼神，也不善祭拜，就是喜欢收藏各式香炉。他在书房的一面墙上打了一个格子架，里面摆满了自己收藏的香炉，年代有远有近，品质有优有劣。生紫烟读书读累了，就立在香炉架前，欣赏把玩。

那天，生紫烟正在架前伫立，忽听有人敲门。紫烟急忙走出，打开房门，见一名中年男人立在门前。这人梳大背头，挺大肚子，咧嘴一笑，如弥勒转世。

来人自报家门，说对不起，冒昧打扰。我叫赵香炉，搞收藏文化研究的。前些日子，我在一个收藏论坛上听说了您，知道您专业收藏各式香炉，就冒昧登门拜访，还望不吝赐教。

紫烟听了来人名字，兀自笑了：天下之大，无奇不有。我叫生紫烟，他叫赵香炉，且都对香炉收藏感兴趣，"日照香炉生紫烟"，看来很多事真是无从解释，冥冥之中啊。

说话间，赵香炉已在客厅落座。一番寒暄过后，赵香炉展开一件器物，乃景德镇青花瓷香炉，做工相当精美。赵香炉把所带香炉呈于紫烟，说，初次登门，不成敬意，算是给生老的见面礼吧。

紫烟听了，连忙接过，口中连声说谢。拿过赠品，紫烟说，小赵啊，你之所赠，正是我之所爱，谢谢了。

品过茶，抽过烟，紫烟把赵香炉引进书房，观赏他的香炉收藏，并一一讲解，让赵香炉眼界大开。

紫烟讲到，香炉，对国人来说，是最熟悉不过了。它不但是佛寺中的佛门法物，也是家庭中必备的供具。古时候的人，就常以焚香木熏居室以除臭秽，所以古人读书弹琴，喜欢先焚一炉香，可以净杂念而使精神集中。饮水思源，慎终追远，这是国人的美德。所以自古以来，汴梁人都拜天地神祇，祭先祖先贤，而上香表示敬意，是祭拜仪式中的一个主要项目，由此香炉就派上了用场。

看着聊着，不觉已到中午，紫烟执意要留小赵在家用餐。赵香炉恭敬不过，只好从命，一壶老酒，几碟小菜，两人边吃边聊，十分投缘。

这天以后，大概过有一周，赵香炉又叩开了紫烟的家门。这次他带来了一份杂志，叫《汴梁收藏》。小赵打开杂志，告诉紫烟，这期登了我写的一篇专访，题目是：日照香炉生紫烟——香炉收藏家生紫烟谈香炉收藏。

紫烟接过杂志，细心品读，并不时颔首，表示赞同。末了，紫烟合上杂志，眼含深情地望着小赵，说，知我者，小赵也。你的文笔太好了，有深度，有见解，直抵人的内心。

中午，紫烟拉上小赵，去了鼓楼街的一家酒馆，俩人推杯换盏，喝到面生红晕，才算罢休。

月余，赵香炉再拜紫烟。进得书屋，但见架内空空如也，大惊，这近百号香炉都去了哪里？

看见小赵惊愕，生紫烟道了实情。前些日子，紫烟应邀参加了一个收藏拍卖会，看上了一件明宣德炉，爱不释手，就决意买下来收藏。只是钱不凑手，难以如愿。后来，紫烟低价卖了收藏的所有香炉，凑够钱款，最终拍下了这件梦寐多日的香炉。

对于自己的抉择，紫烟显得很是得意，说，这叫宁吃好杏一颗，不食烂杏一筐。如今，这件明宣德炉已成我的镇宅之宝，将伴我度过余生。

紫烟视小赵为知己和知音，得了宝贝很愿与其分享。打开书柜，紫烟抱出一个方盒子，古色古香，撩开层层锦帛，魔术般显出一件器物来。一番观赏，赵香炉震惊了，这真是一件稀世珍宝。

这是一件明宣德青花松竹梅纹香炉，乃清宫旧藏。炉方唇，短颈，扁圆多角形腹，下承以三个象腿形兽面足。外底略上凹，无釉。通体青花装饰。口部绘龟背锦文，腹部绘怪石松竹梅纹，双耳里侧均绘折枝灵芝纹，外侧绘卷草纹。三足上的兽首亦染青料。

这一看，赵香炉竟添了心事。他想得到这件稀世珍藏。这天，趁紫烟进厨房准备午饭的当口，赵香炉掏出手机，从不同角度拍下了这件香炉的全部。不久，他求人烧制了一件高仿的明宣德炉，并趁紫烟不注意的时候，唱了出"狸猫换太子",得到了那件明宣德青花松竹梅纹香炉。而令他庆幸的是,他所做的这一切,生紫烟竟毫无察觉。

说话间,时令已近深秋,汴梁城的大街小巷又飘起了缕缕菊香。这天,赵香炉接到了紫烟的电话,邀他到家小坐,并有要事相商。赵香炉心中有鬼,去与不去地盘算了好一阵子。为让紫烟不生疑虑,赵香炉还是决定前往。

赵香炉心怀忐忑地敲门,见紫烟摸索好一阵才将门打开,步履蹒跚,少气无力,且面色晦暗。气喘神定之后,紫烟一双凹陷的眼睛顿时明亮如剑,看得赵香炉胆战心寒,险些瘫倒。

紫烟说,我患了重病,自觉大限已到。此生已无憾事,只有一事相托,就是这件宣德炉。你是我所认识的最懂收藏、最懂古董的人,我决定托你保管这件宣德炉,我觉得也只有你才配拥有它,交给你,我也就可以瞑目了。

紫烟说着,吃力地把那件高仿的宣德炉推到了赵香炉的面前,托孤一样地点点头。

赵香炉呆愣了好一阵。"扑通"一声,他跪下了。

并蒂莲花

阎秀丽

桌子上摆着一幅并蒂莲花图。

莲花似乎活了般，花苞一层层地打开，在男人的面前炫然绽放。

女人矜持地笑着，看向男人的眼神里似乎也有两朵莲花在摇曳生姿。

男人的唇边荡漾着笑意，微微地点点头，眼神里有着掩饰不住的欣赏。

女人眉眼弯弯，满脸的羞涩似乎把莲叶下的水也搅动得潋滟起来，让男人的心也跟着波光粼粼地充满了无限生机。

女人的眼睛像是闪动着的黑色漩涡，男人的目光一点点地被那漩涡吸了进去。看着她那纤纤的手，暗想：也许只有她这样的手才能画得出这样的花儿，灵性、艺术。

女人的手很美，十指修长、白皙细嫩，在男人的眼里化成了水，一点点地渗透到他的四肢百骸，让他酥软得连气息都慢了半拍。

男人长长地呼出一口气，慵懒地斜靠在沙发上，看着斜倚在桌子旁的女人。夕照透过落地窗笼罩着沙发，把两个人的影子投映在墙壁上，屋里静谧下来，男人把目光移走，喃喃地低声吟道：可远观而不可亵玩焉。

女人目光如水，白衣飘飘，和莲花浑然一体。

男人把目光移开，让自己整个身体深陷在偌大的沙发里。

男人曾经说过，百花之中独爱莲，清洁而孤傲，世人无所能及，只能远观而不可亵玩焉。

她也是喜欢莲花的吗？男人痴痴地望着墙上的白莲，心想。

他用探询的目光望向了女人，女人微微地低下头。

难道它不漂亮吗？女人幽幽的眼神里有了阑珊之意，低着头抚弄着手指。最后的一缕残阳漫不经心地打在她的脸上，模模糊糊地看不清她的神情。男人似乎听见她长长地叹口气，把那缕残阳也搅动得迅疾地离开屋子，屋里的光线也瞬间暗淡下来。

男人走到桌前，轻轻地抚摸着白莲，那上面隐隐的凹凸感觉阻着他手掌的温热，让他的心也跟着凹凸不平起来。

女人看着男人，神态里隐隐有了风过残荷的萧萧之意，竟让画上的莲花也顿时增添了一片萧索。

男人看着女人那低眉敛目的黯然之态，忍不住走到她的面前，揽住她那瘦弱无骨的双肩，把濡湿的双唇印在了女人的额头。

女人有些惊慌地退后了几步，隐在了暗影之中。男人微闭着双眼，感受着那种温润和柔软，屋里顿时寂静下来。

时钟的音乐蓦地响起，男人的心忽地焦躁起来。因为他知道，每天的这个时候，小荷就会回来，拿着一些从市场新买的廉价蔬菜，兴高采烈地向他炫耀着她的战果。

小荷是他的老婆，在街边卖小吃。

他是羞于让老婆去做这个工作的，因为他是画家。在这个小城里小有名气，虽然他很少卖出他的作品，但是人们会向他求画，他很高兴也很感动，觉得向他求画的人都是他的知音，都是懂他的人。

包括送给他这幅并蒂莲花的她。她很崇拜他，崇拜他的脱俗，崇拜他的清高，就像她画作里的白莲一样：花之君子者也。

男人从她的眼睛里看到了自己的价值，他也喜欢看她眼睛里淡淡的忧伤，干净、清澈，蒙着一层隐隐的雾霭，朦朦胧胧地看不清。不像小荷，眼睛里只有市侩的俗气。

可是他却不能让这种市侩远离于他的生活，因为以他的现状，他供不起正在读大学的儿子，也供不起每月必还的房贷。他的那点收入，常因为买纸、买颜料而捉襟见肘。所以，他很厌烦小荷的俗气，可是又不得不依赖着这种俗气生活。

他甚至觉得小荷这个名字，都因为她的俗气增添了更多的烟火之气。

咚！咚！咚！

敲门声适时响起，男人忽地紧张起来，小荷看到一个陌生的女人出现在他的房间里，会怎么想？他慌乱地看了看隐在暗影中的女人，竟然有些手足无措起来。

敲门声执着地响着，他站起身来，把门打开。小荷的头发有些散乱，手里拎着一条鲤鱼，兴奋地对他说，这鱼刚断气，比那些活着的一斤便宜两块钱呢，今晚我给你做红烧鲤鱼吃，咦？天都黑了，你咋不开灯？

这……小荷……你听我说……他更加慌乱起来，他觉得小荷看到女人可能会大发雷霆。

你怎么了？小荷边说边把灯打开，屋里顿时明亮起来，让他有了瞬间的不适应感，他不得不眯着眼睛看小荷的反应。

你想说啥？我得去做饭了。小荷转身就要向厨房走去。

男人忽地冒出一身冷汗，因为整个房间里空荡荡的，没有女人，桌上也没有那幅莲花图，只有他那些凌乱的画作堆满了半个屋子。

他站在灯下，任灯光把自己斑驳的身影撕碎在脚下。厨房里的鱼香味很快地溢满了整个屋子，他长长地呼出一口气。

他正了正衣襟，抬起头，刚准备向厨房走去，却忽地瞪大了双眼，抬起的腿像钉住了一般：

灯影晃动的墙上，挂着一幅布满尘埃的并蒂莲花图，上面有一个清晰的、濡湿的唇印。

尾 随

闫耀明

　　我不是一个行为猥琐的人，我是无意中尾随了一个体态婀娜的女子的。

　　那天走出电梯，她就走在我的前面。我们走出楼门，走上街边人行道，一直向前走。我看到她不仅体态婀娜，豆绿色的连衣裙也很飘逸，让她裸露着的匀称的小腿显得更加沉稳。她的头发长长的，飘动在肩上，让我无法看到她的脸，甚至她是不是戴着眼镜都看不清。

　　你知道，我是个有素质的人，我确是无意中尾随着她的。我们这样保持着差不多三米的距离走了好一阵，我才开始注意到她。此时独自走路的我无所事事，想象的翅膀在温热的阳光映照下开始扇动，让我走进了美妙的遐想之中。我发现我和这个美妙的女子在约会，接着，我们就结婚了。这有点荒唐，因为我根本不认识这个体态婀娜的女子，但在遐想中，没有什么是不可能的。

　　因为我太想结婚了。我离婚已经快一年了，十分渴望再组成一个家庭。眼前这个体态婀娜的女子就很适合做我的妻子，我在遐想中就是这么认为的。

　　因为我注意到两个小细节，只需这两个小细节，就可以让我爱上她。

　　先是我们走过公交车站时，迎面走来两个手拉着手的耄耋老人，他们相扶相守着走到公交车站的候车亭里，女子很是礼貌地停下脚步，侧身到一边的树墙下，让老人先过去。她侧身的一瞬间，我看到女子戴着无框眼镜，但还是无法看清她的脸。女子侧身时的身姿真优美，让我的心悄悄地颤动了一下。

　　"多好的女子啊！"我在心里发出赞叹。我的前妻，那个厉害的女人缺乏的就是这样的素质。我父母从乡下来到城里，在我家只住了两个晚上，前妻就容不下他们了，每天用菜刀一样锋利的目光瞪他们，吓得我年迈的父母赶紧逃离那又硬又冷的目光。

　　"唉！"我悄悄发出一声叹。叹完了，我继续跟着女子，保持三米的距离，走。

　　接下来，第二个细节及时出现了，让我的心再次颤动起来。这一次，女子彻底把我击中了，我听到自己的心里发出"哗啦哗啦"的声音。两个叫着跳着奔跑的小男孩出现了，他们只顾玩耍嬉戏，没有注意到对面走来的女子，等发现时，两个小男孩已刹不住车，就要撞到她了。本能让小男孩扭身躲闪，可他们的身体瞬间失去了平衡，眼看就要摔倒。女子出手了，一手拉住一个，将两个小男孩牢牢地拉在手里。"当心！"她说。

"多有爱心的女子啊！"我又一次在心里发出赞叹。接着，我告诉自己："我要是能娶这个女子，该多幸福啊！"我那厉害的前妻就是个缺乏爱心的人，坚持不生孩子。她甚至不喜欢孩子，我哥哥的女儿来我家，她冷着脸看都不看一眼，吓得我侄女忽闪着大眼睛，不敢出声。

此时，我的心完全被眼前这个体态婀娜的女子俘虏了。虽然我还没有看到她的脸，但是我认为，内心美好的女人，面容一定是姣好的。

我们快要走到商场门口时，女子的手机响了，她开始接电话。说实话，我很想听到她说些什么。可是我没有听到，她很清楚公共场合该注意什么。这一点，我那前妻就差多了，总是旁若无人地大声接电话，引来周围人复杂的目光。那时，我都跟着她脸发热。

商场门前的台阶不少，我决定抢先一步上去，看看这个体态婀娜、让我心动的女子到底长什么样子。我觉得要是能实现自己独自遐想的那样，与这个女子相识、相知，直至结婚共同生活，将是一件十分美好的事情。我期待美好。

于是我行动了。我快步跑上台阶，拉开商场的大门，然后站在一边，示意女子先进门。我要用男人的风度引起女子的注意。女子果然注意我了。这让我看清了她的脸。

看清了她的脸，我的心里就发出一声骇人的惊叫。我差一点叫出声。

因为这个体态婀娜的女子，正是我离婚后再也未曾见过面的前妻！

我的脸上有一朵花在迅速开放，你可以看到，我前妻的表情告诉我她也看到了。可惜，我自己看不到。

两先生

田洪波

说个朋友的故事。原本不想说，实则难耐心痒。

说的是两位教书匠，一个是袁先生，八九岁的孩子王；一个是娄先生，与十三四岁的孩子厮混。袁先生方脸矮壮，兜齿；娄先生高瘦近视，屁股没肉。两人常有往来，或夜下小酌，或假期相伴出游，胜过大学上下铺，极其默契。在某个平淡日，袁先生与娄先生吃火锅时，抖出因投资理财产品，捉襟见肘之急。娄先生问差额多少，袁先生回禀说六七万。

扶正眼镜，娄先生沉然一笑，说自己恰有存款六万元，可借给袁先生以解燃眉之急，并且强调，不急用钱，袁先生何时手头宽裕了，再还不迟。

袁先生抱拳作揖，要给娄先生打欠条，娄先生笑嗔，粉笔灰把你呛晕了？袁先生不肯，找服务员要来纸笔，工工整整打了个欠条。

袁先生的困难至此柳暗花明，六万元到手当日，两人喝了个痛快。

要说这知识分子确与常人有异。不出两个月，袁先生便还回两万元。

言之有信，信之凿凿。甚至，袁先生把装钱的信封推至娄先生面前时，不忘幽默提醒，把眼镜擦亮点儿，点点，看够不够。

娄先生把拳头轻捶在袁先生肉肉的肩上，笑曰，我最不屑于点钱，不知为何，我特别不喜欢钱的味道。

此话得到袁先生共鸣，由此打开话匣子。袁先生回忆起孩提时对钱的懵懂接触，谈起读初中时的困窘，娄先生则聊到人生第一次捡钱的经历，把酒言欢，还钱之事仿佛只是个噱头，早抛至九霄云外。

紧接着就是第二次，袁先生又还回两万元，依然间隔不到两个月，信封装钱，不忘提醒，你点点，看够不够。

一个讲情，一个守义。天底下还有这般美好的事？两人再次喝了个不亦乐乎。

到第三次还钱，时间更短，只一个多月。娄先生体谅他说不急的，也不用每次还要由袁先生搭上顿饭。事实上，娄先生其时也赶在一个用钱的节骨眼上，岳父心脏搭桥，他这独门女婿责无旁贷。

袁先生笑曰，早借早还，再借不难，便把信封推至娄先生面前。

打眼一瞭，娄先生猛然心跳加速，怎么回事，信封很薄，明显不够两万元啊？

袁先生未觉娄先生的诧异之色，叮嘱道，你点点，你不喜欢点钱这次也得点点，水井见底，可是两清了啊？

娄先生也说不清为什么，脸"腾"一下就红了，犹豫下问，这是多少啊？

袁先生抬头怪异地扫他一眼道，一万呀，不是借了五万元吗？怎么，难不成还要我利息？言罢，仰天大笑。告诉你，利息我可没有，你若真想要，找你弟妹要去。

这边，娄先生僵住了，心跳再次加速，半晌无话。眼镜已滑至鼻尖。

默契不是没来由的，袁先生瞪大眼道，怎么，我记差了？给少了是吗？

娄先生先下意识摇头，马上又点头，哑声道，少了，我借给你六万。

袁先生形如雕塑。

娄先生又道，欠条我也带来了。

袁先生摆手，我这一天天也是太累，心力交瘁。看来真是我记错了。没关系，多少就是多少。你既帮我，岂能还让你受委屈。那一万，过几天再还给你。

娄先生尬笑，想再解释，袁先生举杯道，怎么，不好意思了？不好意思的该是我。来，我们进行下一话题。

那日，不像以往，两人都没喝醉，都清醒着，不咸不淡散了伙。然后，就是娄先生如坐针毡般的一段日子。他责骂自己的心胸，区区一万元，在多年的友情面前，变得支离破碎，太现实！太骨感！他更后悔的是，那天居然说出把欠条带在身上的话，这显然是一把刀，虽无意，却已剜在袁先生的心尖上了。什么友情、默契，统统都是鬼，是云烟，经不得世俗的风浪、锻打。

一晃一个月过去了。转眼又一个月过去了。袁先生始终没露面。

此时的娄先生，早已在心里笃定，那一万元不要了，算了吧，他还要见人。他不想就此失去袁先生这个朋友，他们曾经那么友好，曾经有过那么多值得追忆的快乐时光。

某日，袁先生夫人到校找到娄先生，递上信封道，这是少你那一万元。老袁最近身体不好，没怎么上班，让我来把钱还上。还有，就是把欠条也还给我们。

娄先生扶下眼镜道，欠条让我撕了。

袁夫人狐疑地盯视娄先生，真的吗？不会再节外生枝吧？

娄先生拍胸脯，做保证，目送袁夫人遑然而去。

娄先生和我诉起此事时，我半晌无话，不是不想说，是根本不知该说什么。倒是娄先生，痴望于我，喃喃着，钱的味道真的不好闻啊，臭烘烘、酸唧唧的。太不招人待见了。

父亲的二胡

叶惠娟

在病床上躺了三年的母亲，最终还是撒手离开了我们。

母亲走后，扔下父亲一个人在乡下居住。无论我们怎么劝，他都不肯来城里和我们同住。

后来，不知什么原因，父亲突然同意搬来城里了。我选了个周末开车回乡下接父亲。

我车子到后，父亲开始配合我整理自己的衣物，还往行李箱塞了几本书。父亲看了一眼屋里说：其他都不带了吧，城里啥都有。

我想起父亲平日里酷爱的那把二胡，便提醒他带上。父亲摇摇头说不带了。我又劝父亲，城里无论是小区还是公园都有老头老太太在玩乐器，就当是消磨时间，带上吧。

父亲不置可否。

我就把父亲的二胡拿到了车上。

说起来，父亲在空闲时拉二胡已有几十年。父亲能上手的乐器不少，扬琴琵琶等他都行，其中二胡最是拿手。父亲常说，有些人拉了一辈子的二胡，只能算得上拉得响，谈不上手艺，只晓得出声的曲子是没有"肉"的，二胡的"肉"是曲子的魂。

父亲在乡下的时候，是农村卫生站的赤脚医生，卫生站的诊疗室挨着自家的房子。每天临近天黑，乡村乐队的老头们便来到家门前的院子里，一边喝茶一边等卫生站关门。到了卫生站下班的时间，父亲关好门，眯着笑眼加入了这个欢乐的队伍，和上几曲没有半个钟头下不来。

在外忙完农活挑着尿桶归家的母亲，踏进院子看了一眼摇头晃脑的父亲，头一扭脸一沉，一句话也不说便扎进了后院喂鸡鸭。

母亲叫喊鸡鸭们回笼的声音从后院传来，一次又一次试图压过院子里的合奏声，无效，母亲改用重击手中装饲料的洋锡桶的方式。声音哐哐地再从后院传来，父亲心领神会母亲是来了脾气。

曲罢，父亲收拾乐器送走众人，从后院出来的母亲把手上抱着的柴火往脚边一丢，敞开嗓子对父亲吼：一天天的眼里就没活儿了？诊所坐一天开一天处方，屁股都长在凳子上了，这天比锅底还要黑了你还坐着！全村就你这日子过得最自在，日日鬼叫一样，烦不烦人！

母亲嘴里的话像早上鸡舍跑出来的鸡，一阵又一阵往外蹿，招架不住的父亲拾起柴火往家里走，烧火煮饭。

弓着背在灶边烧火的父亲被浓烟呛得眼泪直流，母亲看了又是一阵咆哮：你除了拿笔开药方拿破烂二胡还能干些什么？

被母亲赶至一旁的父亲默不作声，只是帮忙干提水等重活。母亲的抗议没能阻止父亲对二胡的喜爱，父亲倒是想到一些折中的办法，晚间或是在看病的间隙回屋做一些家务活，可父亲再怎么权衡依旧是免不了遭到母亲的唠叨。

父亲嫌弃母亲不懂艺术，母亲埋怨父亲不干家务，只会弄这些不着调的事情，俩人就好像打游击战，你进我退，我退你进。父亲手中的二胡一响就招来母亲的责骂，父亲无视母亲的哀怨更是激怒了母亲，叫喊着要砸了父亲的二胡。父亲也不管那么多，没病人的时候趁着母亲不在也拉上一曲，可只要被母亲逮到了，他就要被催着去喂鸡喂鸭去菜园子里浇水……

父亲被接到城里后，除了偶尔翻翻带来的医书并无其他消遣，终日一副闷闷不乐的样子，我和妻子只好想各种办法让父亲快乐起来。发现父亲爱看书，我便从网上给他买回来各类书籍，甚至还买了一些他年轻时愿意看的武侠小说，还给他配了个放大镜。

父亲看得很入迷，时而还因为书中的情节一个人哈哈大笑，好几次叫他吃饭都听不到。妻子说，最近父亲总算是有了笑容，还常常说起书中的内容。我想也是，父亲是个有文化的人，书籍最能安抚他的心灵了。

一日，饭后我带着父亲下楼散步，还没走多远便听到悠长的二胡声。父亲立即停住脚步，把目光投向远处。

小区电子显示屏正在播放二胡演奏的节目，演奏者投入地拉着二胡，曲调苍凉的声音在小区里回荡。

父亲张口就说：是《二泉映月》。

二胡的声音牵住了父亲的脚步，一直在原地站着的父亲目光紧紧盯着大屏幕。这时，我突然想起，自从母亲去世后，父亲再也没有拉过二胡。

2021

木匠赵君

唐波清

赵君年纪不大，正值而立之年。赵君原本有个幸福的家，有个漂亮的媳妇叫秋菊。可就在媳妇刚过门的那年，村里有个老单身汉想占秋菊的便宜，在反抗挣扎中，秋菊失手刺死老男人，被判了刑，进了监狱。赵君的身边没了秋菊，他只能一门心思干木匠。

方圆几十里，赵君是赫赫有名的大师傅。凡是赵君做出的木匠活儿，要说技术那是巧夺天工、鬼斧神工，要说样式那是出神入化、无与伦比，要说设计那是独具匠心、超群绝伦。

十里八村的人都说赵君的手艺好，可樟树湾的田寡妇偏偏不满意他做的木匠活儿。

那年开春，樟树湾的老村长好不容易才请到赵君上门。老村长的女儿要出嫁，打嫁妆的活儿非赵君莫属。老村长早早地派人挑来赵君的家伙什儿，有斧子、凿子、刨子，有线锯、刀锯、鱼头锯，有手摇钻、墨斗、木锉，有角尺、直尺、画规，还有雕花的刻刀……

赵君在老村长家一干就是两个月。龙凤大婚床，鸳鸯组合柜，贵妃梳妆台，锦绣木衣箱，荷花藤雕椅，芙蓉圆筒凳……衣食住行，应有尽有。在这两个月里头，田寡妇没少上老村长家看热闹，有事没事，她都要和赵君闲扯几句，问东问西。

田寡妇嬉皮笑脸地问，这是半榫破头楔？

赵君一脸严肃地回话。就是半榫破头楔。半榫破头楔用在半榫之内，易入难出。破头楔一旦在半眼的卯里撑开之后，榫头便很难再退出，就适宜用在像抽屉等悬垂的部件上。

田寡妇认真地说，这种做法不常使用，因为它没法修复，被称为"绝户活"。

赵君惊奇地瞟了一眼田寡妇，你说得对，你也懂木匠活儿？

田寡妇小声答话，多少知晓皮毛。譬如木楔子就还有挤楔、破头楔、大进小出楔、膨胀楔、钻头楔；譬如木销子那可就多着呢，有透销、桌挂销、裁销、穿销、插销、钉销、走马销、偏口挂销……

前些日子，田寡妇见啥问啥，赵君有些烦躁，甚至讨厌她扭着屁股走路的模样。可今天，赵君的脸上有了一丝笑容，遇到知己，刮目相待。田寡妇临走的时候，赵君居然觉得她扭动屁股的姿势很好看。

老村长女儿出嫁的那天，披红挂彩，喜庆热闹。在湘西北，有个习俗：新郎抬走新娘之前，必须要请打嫁妆的木匠"开箱"。木匠师傅先前做的"锦绣木衣箱"是一个四方整体箱子，没有盖子，无法打开；出嫁的当天，木匠当着新郎的面儿，在箱子靠上五指宽的地方，现场平行锯开木衣箱，寓意是："嫁妆都是崭新的，新人新气象。"说时迟那时快，赵君手持"线锯"，气定神闲，不偏不斜，几分钟工夫，手起锯落，箱子便有了盖儿。众人一阵喝彩，新郎递上喜钱。

吹吹打打，唢呐声慢慢消失在山那边。

在赵君回家的路上，田寡妇拦住了他。人人都说你的木匠手艺好，咱就觉得不咋地。

咱哪里没做好，你就直说。赵君气愤地问。

田寡妇振振有词。第一，这嫁妆里面缺了一样小东西，洗衣棒槌。第二，木箱子锯开之后，你没用砂布打磨，容易糙手。俗话说"木匠看尖尖，瓦匠看边边；木匠怕摸，瓦匠怕看"，就是说的这个理。

赵君哑口无言，涨红了脸，涨红了脖子。赵君心里懊悔，师父当年叮嘱过，"嫁妆成堆，莫忘棒槌"；师父当年还提醒过，"箱子要开口，砂布不离手"。

那年冬天，田寡妇上门请赵君打家具。赵君心里一万个不乐意，可田寡妇挑起工具担子就走人。

这一回，赵君铆足劲头，使出十八般武艺，开料、选料、开榫做卯以及组装，样样仔细，环环紧扣，千万别有短处落在田寡妇手里。每做一个动作，赵君在心里都要默背一遍师父教的口诀。譬如木匠的基本功夫，"一料二线三打眼"，就是说刨料要平整、光滑，画线要准确、对角，打榫眼要方正、垂直。譬如木匠的工具运用，"大木匠的斧，小木匠的锯"，就是说传统木工一般分为三个种类，有造房子的粗木工，叫大木匠；有做家具的细木工，叫小木匠；还有箍桶做盆的叫桶匠，也叫圆木匠。大木匠要把圆木砍平砍直，运用斧子的技能最为重要。小木匠要把门窗和家具做好，讲究榫卯正确，拼缝严密，这在"刨、凿、锯、削"等操作工序中，"锯"显得尤为关键。

尽管赵君小心翼翼，可田寡妇总能寻摸出一丝丝缺陷。赵君甚至在想，这个田寡妇就是"鸡蛋里挑骨头"，是不是想少付点工钱，故意刁难？

一晃就是一个月。田寡妇的最后一件家具——梳妆台终于完工，当田寡妇验收的时候，没有找到半点瑕疵，赵君心里一阵窃喜。可田寡妇突然哭了，她恳求地说，这个梳妆台太好看，太完美。她要赵君再做一台，必须是一模一样。

夜晚，赵君在工棚里翻来覆去睡不着。赵君回想起田寡妇近日的一言一行，让人生疑。虽然她验收家具时故意难为他，可她又好吃好喝地款待他，每天有肉有鱼，别的东家每天一包烟，她可是每半天就给一包烟，下午还备有甜酒和点心。她每回看他的眼光，让人心慌，赵君终于想明白了田寡妇的心思。

半夜时分，赵君翻出烟盒子里的锡箔纸，留下几句话：田姐，听说你男人生前也是木匠，你的心意咱明白，可秋菊在牢里还盼着咱呢。

赵君挑起工具担子，他轻手轻脚地挪出田寡妇的院门，生怕惊动门口的那只大黄狗。

少收了两元钱

于 博

奎县的杨铁城是个木匠，手艺不错。由于起早出工，他总在外面吃早餐，而且他特别爱吃刀削面，尤其是便宜坊的，他咋吃都不够。

便宜坊是李小刀开的。李小刀大名李月和，因为他削面时刀法娴熟，大家就这么叫他了。李小刀削面时，拿着架子站好，左手托起面团，右手握住自己用一块鱼鳞铁制作的弧形刀片，轻舒一口气，便见刀片闪动，削下的面叶儿中间厚，边沿薄，形似柳叶。一片片柳叶赛流星赶月，在空中划着优美的弧线，落入一口大锅之中。锅中水花翻开，面叶儿入水，随汤翻滚，宛若银鱼戏水。李小刀每分钟摆动刀片200余下，削出的面叶儿每条长约5寸，片片不差半厘。杨铁城吃面时，先坐在桌子前，饶有兴致地看一会儿李小刀削面，他挑指称赞——过瘾。

李小刀说，刀削面好吃，首先面要和好，水、面比例适当。和好后要用湿布蒙上，饧半个小时，然后再揉。揉面也关键。要用到劲，要揉到时候，揉匀，揉光，揉劲道，否则削的时候会粘刀、断条。李小刀的面好，卤子也好。牛肉丁、猪肉丁，货真价实。小咸菜十多样，黄瓜、萝卜、蒜茄子、辣椒酱、韭菜花，一溜排开，装在瓷碗里，红绿青紫，格外诱人。每次杨铁城都吃得满头大汗，连一点汤也不剩。从五块钱一碗开吃，一直吃到十二块钱一碗。几天不吃，杨铁城嘴里就起唾沫星子，心里直痒。李小刀有时得闲，便一脚蹬着凳子，一手掏出烟，递给杨铁城，说杨大兄弟，咱家刀削面，外滑内筋，软而不粘，硬而不生。好吃吧？杨铁城仰脖把汤喝净，使劲一蹾碗，那还用说，反正以后不管我混啥样，你小刀的面，我就是一个——吃！来，对火！

烟对着后，杨铁城从兜里掏出一张十元钱，放到桌子上，伸手再去摸时，李小刀拦住他，哎行了，天天捧场，这两块免了。

少收两块？杨铁城盯着李小刀问。

咋的，多大个事呀？你说，两块钱能买啥？李小刀有些埋怨杨铁城大惊小怪。

从这天走后，杨铁城竟然不见影了，李小刀有些纳闷。恰好和杨铁城一道做木匠活的郭师傅来了，李小刀就赶紧问，杨师傅呢，咋不见了？郭师傅一怔，说小刀，你就知道天天抢刀片，真不知道还是假装不知道？杨铁城出事了！啥？李小刀一惊，握刀的手一哆嗦，几片面叶儿翻飞着掉在了锅台上，像上了岸的小死鱼。郭师傅哈哈大笑，说杨铁城出的事全奎县人都想出，可是没那个德，咱祖坟没冒青烟呢？李小刀一瞪眼珠子，郭师傅，你别兜圈子了，到底咋回事？郭师傅说，杨铁城花两块钱买彩票中奖了，据说中了七八十万，是二等奖。啧啧，李小刀咂了两下嘴，这个杨铁城有钱了，不吃咱这口了？郭师傅说，这事咱可不能瞎说，但从此没见杨铁城干活，那是板上钉钉的事。可也是，累折腰筋也挣不了那么多呀，他还干啥呀，就一个姑娘，也不用娶媳妇，后半辈子就游山逛水溜达了。

哎，这就叫有福不用忙，没福跑断肠！郭师傅感叹一句，背着工具包出门了。李小刀在厨房继续削面，不知为什么，今天的面有些粘刀，断条。突然他一怔，那天少收杨铁城两块钱的事在他眼前直打转。

半年后，一个雪后的早晨，天刚放亮。李小刀的便宜坊走进一个人，棉帽子上挂着白霜，嘴里呼出冷气，显然是在外面走了很长时间的路。他低头坐在凳子上，没摘帽子，望着李小刀削面。李小刀觉得有一道熟悉的目光正穿透他的脊背，连他手上的面团和弧形刀也被穿透。他颤抖一下，回过身，透着缭绕的热气，看见坐在桌旁的人，几步奔过去，一脚踩住凳子，探下腰，说，咋不要面？那人不抬头，从兜里摸出一张纸币，十元的，摁在桌子上，就这些了，你少打一勺。李小刀说，杨铁城，不对劲儿啊，郭师傅说你发了，发大财了，咋连一碗面的钱都不够了？

杨铁城不吱声。

半年前，杨铁城走出便宜坊，手插进兜里捻着李小刀少收的两元钱，抬头看见了彩票站。他迟疑一下，继而摇晃了一下脑袋，拔腿进了彩票站，机选一注彩票，没想到竟然中奖了。杨铁城有了钱，放下了锛凿斧锯，进了赌场，夜夜笙歌，钱花得和流水一样。最终，妻子离他而去，说你用半年的时间花光了一生的存款。杨铁城最后落得一干二净，在兜里抠出最后的十元钱，在便宜坊外面徘徊了很久，他想吃最后一碗面，再去他该去的地方，为他的疯狂买单。

见杨铁城不答话，李小刀喊，来碗面，牛肉卤。然后捡起桌上的钱，塞进了杨铁成的兜里。铁城兄弟，以后想吃就来，别磨不开，哥给你立个户头，有钱就算，没有拉倒。

杨铁城慢慢地摘下帽子，放在桌子上。不知哪来的水，把桌子湿了一大片。

你个大老爷们，眼泪窝子咋这么浅？

谁说的，帽子上的霜化的。

杨铁城猛地端起碗，稀里哗啦地吃面。他觉得今天这碗面比以往的任何一碗都有滋味。瞬间，他脑海里蹦出半年多没有动过的锛凿斧锯。杨铁城笑了，他决定明天还来吃面，他想，明天一定是个暖和的天。

红薯，红薯

许心龙

一棵秧一嘟噜果。秋高气爽的田地里，奶奶拎着一根粗壮的红薯秧，连根拔出了一嘟噜大大小小的红薯块，还有毛茸茸数不清的因突然面世而羞赧的根须。那老秧根的威力，二孙子现场在红薯地里看到过，还用食指插入沟里费力地掏出了一块不规则的大红薯。这裂沟跟路边的大树根把地皮撑裂了一样醒目，令人遐想。

奶奶的兴奋总与十月有关。每到深秋十月，"迫不及待"这个词用在村里的田地上，更为贴切，更为令人欣慰。十月的红薯地，被霜打的红薯叶，脱去绿衣，露出了黑色，一副脱胎换骨的模样。一地茂绿时，没有立足之地，一只虫子也难逮。半夜里下的一场一场的苦霜，把土地下了出来，同时，它还惊奇地袒露出了裂开的痕迹。那是地下迫不及待的大块红薯，要抛头露面了。这时，奶奶，还有黑压压的村里人，都充满了欢欣，充满了鼓舞，弯腰刨开红薯垄。

奶奶到底是有能耐的人，在红薯地翻红薯秧时，竟把五叔活生生地给生了下来。奶奶是流了一摊血，生了一个活孩子。奶奶后来描述说，正翻着红薯秧，突然感到肚子一阵坠疼，直疼得弯腰蹲在了地上。裤裆湿了。腿发软了。一会儿上气不接下气了。就顺手插入垄上的裂沟里，抠出了一块红薯，嚼了一口，口生甘津，又有了力气。多亏吴大奶奶，她正巧赶来……所以，红薯对于奶奶来说就无比神圣了。那感情是融入了奶奶周身血液里的。

五叔身上的元气都是红薯之气。奶奶给了他非一般的体能，无论田里干活，还是后来当兵拉练，都是一把好手，力道得很。这红薯块，是多好的东西啊，养活了人的精气神，又发展了人的德智体。五叔十分敬爱奶奶就不言而喻了。五叔给奶奶买了台洗衣机。奶奶不太相信洗衣机能洗干净衣服，说那还要手干啥。奶奶的手伸进洗衣机滚筒里，忙又抽了出来，问："那不搅烂了衣服？"奶奶关切地问这自动的洗衣机要花多少钱。五叔却笑了，举着手机，说："不需要花钱，只需扫码就行了，钱都存在这里呢。"奶奶一愣："咋？钱都存里面了？"奶奶摇摇头，叹息一声，又说，"那时我们的口粮可是都存在红薯窖里啊。"

就在老鼠也饿得到处乱窜的年景里，奶奶用大半袋红薯为二伯铺了一条路。奶奶把二伯送去了学校，当了教书匠，只不过是个临时工。可没有这"临时"，也就没有"长远"，更不可能有今天的正式。政策来了，二伯转正了，二伯成了名正言顺的人民教师。那半袋红薯，改变了二伯的命运，却让一家子人忍饥挨饿了好几天。那几天里，大人小孩都在找红薯皮红薯头吃，问题是红薯皮红薯头地里也很难觅到了。地上一干二净，地下也一干二净。

二孙子是一大群晚辈中最聪慧的。奶奶执拗地认为二孙子的聪慧跟那块大红薯脱不了干系。有一年红薯地里长了一块巨大的红薯，足有八九斤重，奇石一样壮观。二孙子不知天高地厚地用镢头给砍了个稀巴烂。二孙子稀罕啊，这块红薯咋长那么大的块头呢？里面会藏有啥宝贝吗？二孙子在一群人的鼓动下，亢奋地拿起镢头劈了个痛快淋漓。细碎的红薯渣溅了二孙子一腿一裤子，也溅了围观的众人一身。二孙子惹了祸，奶奶被罚了一百斤红薯。奶奶当时就哭了，恨不得要剐了二孙子。现在奶奶再回忆起这段情形时，也不过多地指责谁了，光说二孙子淘气，又说淘气鬼有出息。二孙子读大学，又在城里上了班。二孙子光宗耀祖了呢！

"你说是不是那块大红薯助了二孙子一臂之力？敢劈大红薯的人，这样的人会简单吗？"奶奶不无自豪地说。

在镇被授予"长寿之乡"的典礼上，坐拥人生最大两位数的奶奶和吴大奶奶应邀出席。一名镇干部笑着给奶奶和吴大奶奶一人戴上一朵大红花。奶奶还接受了黑色话筒的采访。奶奶说："啥秘方？也没啥秘方，大鱼大肉那时候吃不上，现在也不咋吃。我觉得还得感谢那红薯，这一把年纪真是吃红薯吃出来的。"吴大奶奶指着奶奶说："她能吃着红薯，就把儿子给生了下来，嘻嘻。"奶奶和吴大奶奶说着，都笑了，笑得没露出一颗牙，倒把红薯颜色的牙床全露了出来。

冬日里，气吞山河的"引江济淮"工程对村里大块麦田动了剖腹手术。一条宽大的深沟匍匐前行。

置于沟内的粗大的圆柱形水泥管道，足能跑辆小四轮车。这时，奶奶说："让我去看一眼吧，这稀罕不见见，死了也不值。"众人一愣，一惊，只得点

2021

头，遂了奶奶的心愿。

奶奶坐在轮椅上望着一地麦田，望着那宽大的深沟和水泥管道铺成的水泥路，几根白发随风摇曳。久久，奶奶咕哝道："这多像当年冲开的红薯沟啊！"还真像当年冲开的红薯沟，我们咋没想起来呢？众人望着奶奶，感觉奶奶就是块红薯变的活人。奶奶与红薯，须臾也不能分割。众人感叹，世事变迁，沟里已不是一嘟噜一嘟噜鲜活的红薯了，沟里躺着的是一个一个紧密相连的水泥筒子。筒子是水的通道，能把滚滚长江之水引到淮河里来，供周边人饮用。

奶奶昏迷了，植物人一样。奶奶大脑严重萎缩。五叔抖索着手摸着奶奶的头，嗓子干哑着说："后脑勺明显有一个坑，小黑碗一样。"二姑小心摸去，不禁张大了嘴巴。

奶奶又苏醒了一次，像回光返照。奶奶咕咕哝哝半天说，她梦见自己被埋进了院子那口红薯窖里，尖尖的土堆上一夜之间长出了一根秧苗，红薯苗，这根独苗很快变粗变大，枝繁叶茂，土堆上很快裂出了几条沟纹。

一旁的二姑闻听后，把头俯在奶奶的胸口，抽出了撕心裂肺的哭声。

最美女兵

王培静

快黑天时，车子向前栽了两下，停了下来。司机小李轰了几下油门，却不管用，气得他直拍方向盘。鲁队长说："我下车看看。"

车外的温度至少有零下40度。一开车门，风刮在脸上，像小刀在割。风刮起的雪粒和沙土，使人几乎睁不开眼睛。

鲁队长看到，车的大半个右轮陷进了一个雪坑里。她让跟着下车的两个男兵去周围找一下，看能不能找到石头之类的东西。10多分钟后，二人两手空空地回来了。鲁队长想了想，脱下自己的皮大衣，抱着向车轮走去。司机小李和两个男兵异口同声地说："鲁队长，你快穿上，用我的！"鲁队长说："先用我的，万一不行你们再脱。"

大家都知道鲁队长的性格，平时有什么事找她都行，什么话也可以和她说；但执行任务时，她是说一不二。

鲁队长说："小李，你上车准备。小宋、小姜，你们俩戴上手套，把车轮边的雪扒开一些，把大衣塞到车轮的前面。"

等两个兵塞好大衣，小李加大了油门。车屁股冒了好大一会儿浓烟，车才勉强开出了那个深坑。

鲁队长的大衣全是雪水，不能穿了。几个人都要把自己的大衣脱下来给她。她说："你们都年轻，要是冻坏了，你们的老爸、老妈找我算账怎么办？再说，你们将来还要找对象呐！谁愿意找个有毛病的人？我这老胳膊老腿儿了，不怕冷，也冻不坏。"

在车上，女护士小慧好奇地问："鲁妈妈，我问你一件事，你可不许生气。"

"保证不生气。你这个小'机灵鬼'要问什么就随便问。"鲁队长笑着说。

"听老兵说，你年轻时上线，有时会和男兵们一起睡大通铺。这事是不是真的？"

鲁队长沉思了一下，回答说：“是真的。那时，有的兵站条件差，一个班就住一间宿舍。到那儿就我一个女的，不可能让全班人出去站着，我自己在屋里睡。”

“那得多难为情！”小慧红着脸说。

“我可不只是曾在兵站和战友们睡过一个屋，还有更不方便的，就是上厕所。兵站从来就没来过女人，哪里会有女厕所？都只有一间男厕所。只要我想上厕所，随便拉住一个战友，向厕所一指，他就明白我的意思了。他先进去‘清场’，然后，叫上一个同伴为我‘站岗’。全国多少妇女同胞，这待遇也只有我独享过。”鲁队长说。

晚上9点多，医疗队的车才赶到沱沱河兵站。没想到，官兵们正整齐地站在营房门口迎接。官兵们看到鲁队长，有的叫她“鲁妈妈”，有的叫她“鲁阿姨”。鲁队长能准确地叫出每名官兵的名字。大家像久别的亲人见面一样，每个人的眼里都闪动着泪花。

每每在一个兵站离别的时候，鲁队长总说：“我今后上线的机会不多了，你们要多保重身体。”

官兵们说：“鲁妈妈，我们会想你的。我们心里很矛盾，又盼着你来，又不希望你来。”

她的身世，每名高原兵都知道，都像对自己的母亲一样了解。

她12岁时，在高原部队上开车的父亲因病去世了。母亲被生活的重担压得喘不上气来，一年后，跟别人跑了。祸不单行，一年后，她的祖母得了病，去世了。15岁那年，她的祖父也得了重病。临死前，祖父拉着她的一双小手，塞给她一个皱巴巴的信封，说：“一贤，爷爷不能把你养大成人了。这是你爹部队上的地址。你也只有这一条路了，你去找找部队吧！或许，部队上能给你一口饭吃。”

乡亲们帮她埋葬了祖父，她就踏上了通往格尔木的征程。

部队接纳了她。先是让她继续念书，后来，又送她上了军队的医校。她毕业后，申请回到格尔木青藏兵站部。

因为她的父亲在这儿。

她的父亲死后，就被埋在了烈士陵园的外边。他是病死的，没有评上烈士，所以没有资格被埋到烈士陵园里。

直到她从军校毕业回来的那年，父亲墓前的杨树才终于吐出了绿芽。

看到树活了，她激动地跪在父亲坟前，说："爹，我知道你的小心眼。你过去不让树活，是怕女儿不回来陪你了，是吧？"

树长大后，能为父亲挡一挡夏天炽烈的阳光。

她的个子不高，身材瘦小，脸上是大自然恩赐的两片云霞。由于长年奔波在海拔平均4000多米的高原上，紫外线的照射导致她的脸黑里透红。她的脸上写着刚毅和果断，同时也流露出母爱的慈祥。

她50多岁了，一生未嫁。她把青春和美好的年华都奉献给了青藏线，她是昆仑山的女儿，她有一颗冰清玉洁的心。昆仑山会记得她，青藏线会记得她，所有在线上待过的官兵都会记得她。

在线上官兵们眼里，她是他们心中的"女神"，是这个世界上最美的女兵。

白日焰火

邢庆杰

一大早，梅正山就开始收拾这座木楼，楼上楼下，桌椅橱柜，门窗屏风，都擦得干干净净，连楼梯都拖得一尘不染。

今天是个重要的日子。中共临城区委每月一次的例会要在这里召开。几天前，区委书记老魏来通知梅正山时，顺便告诉他，他加入组织的事，要在这次会议上研究表决。梅正山听到这个消息，兴奋得一夜没睡。为了这次会议不受干扰，他昨天就让妻子带着孩子回了娘家。

梅正山曾就读于北京高等师范学校，1919年5月参加了轰轰烈烈的五四运动。西方列强对中国人民的欺凌，激起了梅正山的义愤，也激活了他对国家民族的担当意识。正当他重新定义人生意义的时候，父亲病危。作为梅家唯一的男丁，梅正山不得不回到这个千年古镇，从父亲手里接过镇上最大的粮行，还有祖宅上这座已有百年历史的木楼。父亲去世后，梅正山过了近十年悠闲的日子，粮行有掌柜和伙计，根本不用他操太多的心，他每天就待在家里这座木楼上，喝茶，读进步书籍，累了，也喝几杯当地产的烈酒。但他心中的热血，一直在默默地沸腾着。他终于等到了那一天，他在北京读书时的一个同学找上门来，为他的人生打开了另一扇窗子。这个人，就是中共地下交通员老魏，现在的临城区委书记。

一切收拾利索后，梅正山又到地窖里搬上来一坛酒。这是当地产的"小米香"，65度，一坛足有20斤，他想开完会后，留同志们好好吃顿饭，痛痛快快地喝几杯。

楼梯上忽然传来咚咚的脚步声，老魏飞步跨了上来，脸色有些阴沉。

老魏从内线得到消息，昨天，区委交通员小于被捕了，敌人以他妻子和孩子的生命相威胁……小于已经交代出今天区委会议的时间地点，形势已十分危急。今天来开会的除了老魏，还有九位同志，老魏只和其中的四位同志有联系，他启用紧急联系方式连夜通知了他们。其余五位，都是梅正山联系的人。

梅正山看了看怀表，已经快八点了，会议的集合时间是上午十点，逐一通知他们肯定是来不及了，他急得围着屋子直转圈。老魏说，目前办法只有一个，去镇外面的桥头上拦截，那是出入镇子的唯一通道。

梅正山带上驳壳枪，和老魏下了楼就往外走。刚出大门，两人同时退了回来。大门两边的胡同里，各站着四五个黑衣人，腰里都别着家伙。两人情知不妙，互相对望了一眼，又来到后门，发现后门的小巷子，也被黑衣人封锁了。

老魏重重地跺了一下脚，说，坏了，敌人早就盯上这里了，他们故意把我放进来的，现在出都出不去了！

梅正山压低声音，说，无妨，我们先不动，等到九点半时，我们就不断开枪，向同志们报警。

老魏点了点头，说，目前也只有这一个办法了。

两人上了二楼，沏上茶，刚喝了一杯，前院就传来了杂乱的脚步声。梅正山探头往楼下一看，七八个特务已经冲进了院子。老魏跑到后窗往外瞄了一眼，从后腰里拔出手枪，说，事情不妙，敌人从两面夹击，他们是想在集合时间之前解决我们。

梅正山问，那怎么办？

老魏说，打！要节约子弹，尽量拖延时间。

就听前院一个细嗓门喊，楼上的共党听着，你们被包围了，只要交出武器投降，保你们性命无忧，负隅反抗，只有死路一条！

梅正山隔窗打出一枪，喊话的特务应声栽倒！

刹那间，前院和后院枪声大作，子弹把墙板都击穿了，墙壁上呈现出一个个明亮的弹孔。老魏和梅正山各自躲在子弹打不到的死角，耐心地等待着。

过了一会儿，枪声渐渐停了，楼梯处传来轻轻的脚步声，越来越近。老魏冲梅正山使了个眼色，两人同时冲向楼梯口，两把短枪同时打响，特务们惨叫着滚下了楼梯。

过了一杯茶的工夫，敌人找来了梯子，从前窗、后窗和楼梯三个方向同时进攻，两人只得不断开枪阻击……

他们阻击了一个多小时，子弹全打光了。梅正山看了看怀表，才九点，离集

2021

合时间还有一个小时。

梅正山把那坛烈酒打开，倾洒在桌椅上，屏风上，茶几上，墙壁上，窗棂和地板上……

敌人知道他们没有子弹了，大叫着"抓活的"，从楼梯上慢慢逼上来。

梅正山将坛子朝楼梯口砸了过去！在敌人的惊叫声中，他从容地取出火柴，划着一根，扔在地上。一股蓝色的火焰腾起，随即四处蔓延，一股火苗顺着地板上的酒迹，飞快地飘向楼梯，敌人惨叫着连滚带爬地逃了出去。不一会儿，大火冲天而起！

这场大火越烧越旺，干透的木楼在大火中噼啪作响，烟火直冲云霄，在镇子外都看得清清楚楚。

直到傍晚，大火才渐渐熄灭。

越　狱

陈力娇

　　几个日本兵在追一只山鸡，打了三四枪也没打着，山鸡还是飞了。在一旁干活的劳工们就笑，说，真是熊啊，要是换了咱们，保证一枪一个准，还用费这么大的劲。

　　他们是战俘，来这里三年了，现在正修公路。

　　日本兵虽没打着山鸡，但也伤到了它，它飞起来时就不那么轻便了，时不时还在地上乱扑棱，然后再飞。日本兵觉得有望，继续追，眼看要追上了，却停下了脚步，愣愣地站在那里惋惜，看着山鸡钻入树林。

　　劳工们大喊，怎么不追了，那可是到嘴的肥肉啊。

　　站在一旁的翻译官也很惋惜，不自觉地向劳工指了指鼻子，然后陪着几个同伙悻悻而归。

　　他们走后，劳工们陷入沉思，愣头青陈起说，他指鼻子干啥？刘摇篮忙捂住他的嘴，低声道，不要命了。左右瞅瞅又说，苏联大鼻子不懂啊，边境呗。说完两个人都浑身一阵战栗。

　　紧张的原因是他们看到了自由的曙光，在这里每天累得真不起腰，吃的是发霉的樟子面，屎都拉不下来，还不让上厕所，去就挨打，他们早就想逃跑了，苦于不知自己身在哪里，找不到方向。

　　逃跑，逃跑，逃跑！

　　他们联系了四十三名战俘，都是战场上一顶一的射击手。准备四日后，月黑，向着山鸡逃走的方向进军。做饭的大师傅姚鲁是中国人，他悄悄地告诉他们，向东跑出十里，会遇到一条中苏界河，过了河，命就保住了。

　　他们说话时，狼狗黑背进入厨房，它又偷偷地跃出栅栏找吃的。八条狼狗都在狗圈里，等着吃活人，平时不让它们吃饱，眼睛饿得瓦蓝，只有黑背聪明，常常避开主人的眼目，跳出三米高的栅栏。

　　黑背见陈起，摇了摇尾巴，它和陈起很熟。

2021

暴动开始了，由四个人袭击门岗，先是拿下内门岗哨，硬是用拳头要了日本兵的命，然后夺取两杆枪。更多的武器在日军宿舍的里间，他们正处在深度睡眠。惊醒后想去枪架子上拿枪，但被战俘们猛扑上去生擒。

这些虽做得顺利，但还是有一个卫哨报了警。警笛瞬间拼命响起，刺耳的笛声二十里外听得到，那里驻扎着一个团的兵力。劳工们怕寡不敌众，向远处林地疯跑，卫兵追他们三十米，枪打得跟爆豆一样，击中了两名劳工，其他的借着黑夜掩护，不见了踪影。

劳工们跑啊跑啊，脚下生风，树木哗哗作响，刮伤了他们的脸和耳朵。后面有没有追兵已经不在话下，有和没有都是拼命的速度。抓回去只有死，宁愿跑死也不能再做俘虏。终于跑到了一条水系前，却不像姚鲁说的那条界河，这条河水很瘦，一袭亮光如锻带丢在天地间，几个人在河边聚拢，喘着粗气，发现来这里的只有他们八个人，后面再无响动。

难道他们被打死了？

不容多想，他们跳下河，水深齐腰，时不时遇上礁石。十月的天气，河水有些冷，牙齿在打战。十分钟后他们爬上了岸，却再也没有起来的力气，人一下子躺在一人高的杂草里。其中一个劳工问另一个劳工，我们真的到了大鼻子地界？这十里地就这么不经跑吗？另一个说，就是啊，草像一样的草，河却不像一样的河。又一个说，我也疑惑，是不是我们迷路了？

这时就听陈起说，你们都说对了，这条河根本就不是中苏界河，它叫小乌蛇沟，是我们中国的河，也就是说，我们没有跑出自己的土地。

几个人惊得坐了起来，刘摇篮说，你怎么知道不是中苏界河，你一直在前边跑，不是中苏界河你为什么带头往这个方向跑？

有人接过话茬，是啊，你是不是没安好心，故意把我们带到错路上来？

陈起没有插话的份儿，他只有沉默，一个劳工揪住他的衣领，质问他，你想死就得了，为什么带上我们？陈起的嗓子喘不上气，他哑着嗓子回答，是你们跟着我来的，不是我让你们来的。

这就有理了？几个劳工扑过来揍他，拳头还没落在他的头上，一排手电筒晃照花了他们的眼睛，一个连的日军把他们围个水泄不通。八只狼狗扑上来，每条

260

狗在他们每个人的腿上咬了一口，黑背咬的是陈起的裤子，且力道恰到好处。

八个劳工被押送回了劳工营。

连夜毒打，皮开肉绽，死去活来。狼狗们趴在板栅栏的空隙等着美餐。

凌晨四点时，八个人被扔进狼狗圈。饿极了的狼狗风一般扑抢食物，一会儿的工夫，六个没断气的劳工就被它们扯死了，六条狗各自拽着他们分别躲在僻静的地方，一边呜咽一边狼吞虎咽。只有两条狗没那么心急，一个是黑背，一个是黑背的侣伴兰铃。

兰铃守候的是刘摇篮，黑背守候的是陈起。它们俩不想在他们没断气之前吃了他们。刘摇篮看着一口口吸倒气的陈起，有气无力地问他，告诉我，为什么要这样做。陈起本来都要死过去了，但听到他的话激灵一下活过来。他喃喃地说，我听到黑背的叫声了，不这样四十三个人谁都跑不出去。

刘摇篮听了他的话，落下一串长泪，之后断了气。

补 台

白龙涛

　　他原本是剧团里的当红武生。演《对花枪》，他扮演的罗成肩披金靠，身着蟒甲，头插雉尾翎，脚穿白底虎间靴，一抬腿，脚尖飞到脑门儿，打一圈圆场，四面靠旗纹丝不动，旋子、翻城、虎跳、摔叉、窝翎，一杆红缨亮银枪啪啪啪，耍得观众心旌荡漾。

　　一次，戏到高潮处，武生腾空来了一个鹞子翻，脚下一滑，重重地摔下台，伤了右腿。团里照顾武生，让武生做些幕后工作，时不时跑跑龙套，补补台场。

　　演不了武生，武生整个人一下子就蔫了，天天闷着头不说话。

　　虽说腿废了，但武生基本功在那放着，生旦净末丑，除了武生演不了，丑角不愿演外，样样都能圆个场。有演员因事不能登台，团长一句"补台哩——上——"，武生就神情一振，扎了弓箭步，念道："来也——"打一圈圆场就来到跟前。有时，大家需要武生搭把手，包括打打开水递递毛巾，也补台长补台短地喊。时间久了，大家就忘了武生的名字，直接喊他"补台"了。

　　省曲协领导来调研，点名要看现代戏《桃园喜》，不巧的是，扮演刘翠花的丑角临时闹肚子，演不了。虽是丑角，团里却无人能演，团长喊："补台哩——上——"没人应，曾经的当红武生怎能演丑角？且是个反串彩旦。正当团长要骂人时，青衣来了。青衣的男人出车祸刚去世一个月，泪痕未干哩。她目光水水地看着武生，说，演吧！武生点点头，转身，抹了下湿润的眼角，开始化装。

　　武生穿上对襟棉布褂子，灯芯绒裤子，一双尖尖的绣花鞋，头上挽发髻插黄花，腮帮上亮着一颗媒人痣，手里托着一杆二尺长的大烟锅。小锣一响出场了，武生踩着小碎步出了台口，一眼看见搭戏的青衣水水的眼睛，武生一晃神闪了一下腰，顺势喊了声"俺的个娘哩——"，迅速往台下丢了一个飞眼儿，台下哄堂大笑，出场就来了个碰头彩。

　　武生在台上走了一个辫子圆场，用手绢半遮着脸，拧了几个麻花腰，扭身向台下抛了一个媚笑，唱：

树上的鸟儿那个叫叫啊叫喳喳

金银阁走出来我刘翠花

妮儿她爹得急病武生把世下

撇下俺母女俩度生涯

生来不愿把那坷垃打

学会了说媒拉牵把钱抓

锨不扛锄不拿

吃的香来喝的辣

腰里还不缺那零钱花

武生在丑角惯用的团尖音里加上了武生的亮嗓，高低顿挫，婉转灵动，乐队严丝合缝，随着武生的唱腔伴奏，过门也衬托得很好。唱完，台下叫好，鼓掌，博得一个满堂红。

散了戏，领导跟武生合影，鼓励他参加省里的"丑角大赛"。团长也说丑角显功夫，好歹是个角，演下去吧。武生闷头卸妆，不接话。第二天，原来的丑角急慌慌地赶来，说："兄弟，感谢你给我圆了场，可我还得靠这行当吃饭哩。"武生说："我只是补台，丑角功夫深，我演不了。"丑角眼里一热，冲武生深深鞠了一躬。

送戏下乡，晚上散戏，其他人都回了县城，就剩下团长、青衣、武生，还有灶房做饭的哑巴。青衣泡过脚，扭着婀娜的腰身去灶房后面倒水。穿过戏台时，被人抱住了。青衣一惊，咣当一声把盆扔在地上。看清是团长后，青衣用力挣脱，却越挣越紧。这时，青衣喊了一声："补台哩——上——""来也——"武生手持一杆红缨亮银枪，啪啪啪，扎稳弓箭步，道，"哒，怒发冲冠火千丈，大骂奸贼丧心狂，乱宫乱驾乱朝纲，叫尔枪下一命亡。"团长惊出一身汗，松了手，骂："真他娘的会补台。"

后来，在练功房和青衣家楼下，武生又一杆红缨亮银枪击退团长两次……

青衣再婚，武生是主角。晚上，剧团的人去听房，透过窗户，看到武生似一尊雕塑坐在椅子上。青衣唱："不觉谯楼上三更已过，罗帷帐独坐我女娇娥，我这里热切切炽情如火，他那里冰森森冷水浇泼。"武生未动。青衣又唱："老天为咱搭彩绸，月宫掉下花彩头，喜鹊催促许郎，你愿留不愿留。"武生仍不动。青衣叹气，垂泪。正当大家索然欲散时，忽听青衣一声念白："补台哩——上——"大家屏了呼吸。只见武生一个鹞子翻，一声"来也——"行腔清越，气吞如虎。

那架势，俨然当年舞台上玉面寒枪的俏罗成又杀了个回马枪。

三碗面

李立泰

媳妇听说簸箕柳区这次要征四十个青壮年，全都补充到冀南七分区。

征兵动员会县里开了区里开，区里开了村上开，一级抓一级，层层发动。男人当民兵队长，工作那么积极，平常是说别人的主，他能落后哇，一准报了名，别看他不哼不哈，该吃的吃该喝的喝，俺也装没事人，没戳透这事。这回当兵跑不了啦，准有他。

打鬼子，枪对枪、刀对刀，你打我、我打你，你攮我、我砍你，死个人还不跟喝凉水一个样？枪子儿不长眼，说打死谁，老天爷一句话的事儿，阎王叫小鬼生死簿上一勾你就那边去了。

她想到这心就打战，不寒而栗。家里老的老、小的小，儿子才十三，还种十亩地，他扑啦扑啦腚走了，怪素净，家里这些事俺要侍弄。

他喘着粗气，早感觉到了，她没激情，是例行公事。媳妇扭过去身子，背靠背，嘴噘得老高能拴头驴。

“你别生气，不能听他们瞎说，俺不去，没报名。”她一听这话，扭过脸来：“真的？俺不信。你当民兵队长，能没你？”

“看看，俺能骗你吗？俺啥时候骗过你啦。在村上工作也是抗日，俺组织担架队跟24团打老吴（吴连杰，顽匪，汉奸），受伤战士及时抬下来救治，减少多少伤亡？！李团长夸咱村担架队，敢上前线，敢听炮响，敢抬血人，敢走死人堆！”

她眼里含着泪儿，抚摸着他温暖宽厚的胸膛，说：“俺知道你带领担架队上去，跟打仗差不多。但，俺心里还踏实点，就怕你走，整天提溜着心。哪天俺娘儿俩摸不着你了，不敢想日子怎么过。”

他不敢再表白什么了。他说的那些，跟媳妇说的话比起来太苍白了。

这几天，他仍然为参军的事在村里忙活。他儿子听小伙伴儿们说，你爹要参军走了，你知道吗？他儿子听说了，立马跑到村部找他，问：“爹，听说你要参军走？"他对儿子说："别听他们乱说，没影儿的事，这回没俺，再住几天俺去县里受训。"

一直坚持到临走前一天，他才跟爹娘揭锅。娘掉泪，爹叹气。他说："爹、娘，咱这儿是老解放区，觉悟不能比人家低。参军打鬼子又不是光叫俺自己去，别的人家当儿的能去，咱不能去啊？再说俺走了，种地的事，村上组织帮工队，落不了后边，家里还有她哩。"老人这关好赖算过去了。

媳妇见他回家拿东西，换洗的衣服，烟叶啥的，知道他要走，想法拦他，就说："李臣孝你个没良心的，撇下俺娘儿俩不要了，你要走，俺就跳坑死去！"

他一听媳妇这样说，想，关键时刻压不住，就走不成了。他嗓门提高八度，喊："你要不叫俺去打鬼子，就跳井！"

妇道人家的拿手戏是大哭。媳妇"哇哇"地呼天抢地地哭起来，随哭随唱歌般地念叨："俺没法过了，俺的那孬命唉——"

他说："你愿意叫俺站狗熊台啊？俺告诉你，你别哭，俺一两年就回来。你要再哭，俺一辈子也不回来了！"媳妇一看这，就不敢哭了。"俺再告诉你，俺要待了狗熊台，咱全家，咱爹娘、你、小小，都别想在村上抬起头来。"

下午，她怂恿儿子又去拉后腿，小小找到村部，跟他说："爹，你去参军怪好的，吃白馍馍，俺也去。"他娘的小狗日的跟俺也来这套！"好！好哇！你来得正巧，正缺个小通信员儿哩，去吧。"他儿子一听傻了眼，这招儿也不行，就回了家。

晚上，统一叫他们回家道个别。规定凌晨鸡叫四遍准时集合，然后去区里报到。

他在北屋跟爹娘说话，娘坐炕上看着熟睡的小小，上面椅上坐着老爹，他爷儿俩一袋袋抽了半夜烟。爹说："俺没啥说的啦，别挂家，他娘儿俩有俺和你娘哩，管好自己，打仗多加小心。"

他说："爹、娘，您保重。打跑鬼子，儿回来再孝顺您！"

娘攉他："回屋去吧，跟人家说说话。"

他回到屋里，媳妇已睡下。其实她心潮翻滚地睁眼听气儿哩。他进屋坐到杌子上继续抽烟。看她一眼，说："还生俺气呀？"

她猛一扭脸，弓腰撅腚对墙去了。

"男人这辈子还不是就吃'三碗面'吗？人之间要有情面，给男人留个脸面，在外边有点场面。"他说给她听。

"明天区里欢送我们，戴大红花，有的骑马，有的坐轿，有的坐车，路两旁村民列队，队伍后鼓乐、秧歌欢送。区里搭彩台，唱戏、扭秧歌，举行隆重的欢送仪式。区长讲话发表祝词，鼓励新战士英勇杀敌立功，荣耀乡里！"他自顾自地说着说着，鸡叫头遍了。

她突然抬起头，泪水涟涟地说："俺想通了还不行啊！"

他着实出乎意料，媳妇能说出这话。他说："俺对不起你，上有老下有小的。等俺回来再、再、再疼你！"

"别瞎叨叨啦，快天明了！"她从炕头桌摸了颗枣，朝他砸去。

"憨玩意儿，还不抓紧哩……"

找同学

苏丽梅

朱小丽急切地想寻找二十多年前的初中同学。

二十多年前，朱小丽初中毕业后，就外出打工了，其他同学也都各奔前程。

饭店、工厂、超市……都留下了朱小丽打工的身影。朱小丽学历低，再怎么跳来跳去，也跳不出类似的工种。不过后来，朱小丽在一家服装店待了几年后，拿出积蓄开了一家服装店。几年时间过去，朱小丽赚了一笔钱。后来，朱小丽又嫁了个有钱的老公，过起了有钱人的都市生活。

过了而立之年的朱小丽在闲暇的时候，经常回忆起读书时代的生活，非常希望有朝一日能参加一场同学会。这样想着，朱小丽开始打听一些同学的去向。

朱小丽在城市定居后，很少回到家乡。为了寻找昔日同学，她专门驱车回到乡下。凭着二十多年前的记忆，朱小丽找到了几位男同学，都成了庄稼汉，黝黑、粗壮，趿拉着拖鞋。朱小丽坐了一会，看到同学家里凌乱不堪的摆设以及身上的乡土气息，朱小丽客套地和同学聊了几句，匆匆赶回厦门。

这天，朱小丽到外面办事。车停下，她看到前面一辆车里走出一个男人，男人英俊、潇洒。朱小丽一看，这不是班长马柱吗？马柱身材变得高大了，但脸型还是没多大变化。再看马柱座驾，二百多万的宝马。朱小丽刚想过去跟马柱打招呼，看到马柱接了个电话后又钻进车里了。朱小丽看到马柱启动车辆，她放弃了去办事的念头，跟在马柱后面，十几分钟后，马柱的车停了下来，等马柱下车的时候，朱小丽兴奋地喊了一声："马柱。"马柱转过身看着朱小丽，脸上写满疑问，朱小丽急促地自我介绍："马柱，我是朱小丽啊，你的初中同学。"马柱"哦"了一声，从西装口袋里拿出一张名片，说："我现在要去办事，有空联系。"说完，径自离开了。

朱小丽回家后，向老公绘声绘色地描绘了遇到马柱的经过，并怂恿老公找个时间请马柱吃饭，探讨下赚钱的门道。朱小丽的老公经不住朱小丽的软磨硬泡，勉强答应了。朱小丽几次跟马柱联系，电话中的马柱不是告诉她正在开会就是说有要事在身，电话打了几次后，朱小丽泄气了。

一个班级几十号人，朱小丽不信找不到一个志同道合的同学。这天，她从一名老乡口中得知她以前最要好的同学杜丽娥在厦门某家银行任职，朱小丽打听清楚地址以后，决定亲自去找杜丽娥。二十多年前，朱小丽和杜丽娥同桌，两人个子相当，经常互换衣服裤子穿。一到放学，也是今天住你家明天住她家。朱小丽边开车边回忆往事，想起开心事自己都笑出声来。

朱小丽来到银行，她先取好号，静静地坐在大厅等候。虽然几十年没见，朱小丽还是一眼就认出了柜台后面正办事的杜丽娥，特别是杜丽娥那微翘的嘴唇，是那么鲜明地刻在朱小丽的脑海里。

过了一会，叫到朱小丽的号了。

在办理过程中，朱小丽套近乎地说："杜丽娥，我是朱小丽啊，我们是初中同学。"杜丽娥手上忙着，抬头看了一眼朱小丽，淡淡地说："你好。"

朱小丽等杜丽娥说第二句话，却没了下文。

办完业务，朱小丽拿出一张名片，递给杜丽娥，说："丽娥，这是我的名片，你方便留个电话给我吗？"杜丽娥接过名片，说："我有空跟你联系。"朱小丽尴尬地笑了笑，离开银行。

这之后，朱小丽一直等杜丽娥打电话过来，却没一点动静。

从此后，朱小丽再不提找同学的事了，她的日子恢复了以往的日常。朱小丽忽然喜欢上了这样的生活。

一弩惊起

张爱国

澶州城上，秋意萧萧，晨风瑟瑟。张环低着头，双手拢袖，一步一顿，拾阶而上。

城头上十几名新兵站在一台床子弩边，低声喊道："神弩手快点儿，快点教我们练弩，将军就要来了。"

"将军来了又如何？练得烂熟又如何？"张环依然慢慢拾阶，还大声叫道，"他将军敢放一弩？放一弩，我张环就敬他是爷！"

"神弩手，被人欺负了？"兵士二青子迎上，夸张地捋捋袖子，"这还了得？竟敢欺负我大宋威虎军神弩手，吃了熊心豹胆？"

"哼！吃了奶就敢！"张环瞪一眼二青子，摇头一笑，说起他刚刚的遭遇。

张环刚才在城下一家包子铺吃包子，一个年轻食客得知他是床子弩弩手，就问他床子弩的事。张环立马来了劲："床子弩乃我大宋最强利器！床子弩三弓联动，数箭齐发，射程七百步。床子弩，一夫之力能胜八百斤，无墙不洞，无甲不穿！"张环见众食客不断点头惊叹，更加得意，"我大宋军中，数我威虎军床子弩最强。我威虎军中，数我……"

"且慢！"年轻人抬手叫停张环，微微一笑，"敢问军爷，床子弩对契丹人如何？"

"好啊！"张环脖子一梗，眼一瞪，"契丹人闻弩色变，闻弩胆丧！"

"好！"年轻人又一笑，"那么请问，如今这澶州城，是我大宋将士围困契丹人，还是契丹人围困我大宋将士？"

张环被噎得直翻白眼。年轻人起身愤然道："床子弩再利，在尔等手里，也是废物！"

张环在众人的哄笑中低头逃出包子铺。

"诸位，床子弩厉害，不是我张环吹嘘吧？那么，就是我等兄弟废物了？"张环气呼呼地往墙脚下一坐，狠狠地在地上擂一拳，"他们惧怕契丹人，想求和又放不下面子。御驾亲征，摆着是要与人家决战，却又不许我等出战，一弓一弩也不许放。究竟是我等废物还是……"

二青子急忙捂住张环的嘴："神弩手，此处说话小心，赶快教兄弟们练弩吧。"

"练弩做甚？纵然练得弩弩毙敌千人，但弩不能起，何用？"张环干脆往地上一躺，"不练了不练了，往后，我等兄弟就在这睡觉。"

众兵士再三劝说。张环不情愿地起身，没精打采地带着大家操练弩术。

日近晌午，张环叫大家停下休息。二青子不停，继续在弩边琢磨着，因为拉弩这一关键技术他还掌握不好——床子弩由三张硬弓组成，弩手不仅需要力大，还需要会用巧力。二青子力大，但拉弩时常常用力过度，使得弩起时射程虽远，却偏离目标。

"神弩手快看，那边——"二青子忽然低声叫道。张环立即跑上，向二青子手指的方向看去：大约三里外，七八个契丹人，坐在马上，正向澶州城张望、指点。

"契丹人的探马。"张环紧捏拳头，"光天化日之下竟能如此嚣张，欺我大宋太甚！"

"欺我床子弩太甚！"二青子也捏紧拳头，"神弩手，契丹人已在射程内，放他一弩？"

张环摇头："陛下有旨，契丹人不攻城，不放箭，我军不得放一箭一矢。"

"神弩手，让我放一弩吧，只用一箭。反正也中不了，只是吓一吓他们，也顺便练练手。"二青子恳求道。

"神弩手，几个探马无关紧要，陛下不会怪罪。"众兵士怂恿道，"让二青子放一箭，至少也叫契丹人见识见识我大宋床子弩的射程。"

张环终于点头同意，高举右臂说："听我号令，我手臂挥出，才可放弩。"二青子一听，赶紧拉开弩，两眼瞪圆，盯着城外的契丹人。

"能放了吗神弩手？我拉不住了！"二青子叫着，就见张环的手臂往下一放，"呜——啾……"弩起，风裹箭，箭挟风，飞向城外。

"谁叫你放的？我不是挥臂，是放臂！"张环跳过来，一把揪住二青子的衣襟，"那不是探马，是辽军大将，我认得那匹马！完了，完了……"

"中了中了……"众兵士只顾盯着飞起的弩箭，还不知道惊恐的张环和二青子。

张环跑上一看，刚刚居中端坐高头大马、身穿铠甲的契丹人已坠落马下，正被其他人慌乱地抬往马上……

午后，御驾亲征的宋真宗得报：疗军主帅萧挞览午时中宋军弩箭，重伤。宋真宗大惊，立即查明原因，并将张环、二青子治罪下狱。

入夜，宋军安插在辽军大营里的内线传报：辽军主帅萧挞览伤重不治，于酉时死去。御驾亲征的萧太后悲伤过度，几次哭昏在大营里。辽军大营此时哭声动地，一片慌乱。

大宋宰相寇准奏请宋真宗：立即出城杀敌。宋真宗不许。

次日，萧太后使臣到：大辽愿与大宋媾和。

不久，宋辽缔结《澶渊之盟》，两国及百姓实现了百年和好。

齐 天

高晋旭

咱再漂亮一回，咋个不行？

侯老六站在烟囱底下，背着手，驴拉磨似的绕着烟囱转了一圈又一圈，还是想不明白。说到底，就是不甘心。

又望望烟囱，烟囱高高地为他挡住太阳耀眼的光芒，冲他笑嘻嘻的。笑得侯老六心里难受，眼窝鼻子酸酸的。

说到底，侯老六是有私心的。

厂里的这根烟囱，是方圆几十里的"一枝独秀"，这是众所周知的。在这枝独秀里上了一辈子班的侯老六，第一次交班时被沉默寡言的师傅牵着，驴拉磨似的绕着烟囱转了一圈，又一圈。末了，师傅停下来，递到他手里一根烟。侯老六那年十八岁，抽着烟，咳咳呛呛。后来，眼看日头要落山了，师傅才说，就这，明儿个你上去吧。说完，甩着宽宽的厂服裤腿呼哧呼哧地走了。

侯老六仰头望那烟囱，它盖住了半边天，光从背后打过来，像老龙王的定海神针射出万丈光芒，侯老六从没见过这么壮观的一幕，望着望着就坐了个屁股墩。又想想，这么高，犹豫了，轮到他背着手学师傅，磨盘上的驴一样转一圈，又一圈，琢磨方才师傅走时撂给他的话。

还找老婆不了？

侯老六"咕咚"咽了口口水，又瞪着眼前这个高高在上、仰望天际的烟囱，像风筝一样把自己放飞到天上，又像无数个热锅上的蚂蚁在万丈红尘里爬来爬去，那些蚂蚁，甚至顺着方才一霎苗壮成长的思想的藤蔓，摇着铃铛爬进门缝，爬到自己心窝里，变成一个瓜，痒痒的。

上就上呗。

暮色四合。灯光球场里早早亮起了灯，像碗里卧了七八个荷包蛋，侯老六两只脚刺溜着碗边走了半拉括弧，边走边看几个穿着跨栏背心的小伙子打篮球。扶着绿漆栏杆，准备下台阶回单身楼，回头瞅瞅刚刚结下宿命的烟囱，虽然只能看

2021

见上半截，侯老六还是觉得它好高大，血气方刚的侯老六故意撂了句，咋看你都像是猴头耍的金箍棒，有啥傲的。

没几年，侯老六还就凭爬烟囱的本事讨上了老婆。新婚妻子过来半拉月，和其他媳妇儿一起踏踏缝纫机，纳纳鞋底，心眼儿就活泛了。劝他戒烟，不说戒烟，拿烟囱说事儿。说，别爬那烟囱了，走走后门调到别的厂去，铆焊、车工都行，不然土建也行啊。

侯老六说，媒人介绍的时候，我就是个爬烟囱的，侯老六像缝纫一样，拉近夹着烟的手抽一口，又拉远，放到膝盖上说，怕啥，我身手比下山的猴子还灵呢。

生活里的侯老六和烟囱上的侯老六不一样，不顺溜。没两年，担心他的妻子倒走在了他前面，临走也没留下一儿半女。

寒来暑往，家里家外，侯老六出来进去光棍一条。他带徒弟跟他师傅可不一样，肯做思想工作，说咱们是站在巨人的肩膀上；烟囱再高，还不是咱工人建设的，烟囱再高，也高不过天，也禁不住咱们工人爬……几年下来，徒弟们还是一个个调了岗位。只有他一直干着，从防腐、维修到粉刷、美化，都是他一个人做。

一年四季，他爬上爬下，甭管刮风下雨，风雨无阻。就烟囱上哪有疤瘌，他闭着眼睛都能形容出来。他时常自言自语，它也都默默倾听。

他说，老婆走了，它不吭声。他说，徒弟们走了，它也不吭声。最后，他说，师傅走了，它没说啥，安安静静的，圆圆的身体像鼓着巨大的悲伤。侯老六说着说着就带了哭腔。师傅说，建烟囱时，设计师是全国顶尖的，用了两年的时间，工人吃饭的大锅都坏了三四口，有的工友的孩子在家里发烧，顾不上管，有的工友的父母不在了，也顾不上回老家奔丧。那些艰苦的岁月都和师傅一起去了。他侯老六也没有亲人了，头靠着它的脖子，它暖着他的脸，暖着他的泪，他便哭得更厉害，满满地抱住它，哭了一下午，没人看见。

那天，他哭完，从烟囱上下来，就养成了坐在灯光球场看烟囱的习惯。以前他不注意的，回家后那烟囱就像一笼鸡、一笼兔，只有刮大风下暴雨担心窗户会刮开时才会再想起来。现在，他才发现，它离他这么近，他只要抬头，就能看到它，看它细细的腰身儿，趁着刚爬上来的月牙儿看着他，侯老六觉得它好安静，也好高大。

同事说，老六啊，白天还没看够？厂子改革，邻居劝，别干了，哪怕蹬三轮呢。侯老六说，爬惯了，一天不爬心里空落落的。后来，他独来独往，变得和师傅一样沉默寡言，小孩还往他身上扔石子儿。他不傻，但也不求有人懂他。

下黑，吃完饭，往灯光球场一坐，别人闹腾别人的，他定定神，它就伸过头来陪他，一起看月亮，看银河，看球赛，看对面的万家灯火，看那些像蝼蚁一样的烟火人间。

我要去给它做最后一次粉刷。领导拒绝了，拆都要拆了，刷他干啥？

可侯老六想刷。

侯老六知道，这事儿不能等，当天晚上偷偷和好涂料，拿出一只新的白毛滚子，薄薄的一层涂到烟囱上，像给上花轿的新娘子扑粉，腰身缠上一层白纱，皎洁的月见了，走着走着就躲进了云层，只露出半张脸。晨曦，刷子齐齐整整地排列出裙子的褶皱，像上了一层妃子边。晚上，整个裙子在星空飞舞，侯老六和他的烟囱相拥相伴跳起交谊舞，侯老六希望这辈子永远这样和它快乐地旋转下去。

没几天，侯老六就病倒了。虚弱的他躺在床上。灯光球场里人越聚越多，吵吵八哄的，侯老六硬挺着身子到灯光球场。

那天的晚霞红得像撕碎的"喜"字，随着一声巨响，烟囱被升腾的尘埃淹没了……侯老六靠着栏杆跪坐到地上，眼泪像开了闸的洪水。

米字大印

李德霞

爷爷从队里捧回米字大印的那天，我们一家人高兴得像过年似的。

米字大印用枣木制成，红褐色，青砖大小，沉甸甸的，刻在上面那个大大的米字，横平，竖直，点深，入木三分。

米字大印从爷爷手里传出，在我们家每个人手里转了一圈后，又回到爷爷的手里。爷爷让奶奶缝了只红布口袋，把米字大印装进去。奶奶手巧，还用黄丝线在红布口袋上绣了镰刀和斧头。奶奶知道，爷爷是党的人，也知道米字大印的分量，所以绣这个准没错。

爷爷腾空家里的一只扣盖箱，偌大个箱子，只放一个米字大印。从不上锁的扣盖箱，爷爷还给上了把锁，钥匙就挂在爷爷的裤腰带上。

我们知道，从今往后，队里只要有粮食归仓或者归不了仓的粮食，爷爷一定会用他手里的米字大印，在粮食堆上盖上个"米"字。这时的爷爷，弓着腰，探着身，左手背在身后，右手掌着大印，随着脚步的缓缓移动，手里的大印在粮食堆上一摁，一提；再一摁，再一提。那一个个清晰可见的"米"字，排列有序，任谁都不敢轻易触碰。

乡村的五月，青黄不接。家家没粮吃，户户吞糠咽菜啃树皮。那日子，实在是难熬。

一个晚上，夜黑如墨。下半夜，一阵敲打窗棂的砰砰声，惊醒了睡梦中的爷爷。爷爷欠起身，看着黑洞洞的窗户问："谁呀？"

一个低低的声音透过窗户传进来："是我，刘根喜。"

刘根喜是队里的保管员，大大小小仓库门上的钥匙，都在他的腰带上挂着，一嘟噜一嘟噜的，走起路来唰啦啦地响。

爷爷说："是刘保管啊，半夜三更的，啥事不能明天说吗？"

刘根喜说："这事还真不能明天说。老李，你就别磨蹭了，赶紧穿好衣服，带上米字大印跟我走。"

爷爷心里一咯噔，说："到底啥事？你不说，我就不去。"

刘根喜说："咱仓库里不是还有几担谷子吗？就你，就我，还有队长，咱们仨，每人分几斗回来碾米吃。"

爷爷说："谷子可不是咱们三个的，是全村五百多口老老少少的，凭啥咱们三个分？没道理啊。"

刘根喜在窗外一跺脚说："老李，你是真不明白还是装糊涂？队长媳妇坐月子，没米熬稀粥，都五六天不下奶了，孩子饿得哭不出声了，你说咋办？"

爷爷说："那也不能干这事。"

刘根喜说："都人命关天了，你还犟什么啊！"

爷爷想了想，说："我家米缸里兴许还能刮出几碗米，我明天一早就给队长送过去。分谷子的事，我不能干。"

刘根喜不甘心地问："真不干？"

爷爷字字如钉地答："真不干！"

"那你明天把米字大印还给队长吧。"

窗外，没了音儿。

爷爷睡不着了，披衣坐起来，摸黑拿起炕上的旱烟袋，滋啦滋啦抽起了旱烟，烟袋锅明明灭灭，一直到天亮。

爷爷刮空了米缸，只刮出两碗碎米来，他把米装进袋子里，往怀里一揣，然后打开扣盖箱，取出米字大印。

爷爷又撩起衣襟，擦了擦米字大印上并不存在的灰尘，双手捧着大印去了队长家。

看见队长，爷爷把米字大印和米袋子一起交给他。爷爷说："队长，家里就这点米了，拿来给你媳妇熬粥喝。我是党员，私分谷子的事，我干不出来。"

说完，爷爷黑着脸转身就走。

"等等。"队长叫住了爷爷。

队长把米字大印和米袋子还给爷爷，抬手拍拍爷爷的肩，哈哈笑着说："老李，好样的，选你掌管大印，我们没走眼。"

爷爷如梦初醒，说："队长，你和刘保管是在试探我？"

2021

队长说："米字大印不是谁都能掌管得了的，不慎重不行啊。啥也不说了，老李，你掌管大印，我放心，全村五百多口老老少少都放心。"

听了这话，爷爷的心里比第一次捧回米字大印还高兴呢。

一晃，二十几年过去了。米字大印一直陪伴着爷爷。

爷爷已记不清给多少粮食盖过"米"字了，但爷爷知道，经他盖过大印的粮食，从没丢失过一粒。村里人说起爷爷，没一个不跷大拇指的。

那年，爷爷上山砍柴，回来的路上，背着山一样柴垛的爷爷失足滚下了坡。

负重滚坡的人，十有八九性命难保。爷爷命大，硬是从鬼门关闯了回来。

爷爷的命是保住了，两条腿却不能动了。爷爷下不了地，走不了路，大小便都得别人伺候着。

那天，爷爷精神头很好，他捎话给队长，让队长来家一趟。

队长来了。爷爷双手捧着米字大印对队长说："队长，米字大印陪了我二十多年，从没出过啥差错。如今，我的腿不能动了，人也不成事儿了，米字大印该另找主人了。"

队长接过米字大印，掂了掂，重新交回爷爷的手里。队长神情庄重地说："老李，你不贪不占，公平公正，米字大印还得你来掌管。除了你，我一时半会儿还真找不到合适的人。"

爷爷抖动着胡子说："可我这腿，走不了路，也去不了仓库啊，怎么给粮食盖印？"

队长眼里噙着泪说："我倒有个办法，队里的粮食要盖印了，我就派人把你抬过去；盖完了，再把你抬回来。你看这样行不行？"

爷爷还能说啥呢。

队长笑了。

爷爷也笑了。笑着笑着，爷爷就笑出了满眼的泪。

这 水

孙奎建

一

他在水边被人发现，谁也不知他来自哪里。他不随意与人交流，他终日与这水为邻。他跑不了太远，因为他离不开这水。他不知远处还有什么，他也不知远处还有多远。站在山岗上放眼望去，除了蓝天白云还是蓝天白云。

他在早晨醒来时，鸟儿已经聚集，满山谷，满鼻腔都是花香。脚下这水叮咚作响。他把手里的书翻烂了，再去找先生求教。近水聪慧，他是典型的例子。因为他整天在观察这水，他反复跑上跑下，把岗上、坡下的植物标本都存下来。他绘了一张地图。这张地图标明了这水的长度、深度、温度、力度……还有这水的源头。

他来到这山谷之前，没有想到世间真有这样的地方。多年前，他在家中整日翻看书本里文人的描绘，还要听父亲的唠叨，他感到枯燥乏味。尤其那个与他相恋几年的女友与一个盐商私奔后，他愈加伤心。一个月黑风高之夜，他流着泪翻越了那个在当地人眼里被视为最富有的大院的高墙，没有带走一分钱，只背了两捆书。他发誓再不会走进那个大院了。

父亲那句"喝了洋墨水不还是无所作为吗？"深深刺中了他的心，时常在他脑海里回响。他闯进了这山谷，从此再没人喊他少爷了。

如今他的窝棚早已被他变成了简易的大房子。他对这水的兴趣与日俱增。

二

有一天，睡意蒙眬中，他被呼啦啦由水边飞起的鸟惊了一下。这鸟似乎从没有这样慌乱过，风声比以往都大。他爬起来猛然看到对面百米外蒿丛中，几面刺眼的贴有红膏药的白布旗在飘展。他同时闻到了空气中的股股铁锈味。那些人同时也发现了他。

子弹把树叶打落，在空中飘着，谷底水面上有零散炮弹炸响，他们在抓四处奔跑的山兔。他的大房子被烧成了灰，他去向不明。

十几天后，空中有一只大鸟盘旋一圈飞远了。山谷中横七竖八排满了尸体，那几面血红膏药旗都泡在芦苇塘中。

他光着膀子清理两天，把侵占这水的外来者尸首、枪械、车辆，运到山岗那边，一把大火烧了。

后来，他说，他配制的山药很霸道，他想他必须借助这水驱逐那些人。

云雾慢慢散去，他再次听到了山谷下这水的叮咚声，他长出了一口气。

他几次尝试走出山谷，穿过浓密的挡着阳光的树林，到山谷外小住几天。可是他住不习惯，包括空气，他不是失眠，就是腹泻，就是吃不下山外的食物。

他回到山谷，立刻神清气爽。山谷外的人尊他为仙人。他说：吃这水，住这山谷的都是仙人。老乡们笑了。附近的老乡都先后到山谷底担这水，他告诉他们，什么时候的水最甜、什么时候的水最凉。他说这水育庄稼、抗虫害。老乡们都去试验，果真如此。他的名声越传越远。

三

大雪悄悄覆盖了这儿的山岗，树杈、苇荡被压得咔咔响。寂静之外还是寂静，许多穿着整齐的人站满了他的屋子。他说，这水拦不住。

我比你们清楚，我守着这水四十几年了。这水自有归宿的！

虽是严寒，被挖掘的地上还是冒着白汽，人们欢呼雀跃，说人定胜天。远远望去，黑黝黝的人工大坝突兀在这水的脚下。工程是伟大的，构想是宏伟的，希望是美好的。当人们争先恐后议论发电、养鱼、风景游览等一系列话题时，门开了，他带着一股雪花进了屋，人们都收了话语，都看到他伸手从棉大衣里拽出一大把蒲公英，绿绿的看上去水灵灵的，又拽出一大把，还带出几棵青草……

人们不敢相信，大雪封得如此严酷，这水边怎么长得出这些植物。他说，这水是活的，这水若被人改变灵性，只有死亡……人们因为看到这些绿绿的植被，这水边被大雪覆盖着却没有停止呼吸的植物，开始重新考虑他说的那句话：这水拦不住的。

第二年春天，一个风雨交加的夜晚，这水把脚下黑黝黝的拦坝淹没。雨后的清晨，山岗上的野百合、菊花再次微笑了，对着他。

他逐渐感觉到了，到这水边来的人在一天天增多。他也发现了歪歪扭扭的羊肠小道沿这水走向山谷深处。

他想了很久，他感觉到，确切地说，他感到这水边要来好多人。

这水滋养了这个山谷，这个山谷就是天然动植物宝库，这山谷被越来越多感兴趣的人丈量着。不知不觉中，一条柏油路由这山谷最南端穿过。客车每次经过，车内乘客都不约而同把头探向车窗外，张望那被各种叫不出名字的大树密封着的山谷，黑绿黑绿，属实给人一种神秘感。

这一天终于来了。

他被人请上一辆黑色小轿车，车缓缓开动，后边跟着十多辆。没有走远，而是沿山谷一周，由南向北再由北向南，整整走了半天时间。专家双手递给他一包东西，他看后愣了一下，急忙把包还给专家。

随行人员提醒他：对他几十年采集的植物标本，这水的源头标记图、动物活动记录等等，相关部门很感兴趣，这钱是对他的奖赏。

他说，这水是活的，我是靠这水生长到今天的，生命的东西，钱不能交换。他说，那些资料是属于这水的，属于这片土地上的人民，属于我深爱的这个国家。

他说，这水最怕被改变灵性。

母亲走失

徐全庆

中午下班回到家，母亲不在家里。打她的手机，手机在家里。我意识到了不妙。这两年，母亲常常犯迷糊。走在街上突然就不认识路了，总是要问几个人才能到家。有时需要我们去接。这就很麻烦，因为母亲迷失方向后，周围的一切她都很陌生，而她又不识字，说不清她在什么位置。这时候，就要她把电话给陌生人，让陌生人告诉我们她的位置。可今天她连手机也没有带。

妻子也已到家，又等了半小时，母亲还是没有回来。我们决定分头去寻找。

出了小区，看到一个卖小吃的，我向他打听。我一边比画着母亲的个头，一边说，七八十岁，这么高，上身穿……

我说不下去了。我突然意识到我记不清母亲穿什么衣服，是紫红色的棉袄，还是蓝灰色的棉袄？我给她买过好几件棉袄，但她每天穿的哪一件，我似乎从没在意过。她的裤子应该是黑色的，印象中这几年她穿的裤子都是黑色的。她的帽子我倒是记得，紫红色的绒线帽，是我和妻子给她买的，但这几天比较暖和，她还戴不戴我没印象了。我努力回想早上吃饭时她的穿戴，却怎么也想不起来了。

没有她的照片吗？卖小吃的问。

我拍了一下自己的脑袋，怎么没想到拿一张母亲的照片？

我一边往家赶，一边想，母亲的照片应该放在什么地方。这让我突然意识到另一个问题，母亲照过相吗？我在记忆深处苦苦搜索，可始终想不起来。我心里开始发毛。但很快我就镇定了，母亲身份证上有照片。

回到家，我就开始翻找母亲的身份证。我找遍了可能放身份证的所有地方，都没有找到。却找到一顶帽子，灰色的羊绒帽。我一下子糊涂起来，我印象中给她买的帽子是紫红色的，怎么会有一顶灰色的呢？

是我一直记错了，还是之前她戴过灰色的帽子？打电话问妻子，妻子说她只记得给母亲买过帽子，至于什么样子的，实在没印象了。

我又问妻子知不知道母亲有什么照片。妻子想了好一会儿，说，去年我们全家去看花展，你不是给妈拍了几张照片吗？是的，我确实拍过。我翻开手机查找，花展的照片倒是找到了，却没有母亲的。于是想起来了，有一段时间，我的手机比较卡，我清理手机内存，很多视频、照片被清理了，母亲的照片就是那时被删除的。

懊悔的同时我也心存了一丝希望，因为我想起当时我发过微信朋友圈。我一点点翻看，终于找到了当时发的朋友圈，我发了还不止一条。但照片多数是女儿的，也有我和妻子的，甚至还有一些纯风景的。只是没有母亲的。

我确信我找不到母亲的照片了，只好向家人求助。我们姐弟四人，现在是一个很大的家庭，建有一个叫"徐家大院"的微信群。我在群里发了消息，问谁有母亲的照片。我没敢说母亲走丢的事，我怕他们埋怨我没有照顾好母亲。很快大家都回复说没有。大姐还问了一句，你找妈的照片干什么？我说没事，我下载了一个软件，可以从现在的照片测算小时候的模样，我想知道妈年轻时长什么样。大姐"哦"了一声，没再说话；几个晚辈争着要我把软件链接发给他们，他们要拿电脑测算结果和小时候的照片比照一下，看看电脑测算得准不准。

没有照片我也得上街去找母亲。我猜测着母亲可能去的地方，逐个去找，都没有找到。我瘫坐在一个菜市场门口，犹豫着要不要在"徐家大院"说母亲走失的事。这时，我的手机响了，是母亲的，她已经到家了。我立刻跑回家，问母亲去了哪里。果然如我想的一样，母亲又犯迷糊了，这次她甚至忘记了我们小区的名字。我问，你是怎么回来的？母亲掏出一张照片，说，有个人从我身上翻到这张照片，就把我送回来了。他说他认识你。

那张照片是我和女儿的合影。

2021

住宿生

张海洋

我上高中时，有过一段住宿生的经历。

按理说，来自农村的孩子，适应能力应该很强的，可是我刚入校时，对住宿生活很不适应。

记得开学那天，我和父亲一人骑一辆自行车，车上满载着从家里带来的被褥、凉席，还有脸盆和饭缸等生活用品，一路"叮叮咣咣"来到学校。父亲把东西拎进宿舍，临走又塞给我几张大大小小的纸币，就急匆匆地走了，好像我只是邻居家的孩子，他只是顺道帮忙送一下。我知道他上班去了，父亲是医院的临时工，烧锅炉。

高中的学习生活很枯燥，大部分时间都闷在教室里上课或者自习，下晚自习时往往都夜里十点了，住宿生们晃晃悠悠好像下夜班的苦工，陆续回到充溢着各种气味的宿舍里。七八个人在狭窄的空间里各忙各的，准备洗漱的，吃零食的，还有学霸加班看书的，嘈杂的环境让人心情浮躁，难以入眠。

我想家了，想念家里那个安静的牛屋。牛是家里最值钱的家当，让我睡在牛屋里，大人说这里清净，可以安心学习，实际上是家里住房紧张，让我住在里面看着牛可以一举两得。不过，我觉得挺好，我静静地看书，牛儿在旁边"咯吱咯吱"地吃草，我们相看两不厌。只是同学问我，你身上怎么一股牛屎味儿，让我有一点尴尬。后来，牛儿卖了钱，成了我上高中的学杂费。

住宿生管理很严，两周才允许回家一次。听同学说，有的女生娇气，想家时会偷偷地哭。也有家长不放心孩子的，晚自习后，总有许多家长拎着大包小包来看孩子。上铺杜小华的爸爸隔两三天就会来一趟，带着苹果、油条、鸡蛋糕，有一回还带了几个煮熟的咸鸭蛋，弄得宿舍里有一股别样的臭烘烘的味道。

父亲一趟也没有来看过我，我觉得自己被他遗忘了。每两周回家一次，也很少见到他，常常是拿了换洗衣物和母亲早已准备好的生活费，就返校了。至于在学校学习怎样、生活怎样，父亲从没有过问过。

到了高二，我的学习更加吃力。本来考高中时我的成绩就不理想，是交了六千元的"择校费"，才进的校门。在学业测试时，我的成绩又一次刷了新低。那时我有点想放弃了，躲在教室角落里，偷偷读了大半学期的小说。当班主任让我通知家长来学校一趟时，我竟有点儿喜悦的情绪。

那天下午放学后，我没有上晚自习，而是到班主任那儿请假去"请"家长。我把自行车车骑得哗哗响，去医院的锅炉房见父亲。远远地，我就看到了医院角落里那根乌黑的大烟囱。我把车子停放在锅炉房门口，轰隆隆的噪音让人的耳朵好像过火车一般。走进操作间，我问一个正在运煤的师傅："师傅，请问老张在吗？"

"谁？老张……他不上夜班。"

我有些失望，又疑惑不已，父亲整天不在家，不上夜班，会去哪里呢？黑脸师傅看出了我的疑问，又吼道："老张夜里在火车站扛活儿呢……"

我边走边问来到火车站，夜色已经很浓了，在昏黄的灯光下，我望见了父亲，他在一个高高的跳板上，和一个工友一走一颤地往火车车厢里抬麻袋。原来父亲夜里就"住"在这里。

我没有"请"到父亲，偷偷地回了学校。那天夜里，我躺在床上一夜未眠。关于未来，我想了很多。忽然间，我觉得自己应该长大了。

一个多月后，没想到父亲主动找到了我，那时我正在后厨"哗啦哗啦"地刷盘子。后来听母亲说，为了找我，父亲几乎跑遍了全城的饭店。是我上铺的杜小华"出卖"了我，如果不是他告诉父亲我去饭店打工，父亲一定不会那么快地找到我。

"走！"父亲从储物间把我的铺盖卷起来夹在自行车后座上，我跟着他走回了医院的锅炉房。

夜已深了。一张简陋的木板床上，我和父亲抵足而眠，在轰隆隆的机器噪声里，我第一次在家以外的地方睡得那样香甜。

厂花丽莎

谢大立

　　丽莎，厂党办秘书。秘书之前，是我们车工车间的工人。我们车工车间200多人，除了十几名担任车间领导、工段长、班长的老工匠，全是同一年进厂的知识青年。男女比例各占一半，为的是就地恋爱、就地成家，避免学成了技术，为结婚成家去了其他的单位，辛辛苦苦培养出来的人才，被别的单位挖走。

　　我们车工车间的姑娘们，在我们男青工的眼里都很漂亮。我们男青工的工作服是黑的，她们的车工帽、工作服则是天蓝色的。我们就喊她们蓝精灵，我们的文化程度都不高，对蓝精灵的理解就是天上的仙女。

　　有这么多青春美少女，别的车间都很眼红。眼红又有什么办法呢，姑娘伢不可能分配到你铆工车间去抢大锤、锻工车间去打铁。因此，常有别的车间的男青工来走动。车间团支部搞活动，十几个单位的团支部都主动派人来参加，比厂团委的号召力还强。祭扫烈士墓的活动，连党委副书记王大头都来了。

　　王大头是在厂团委书记的陪同下来的。他们一现身，主持活动的车间团支部书记就迎上去要他们做指示。王大头环视一下大伙，突然眼睛一亮，接过团支书手里的电喇叭说，今天的活动我来给大家出个题，我们所有的女工都穿上了自己最好看的衣裳，并描了眉，抹了口红，个个仙女一般……突然打住，指指丽莎说，这位女工却一脸素颜，一身工装，大家说说，是不是更显得英姿飒爽？我们参差不齐地回答，英——姿——飒爽……

　　丽莎在我们小车一班开八号车床。我们车工车间分大车工段、小车工段。大车车床大，加工大工件，全是男青年。小车车床小，加工袖珍零件，一色的女孩子。我们把她们女孩子分为三种类型：大大咧咧、咋咋呼呼的；高高傲傲、眼睛长在额头上的；本分干活、默默无闻的。前两者博人眼球。丽莎属于第三类，就很少引起我们的注意。我们参差不齐地回答书记的提问，充分显示了我们的不认同。

　　王大头是书记，书记说话分量摆在那，我们就把目光聚焦丽莎。丽莎平时跟人说话声音甜甜的，音量很小，启唇前先给人一个笑脸。此刻的丽莎，脸上仍是那个熟悉的笑容，笑脸上分明多了一层红晕及几分的羞涩，那红晕是那些大大咧咧、咋咋呼呼的女孩子用再多的脂粉也抹不出来的，那羞涩更是那些故意让眼睛长在额头上的女孩儿们望尘莫及的。看得久了，我们就觉得丽莎越看越经看、越看越好看。

丽莎开始走红了，先是那些高高傲傲的女孩子们慢慢地接触她，以她为轴心地转。随后是我们车间的大帅哥何鬼率先向她发起了进攻，紧接着又有几个帅哥向她示好。她对他们来者不拒，他们说啥她应啥，他们笑啥她笑啥，当他们的话涉及实质问题时，她或者一脸懵懂，或把话题引向别的方面。搞得几位帅哥都没有脾气，认为她在感情方面还没有开窍。

直到丽莎被调到办公楼当上了党委秘书，又传出她跟王大头的儿子谈上了恋爱，帅哥们才有些恍然大悟——丽莎把他们拒之门外，是不是就是为了图谋高枝？随后他们义愤填膺，大开骂戒，骂王大头利用职权为儿子选媳妇，骂丽莎自甘堕落，把自己一朵鲜花插在一堆牛粪上，骂王大头的儿子王杰是个傻儿子，要不是拼爹，根本就攀不上丽莎。

王大头的儿子王杰身高体不亏，可就是脑子不行。当钳工始终看不懂图纸，当电工接错线，让厂里唯一一台进口的数控机床报废了。保卫科属于党委管，科长为了讨好书记，把王杰要到了他的科里。抓到了小偷，别人都是审完了走程序，唯他审完了再往死里打。大凡保卫科里传出号叫声，人们就一笑，摇着头说，王大头的傻儿子又在审小偷呢！

王大头的傻儿子和丽莎去旅行结婚了！听到这个消息是晚上，我们男单身宿舍里一片惋惜声。说王大头的儿子是先把丽莎的肚子搞大了，才闪婚的。都以丽莎为耻，要取消她的车间龄，不承认她是由我们车间出去的。何鬼把一个玻璃杯子摔到地上说，三年内我如果得不到这个女人，你们再做决定吧。他发这么大的脾气，大家只好闭嘴。王大头两年后退休，何鬼说三年，是不是在打这算盘？

我爷爷的弟弟被抓壮丁，流落到香港，一生没娶，晚年凄凉，有点财产要我去继承。我不得不离开我的师兄师弟师姐师妹们。五年后回来，他们大张旗鼓地给我接风，凑份子摆了二十桌。一个不落地赴宴了，有的还抱来了他们的小宝

2021

宝。丽莎也来了，也抱来了一个小姑娘，和她同行的竟然是何鬼。何鬼叫小姑娘喊我叔叔，丽莎笑。我找了个远离他们的地方坐下，迫切地想知道这是怎么回事。大伙小声地告诉我，王大头退休后半年，他的傻儿子不明不白地死了，说是被他打惨的几个人暗算了。司法机关介入调查了一阵，不了了之。何鬼就在他们结婚三年那天向丽莎求婚，实现了他的三年计划。

我说，丽莎现在不是有了两个孩子？大家一脸蒙。我说当初不是说丽莎是未婚先孕才结的婚？大伙都不好意思地说，那都是我们为泄私愤瞎说的。王大头倒是很希望丽莎为他们王家生下个一男半女，一直到他的儿子死了都没有如愿。何鬼个狗日的把丽莎弄到手后三个月就怀上了，喜得我们凑份子摆了二十桌为他们庆贺……

师兄弟们的话没说完，我就泪流满面了。

亲爱的平远

大 海

回到平远县城时，她豁然想起，离开家乡已经十年。除了熟悉的乡音，当地面貌已经发生巨大改变，街道熟悉又陌生。女人似乎不太怀乡，远嫁的女人属于另一个地方。但她不是，心一直留在平远。拴着她心的，是一个名叫平远的男人，她的大学同学。

她的思绪回到广州的大学时光。他是广州人，长得瘦弱文静，如果不是名叫平远，她不会和他说话。大二的一次活动，她和他同组，就问他：你跟我家乡有渊源？他有些发蒙：你家乡在哪？她扑哧笑：就是你名字啊！他恍然大悟，说爸妈是在平远插队时认识的，给他取这个名是为了纪念他们的知青岁月。她满足了好奇，仅此而已。他却有意无意地和她攀谈平远。她就介绍平远的自然人文美景，险峻秀丽的五指石山、三省交界的松溪河等。他听了特别兴奋。兴奋了，老实人也会行动。他的行动犹如温水煮青蛙，慢慢煮熟她的心。

她是独生女，父亲是工人，母亲无业多病。本来可以有个弟弟，母亲再怀孕后因流产而不育。父母一直希望她回乡工作嫁人生子。她明白，考入不太富裕的家乡单位不难，也是好归宿。她清楚地记得第一次带他回平远是在大四时。她将他安顿在县城宾馆后独自回家，犹豫着向父母提起他。父母哭着反对。她心乱如麻地回到宾馆，突然心一横，脱得赤条条。她哭着说，我要留在平远照顾父母，我把第一次交给你，今后看缘分吧！他被她的雪白胴体烧得浑身发烫，但还是为她穿上衣服，安抚她说，等我来平远吧！她没多想，进了家乡一个单位。没想到他不顾父母反对，向平远一个中学寄了简历。他被录取那天，她请假跑去广州祝贺。他还将好消息分享给广州的同学。一个早他几届、名叫少风的师兄安排了聚会。祖籍北方的少风很早就随经商的父母定居广州，人生得意的他经常组织同学聚会。少风可能不知道她和他的关系，也不知道他为什么要去平远。不胜酒力的他非常开心，很快醉倒。少风将醉酒同学分别安顿到酒店房间，要了她的联系方式。因为单位有事，她在次日匆匆返回平远。

　　那之后，她发给他的信息前缀"亲爱的平远"，落款留名不带姓。遗憾的是，生活就是一场阴差阳错，积蓄的热情来不及燃烧，高大俊朗的少风突然开车来平远县找她。她说叫上平远一起吃饭吧。少风在车上拿出硕大钻戒，抓紧她的手：嫁给我吧！她傻了，脱口而出：为什么？少风说你是客家女人，温柔善良白皙丰韵，正是我喜欢的类型！唉，后来很长一段时间，她都如坠五里云雾，为什么心有所属却为少风燃烧？但终归成了事实，她很快嫁给少风，辞职去广州当家庭主妇。让她内心倾斜的，还有少风给她父母在广州买了小房。

　　她从不承认因为物质条件而离开他，却找不到开脱的更好理由。好比琴弦突然断掉，她一直遭受良心煎熬。尤其头两年，经常为他偷偷哭泣。她不敢踏足平远，每年清明，只有父母回乡上坟。女儿出生后，多了新的依托，她才对他慢慢淡忘。可惜生活再次阴差阳错，事业兴旺的少风迷上一个北方女孩。北方女孩像她一样白皙丰腴，修长身材更加迷人。如果不是北方女孩为少风生了儿子并且找上门，她只会在隐忍中嘲讽自己是客家女人。少风拿出一个铺面和许多补偿，提出离婚。她同意了，但坚决要抚养孩子……

　　现在，她住到平远的岭东酒店，感觉有了底气。因为是自由身。事实上，十年来，她一直想看看因她而放弃广州的男人。回来前夕，她试着上网搜索他工作的中学，不但找到他的名字，还有手机号码。她欣喜若狂，不假思索地拨通电话。她语无伦次地说来看他，又说家乡变化很大，尤其是差干镇美景非常有名，想请他当导游。挂电话时，他轻轻嗯了一声，她才想起，是不是太唐突？他是否成家？是否还恨她？她都走了，他为什么还留在平远？

　　他在次日果真来了。她有了感动，他答应的事一定会做到。只是他带了个导游，说是更好为她讲解。她其实希望他单独来陪，又觉得无理。在他的安排下，她游览了已成名胜的五指石景区和松溪河道。在长长的栈道上，他护着靠近峭壁的外侧，让她找回温暖。在拔地而起的五指石前和如梦如幻的河道上，她拉他合影，他笑笑婉拒。晚餐过后，导游走了，她请他去房间坐坐。他犹豫一下，陪她进去酒店。入了房，她突然吊住他的脖子，倒在床上。她的身体再一次将他烧得滚烫。他真的晕乎了，趴在她身上摸索时，手机响了。他掏出来看了眼，败下阵来。她有了哭腔：我明天就回广州。他低头嗯了一声：广州才是你的家。她颤颤地问：你结婚了吧，她哪里人，做什么的？他点点头：她就是平远的，也是客家人，在小学教书。她哭了起来：我对不起你！他淡淡地笑：都过去了呢！她猛地抓住他的手：你们……幸福吗？他轻轻推开她的手：嗯，她刚发来微信，叫我不要喝酒，早点回去。

他扶她坐起，倒了杯热水在床头，早点休息，祝你幸福，出门疾步而去。

2021

软弱的子弹
....

王明河

事隔多年，我仍然认为我是杀死他的凶手。

他是我火车上的邻座，只是他和他的帆布包都坐在属于我的靠窗座位上。

我望一眼块头大我两倍凶神恶煞的他，只好把屁股挂在座位上。

你是哪里人？他像审贼似的问。

鸽城倒庙的。

我也是倒庙的，怎么没见过你！

我是在外婆家长大的。

沉默。

我从手提包里掏本杂志，翻开。

你还识字？他问。

我哭笑不得，心想：何止识字，我还会码字卖钱呢。

识字？！那你挑篇好的念我听听。他说。

我偷眼看看左右，小声念道——软弱的子弹。故事发生在清朝末年。鸽城倒庙孙炳胜掂着手枪，猛踢贺老六的院门，高喊，有种，给我出来。

没人出来。

这时候，有几个人想打这儿过，看到孙炳胜手里的枪，全都转过身，往回走。

孙炳胜躲进了贺家大院对面的小树林里。刚站稳，院门就吱呀一下开了，他举起枪，做好了射击准备，哪知挤出来的是一只猫，他知道，这只猫叫独眼虎。

独眼虎很是傲慢，慢悠悠地走向门前的老槐树。老槐树水桶粗，两丈多高。及至树前，突然弓身，唰地一下蹿到树上，拿眼朝小树林里看，然后，喵喵预警似的叫个不停。可孙炳胜并没有听到猫叫，他听到的是妹妹的哭喊声：贺老六，我没偷你猫！你诬赖我，不得好死！

其实，孙炳胜早就料到贺老六会祸害妹妹。因为，父母刚走贺老六就要买孙家那块只有巴掌大的地，可妹妹不同意，把地契藏了起来。但没料到贺老六会把她吊到老槐树上让他家的黄狗撕咬……孙炳胜后来听说妹妹是被撕咬到半裸的程度才被放下来，但妹妹当晚又把自己挂到了老槐树上。

孙炳胜掩埋好妹妹，脸上满是坟土样茶褐色的愤恨，而从他嘴唇上抖落的愤慨填满了他睡眠的黑洞，一连两夜，他能做的事只能是呆呆望着破在屋顶上的那三五片天。终于，睡意像早上的炊烟一样升上来，他便弥漫在瞌睡里。可没有一袋烟工夫，他又掮枪下炕，报仇去了。

现在，贺老六出来了，还有那条狗。

孙炳胜举起枪，扣动了扳机！砰的一声枪响，震裂了整个村庄，激起了狂风暴雨般的叫喊和犬吠，一股刺鼻的硝烟味弥散开来，可是，没有击中贺老六，子弹打到了老槐树上。枪里还有一颗子弹，孙炳胜完全可以再开一枪，但他发现黄狗朝自己蹿过来，他害怕起来，担心子弹要是再打偏了黄狗会把自己咬死，与其那样，不如自行了断。于是，他掉转枪口，抵着自己的脑袋砰的一枪，这一枪打中了，也把他自己给打醒了。

孙炳胜满脸是汗，梦境给他带来的惊恐也像汗粒一样，滚落下来，然而，更让他感到惊恐的是"圆坟"之后发生的事。

当天，孙炳胜来给妹妹上坟。他从竹筒里抽出火折子，吹出火苗，点着纸钱。他还抽出两沓烧给旁边的父母，奇怪的是黄草纸化成白蝴蝶又飞落在妹妹坟前，他看到这一情景，扑通跪倒，拿头朝地上猛磕，边磕边哭：俺爹俺妈，我对不起你们，没有保护好你们的心头肉！

这时候，老天爷似乎也为之动容，天空突然掠过一层灰暗，一副要下雨的样子。

孙炳胜离开坟地朝家走。经过贺老六院门时，他慢下脚步，茫然地望着出现在他梦里被子弹击中的老槐树，但他没有看卧在树下的狗，不过，一声狂吠还是让他意识到了跑，可刚跑几步，一道白光斜刺过来，咔嚓一声炸响，把他给炸住了。他惊恐地回过头，发现老槐树被雷拦腰击断，击碎的木渣和树皮飞有十丈开外，让他目瞪口呆的是老槐树里真的残留着弹头，那弹头遭雷击后啪一下射出来，正好射中了从院门往外走的贺老六的眉心。

2021

贺老六大概听到了狗叫，想出来看看是谁吃了豹子胆，敢冒犯他家的狗……而那条狗也被断下来的树干砸得死死的。

俺祖上的事上书了……我姓贺，贺老六就是俺爷爷的父亲。我的邻座酱紫着脸说。

我笑了，心想，他真能瞎掰，哪有什么贺老六呀，全是我装着看杂志瞎编的。再说了，我也不是什么鸽城倒庙的。

这时候，邻座下意识地向里挪了挪，我也准备往里靠，可他却突然拿身体来砸我，我被他砸趴在走道上，而他手捂着胸口像中弹一般，蜡黄着脸说，"疼，疼……"瞬间，豆大的汗粒滚得他满脸都是。

我一只手撑着地，另一只手向乘务员拼命地摆动：医生……快叫医生！

麝

吴宝华

那年金秋，我到大兴安岭脚下的阿尔木林场采风。

林场生活对于我这个报社记者来说是充满吸引力的，我觉得这里的一切新鲜、有趣、奇妙，不知不觉就待到了深秋。

当我想告别大家回报社时，气温骤降，下起了大雪。

大家都劝我再待几天，等雪下后冻硬了再走，现在出山很危险。

我自然只有听从大家的建议。

这天晚上，因为下雪，大家都百无聊赖，便聚在一起谈天说地。

"请老马给咱们说个故事吧！"有人提议。

老马名叫马建军，59岁，是林场年纪最大的职工，个子不高，健壮结实，国字脸上满是岁月雕琢的痕迹。

马建军笑笑说："我说一说麝吧。大家可别小瞧这种野兽，它们很有灵性的，我这一生不止一次见过它们，其中有两次给我的印象非常深刻，至今难忘。

"第一次是50年前，那年我9岁。我家住在离这里不远的阿里木村，村子不大，村民大多忙时种田，闲时打猎，我家也一样。那年冬天，父亲闲着无事，便带我上山打猎。

"山林里白雪皑皑，动物在雪地上走过，就会留下脚印。父亲是经验丰富的猎手，他看一眼雪地上的痕迹，就能判断是何种动物留下的。

"我们走了半天，在一处陡崖下的雪地上看到了一串新鲜的脚印，'是麝！'父亲兴奋地说，雄麝在生殖器和肚脐之间，都长着一个香囊，里面的麝香价格比黄金还贵，难怪父亲见了十分高兴。

"我们立即沿麝的足迹追寻过去，走出三里多路，我们远远看到一只雄麝茕茕独行。我们一起加快了脚步，那只麝大概意识到了危险，加快速度跑起来，但厚厚的雪绊住了它的脚，我们与它的距离越来越近，雄麝慌不择路，竟然跑进了一个半弧形谷底。

"父亲抓住机会，半蹲着举枪瞄准，'砰'的一声，那只雄麝翻身摔倒，父亲高兴地跑过去。但是令人意外的一幕出现了，只见那只麝艰难地立起上半身，头伸向腹部的香囊，稍倾，它重重摔倒在地。父亲赶过去一看，枪打中麝的背部，它在弥留之际咬掉了香囊，吞进腹中，父亲空欢喜一场。"

说到这里，马建军顿了顿，喝了口东北老白干，擦擦嘴，接着说。

"另一次与麝近距离接触是在去年秋天。因为近年封山育林，严禁捕猎，所以野生动物越来越多，我不止一次在山上看到麝，不过麝都很胆小，不等我靠近，它们早已逃之夭夭。

"那天我到山上巡查，听见一处沙坑里传出麝的叫声，我很好奇，急忙过去查看，只见在一个深约三米的山坑里，有一只麝。这只麝应该是来喝水时，不小心摔下去的。山上这类坑不少，都是夏天山洪冲出来的，现在是枯水期，下面只有浅浅一层水，坑沿滑溜，一不小心就会掉下去。麝的弹跳能力不强，只能跃上两米多高，所以它跳不出这山坑。

"当我走到坑边时，那只麝睁着惊恐的眼睛看我，它呼呼地喘着气，大概已经尝试跳了多次，但都无法上来。

"我知道麝现在是国家保护动物，无论如何我得救它。怎么救呢？我犯了难，我没法把绳子悬下去，吊它上来，更不能下去推它上来。这时，我看到坑边有一棵枯树，比碗口还粗，我眼前一亮，想到了办法。我随身带着砍柴刀，于是就去砍那棵枯树。

"那棵枯树的木质已松脆，我砍了几刀就倒了下来，我削去一面树皮，把树拖到坑边，小心地放下去，让削面朝上，就搭好了一座独木桥。

"麝的身手很敏捷，有了搭脚的地方，它踩着木头三两步就蹿了上来。

"我看着它向远处跑去，以为它一去不复返了，谁知它跑到一处陡崖边，忽然停了下来，回头看看我，叫了两声，似乎在感谢我。我挥挥手说：'走吧，走吧，下次小心一点。'那麝突然低下头，将头埋进两条腿之间，稍倾，它吐了一块东西在石头上，抬头向我叫了两声，这才四蹄翻腾，向远处跑去。

"我过去一看，石头上果然是麝香。"

马建军说完，感叹道："谁说动物蠢，它们有时比人强哩！"

大家听了都纷纷点头。

我静下心来想了想，觉得听到这个故事，是我这次采访的最大收获。

翟老汉的心事

王举芳

"来咱农家乐的人，必须到试验田看看我！看看我都不成吗？！"翟老汉拍着桌子说。儿子惊讶地望着他，三十多年来，他还是第一次见爹把桌子拍得啪啪响。

"爹，你莫生气哩，人家城里人来咱们农家乐，图的是亲近自然，接近绿色，品尝地地道道的农家饭菜，你说人家看你干什么？"儿子的语气十分温柔，生怕又惹起爹的火来。

翟老汉不说话，他望一眼儿子，别过头，吧嗒吧嗒抽烟。

翟老汉今年62岁，年轻时当过几年兵，复员回村后，进了集体的林业队，他细心好学，勤于观察，没几年就系统地掌握了果树栽培、管理的技能。几年前，村里很多人出外打工，闲置的土地越来越多，翟老汉看着那些长满草的荒地，心疼。他挨家挨户去问："能不能把你家的地承包给我？"

很多人家都同意把地承包给翟老汉，他很高兴，又通过土地流转，就这样，一片面积近50亩的果园建起来了。翟老汉买来杏、梨、苹果、桃、山楂、核桃等树苗，一棵一棵仔细栽植。翟老汉的果园坐落在村后一处梯次分明的丘陵上，缺水，近2万株苗木，全是靠他从村里一担一担挑来水浇活的，后来儿子看他累，找来水车拉水，可村里的路也不好走，翟老汉依旧"晴天一身汗，雨天一身泥"，但他甘心情愿。看着一株株果树开花坐果，他的心里比抹了蜜还甜。

驻村干部来村里后，修了一条通往城里的公路，村里面的路也进行了硬化。在城里上班的儿子说："现在交通方便了，采摘季节摘果那么累，不如搞个农家乐，来个观光采摘，这样轻省些，也不少挣钱。"翟老汉觉得儿子说得在理，便参加了乡村旅游协会，开始接待来自四面八方的客人。

"看你做啥？一个糟老头子，背弯了，脸黑红黑红的，满脸褶子，你就不怕吓到人家那些城里的娃？"老婆总是和儿子站在一条战线。话不投机，翟老汉"当当当"磕掉烟锅子里的烟灰，背着双手，走出了院门。

孩子们三三两两去上学，一个个孩子像一棵棵挺立的小树苗，看着就让人生出满心的喜悦和希望。翟老汉想起了自己的孙子。八岁的孙子今年上小学三年级，上个周末回来，跟着翟老汉去果园，望着满树的果子，对翟老汉说："爷爷，你是超人吗？是不是每天飞着管理果树啊？爷爷，你真幸福，妈妈说，你天天生活在世外桃源里，像个老神仙。"翟老汉听了，心里说不出的滋味。这怨不得孙子，就连儿子，自打上学后，也基本断了和土地的联系。农耕的乐趣和艰辛，只有亲身体会，才能真正懂得"汗滴禾下土、粒粒皆辛苦"的含义。

孙子指着李子树上的李子说："爷爷，这是山竹吗？我最喜欢吃了。"翟老汉说："这不是山竹，是李子。"很多果树，孙子都不认得，孙子说和电脑图片上的不太一样。孙子的懵懂让翟老汉有了新的想法。

翟老汉在果园里忙碌了好多天，规划出一片"试验田"，他想让那些来他们果园的城里人亲身体验耕作的感受，让那些只在电脑里见过庄稼、果树照片的孩子，亲眼看看是哪种果树结了哪种果实。

翟老汉站在"试验田"边，深深地叹了一口气。太阳升起来了，暖亮亮的，给每一棵果树都披上了一件圣洁的云裳。翟老汉抚摸着一棵棵树，眼神里满是疼惜和爱恋。

"爹，听你的，我明天就在咱家的宣传网页上加上一条：来咱们家的客人都得先到实验田看你劳动或者亲自参加劳动，然后再进行别的活动。"不知何时，儿子站在了翟老汉的身旁。

翟老汉看了看儿子，继续走着，走到果园的最高处，从高处往下看，一层层不同的果树，茂盛葳蕤，有的结满了一串串果实，在浓密的叶子间探头探脑；有的枝头刚结出幼果，一颗颗如调皮的孩童，乘着枝条做的秋千荡来荡去……红黄青绿，令人目不暇接。果树下，有一家三口的，有一家三代的，脸上都洋溢着愉快的笑容。

翟老汉说："乡村观光采摘，不仅要为孩子亲近大自然提供机会。让他们近距离接触我这个'尘满面、鬓如霜'的种树人，让没有种过地的大人和孩子切身感受稼穑之艰难，这样，他们不但长了见识，以后也会更珍惜自己的生活。"

儿子笑着对他竖起了大拇指。翟老汉笑了，满园的果树，也笑了。

2021

老犟

王生文

老犟本姓姜，但村里人都叫他老犟。

老姜是老三届高中毕业生，戴副眼镜，清瘦，微驼，喜欢背着手走路，农事之外，无外乎看书、下棋、喝茶，都是学问人的喜好；更兼他遇事有己见，且不管别人如何看，认定了的就一定要坚持：因此，在村民们眼中，老姜是个异类。

那一次，村里有户人家的老爷爷去世了，按习俗丧家请来两个民间艺人打丧鼓唱古书。书唱的是《三国》，其中有这样一句"曹操统军八十万，吓得孙权心胆寒"，老姜一听站起来，制止说书人往下唱，问："曹操的水军究竟是多少万？"说书人也不含糊："八十万。"老姜哼了一声，摆开架势，说："《三国演义》第四十八回'宴长江曹操赋诗，锁战船北军用武'你看了吗？"说书人道："不用看，我们说书人都这样唱。"老姜愈加有理："都这样唱，就对了？"一旁听书的人便劝老姜算了，不想老姜急了，道："算了？说得好轻松，人马都差了三万，你们知道吗？"另一说书人忙帮腔，接过话说："我们唱八十万，是为了字数和押韵，依你的换成八十三万还怎么唱？"老姜不答话，夺过鼓槌，一溜唱词脱口而出：

> 曹操水军阵容壮，
>
> 八十三万下江南。
>
> 战船千里施连环，
>
> 旌旗蔽空刀光闪。
>
> 早有飞马报东吴，
>
> 吓得孙权心胆寒……

说书人见他唱得有板有眼，不觉红了脸，有人就出来打圆场，劝和道："师傅不要计较，我们老犟就是这号人。"姜犟谐音，从此，老犟就叫开了。

就因为犟，老犟也吃过亏。有一次，他去镇上办事，返回时天已擦黑，好歹搭上了回村的最后一辆接学生的三轮车。车快开时，老犟发现车棚外张贴的广告上有个别字，就对司机说："'招工启示'的'示'字写错了，应该是事情的'事'，你把它撕下来。"司机没好气地说："错什么错？是那回事就行了。"老犟见司机不撕，就自己动手去撕，这广告是人家出钱贴上去的，司机当然不让他撕，老犟见撕不了，嚷道："你这是学生娃坐的车，是害人子弟。"为了抗议，老犟赌气下了车，结果是跌跌撞撞摸了两个多小时的夜路才到家。

这些方面犟也就犟了，毕竟与他的身份相符，也没有伤及别人什么，但有时老犟偏偏与村干部们犟上了。

村里唯一的小卖部是村主任开的，老犟也不例外是小卖部的常客，除了寻人下棋，单是五十元一斤的粗茶，他就少不得往小卖部跑，因为他每次来只买二两，喝不到五六天就完了。村主任的小卖部什么都卖，近些年，随着乡村丧葬风气的改变，还多了一样特殊商品——花圈。村主任的小卖部还真邪乎，论秤称的东西短斤少两不稀罕，就是卖花圈也短斤少两。怎么少？起初是折叠式的花圈，装在一个长方形的纸盒子里，进价十元，卖出去十五元。一段时间后，再卖出去的大多就只是一个纸盒了，纸盒成了花圈的象征，一摇，里面咚咚响，一根竹棍而已，但卖价依然是十五元。村民们相互吊死问丧，讲的是一个礼仪，钱花出去了，有没有花圈不关我的事。但纸盒里面没有花圈却关老犟的事。老犟远房的四叔过世了，他自然得去吊唁，一挂鞭，一个花圈，五加十五，他掏出二十元钱给村主任，村主任递给他一挂鞭一个纸盒。

老犟摇着咚咚响的纸盒，往柜台上一扔，对村主任说："这里面没花圈，换一个。"

村主任眼睛一瞪："换什么换，都是这。"

"那不行，我出的是买花圈的钱，怎么就买一个纸盒？"

"纸盒就是花圈，谁打开看你的？"

"人家就是不打开，我也不能诓骗人家……"

闻声聚拢来一些村民，村主任大概是顾及影响，忙笑着止住老犟往下说，收回柜台上那个纸盒，给他换了一个货真价实的花圈。

自此以后，老犟像没有发生这件事一般，依然隔三岔五地去小卖部下棋或买茶叶，每次二两，勾在手指上，背着手来，背着手去。

2021

　　日子一天天过去，老犟背上了罗锅，眼睛更近视了，家境也越发艰难了，但不变的是他的犟脾气。这年年末，县文明办要来村里验收精神文明建设的情况，为了确保验收过关，村支书在高音喇叭里一遍接一遍广播，要求验收当天所有麻将桌都要收藏起来，各家各户的电视只准放中央1台或7台，老年人集中在村委会观看戏曲，下午五点中青年妇女一律到健身中心跳广场舞等等。此外，支书还安排专人"陪"老犟下棋喝茶，茶叶是优质昂贵的西湖龙井，一斤装的两包，一人一包，免费的，并许诺验收之后，跟他申报一个低保。验收进行得很顺利，支书以为大功告成，谁想到验收组前脚走，老犟巧妙摆脱陪他的人后脚就跟上了，结果是不但验收没有过关，支书因弄虚作假还受到了点名批评。不过，老犟又付出了代价，茶叶钱得自掏荷包，抵得上平时喝一年茶的开销了。

　　更大的代价是低保没了指望，老伴埋怨他，难得他一次不犟，拍着茶杯笑着说："我都喝上龙井了，吃什么低保？"

家　法

陈振林

家法请上来了，安安稳稳地放在了堂屋正上方的神龛上。

跪在下首的是我，龙大，家里的长孙。堂屋两侧靠壁坐了族里的五六个长辈，都是爷爷请来的。堂屋门口，站着族里的十多个兄弟，他们是来旁听的。爷爷的胡须长长的，像雪一样白，快要垂到胸前。这像雪样的长胡须，不停地颤抖着，我知道爷爷这回是真的气坏了。

"这次，听族人说，你骗取了十里外刘家墩人的二百两银子，这还得了？用家法！"八十多岁的爷爷将手中的拐杖在地上猛烈地击打着，他的青黑色的长衫，也跟着激烈地抖动。他今天还戴上了黄色小帽，这只在那些祭祀的场合里才戴上的。

我们都盯着那家法。家法是个神秘的物件，是祖上一辈辈人传下来，据说有好几百年了。那是个藏青色的盒子，三尺长短，正像那剑匣。听长辈们说；那家法就是一把锋利的宝剑，在几百年里曾被请出来，杖伤过五个、处死过三个不肖子孙。

爷爷是族里的长者，家法就藏在爷爷的房间里。我这是第三次见到家法了。第一次和族里的叔辈龙天明有关系。那时我才五岁，叔辈龙天明十三岁了还不爱读书，胆大包天的他将学堂里的一本《论语》给撕毁了。记得当晚就请来了家法，龙天明给吓坏了，家法还没有拿出来，他跪着时就尿了裤子。第二天清早就开始了学习，到十八岁时，这家伙居然中了举，取得了功名。第二次是和我们家里的二弟龙二有关。在前年春节时，夜里偷偷赌博输钱了的龙二刚刚回到家，没有好心情，母亲和他说话，劝他多穿些衣服保暖，没想到他当时怒气冲冲地和母亲回话。爷爷当时亲自抱出了家法，龙二跪在地上哭诉，不停地叩头，检讨自己赌钱和不尊敬母亲的错误。爷爷将准备打开家法盒子的右手缩了回来，原谅了二弟。从那以后，龙二不再赌钱，对长辈总是恭恭敬敬的。

这次，请家法的事却和我相关了。我心里也害怕，我的心像鼓风机一样不停地颤动，害怕爷爷直接取出家法，对我实行最严厉的惩罚。爷爷的双手，已经按在了家法那藏青色的盒子上，准备随时取出家法。

可是，这次我的事，事情大，却是有冤情的。我跪着，直起了身子，据理申诉："爷爷，各位长辈，我确实在刘家墩拿了二百两银子，这没有错。但是，我所取之钱，是刘家墩刘武带人在山路上截获路人的银两。我所拿银两，已经全额捐助王家湾，正在修建王家湾桥……"

"确实，王家湾正在修桥，那条河上没有桥，出行的人太不方便了。修好了桥，实属造福当地百姓。"坐在一旁的五爷爷说。五爷爷经常在周边做木工活，熟悉各村落的情况。

爷爷听了，语气缓和了一些："龙大，你自己说说自己的问题，讲讲你拿走二百两银子的过程，讲讲你判断刘武截获路人银两的事。"

"爷爷，各位长辈，我掌握了一些重大事情不应该隐瞒不报，我来具体讲讲这件事情，说说过程……"

那一次，我确实害怕，害怕那家法出匣，落在自己的头上。我不停地讲，腿不停地颤抖着。爷爷的双手，从那藏青色的盒子上慢慢移开了。我松了一口气，后边的讲解才轻松一些。过了几天，爷爷派出两个叔叔去王家湾做了详细调查，总算是为我洗干净了身子。

三十三年之后，我成了家族中的长者，家法传到了我的手中，放在了我的房间里。族中二十岁的侄孙龙林擅自与邻村械斗伤了人，于是我请出了家法，准备对他进行惩处。

当我打开那藏青色的盒子时，我一惊：盒子，是空的。

脊　梁

汪云飞

这是一个真实的故事，发生在红军过雪山的时候。

出发之前，老班长就几次跟我说，那座山并不高。还说，脚踩在雪地里发出咯吱咯吱的响声，那听起来挺悦耳的。他的话我不太相信。只见他出发前一连咬了几棵干辣椒，而且叫我也咬几棵。咬了几棵之后，我的舌尖红了，嘴唇红了，脸红了，心里的确有一团火。

之后，我学着老班长的样子把帽子、衣领、裤子、鞋帮都弄得严严实实就上路了。没走几多远，一阵冷风迎面吹来，差点把我吹倒。从老班长怀里爬起来一看，眼都有些花了。就这么深一脚、浅一脚走着的时候，朦胧中，发现雪地一侧，有个被冻僵了的、被大雪覆盖着的人影。我停下脚步看着他的时候，老班长催着我往前走，老班长说，没什么，那是一头摔伤了的小马驹。我揉了揉眼睛，走了几步还不时地往那儿回头。

坡越来越陡。走着的时候，抬头看山顶好像就在眼前。可是，每走几步之后，反而觉得它越来越高，而退在身后的距离却是那么短促。在老班长前面这么走的时候，我不禁自言自语：那明明是一个人，一个和我一样的小战士，老班长却硬说是一个小马驹，他的眼神也太差了。我这么唠叨着的时候，老班长在身后这样提醒我：小鬼，爬山时别出声，怕惊动了山神！话未说完，我又被脚下的一根木头绊了一跤，爬起来后，我想用力将它移开，好让老班长他们方便行走，低头一看是一个人撇开的一条大腿。老班长似乎也看到了，可他却又说是一只冻僵了的驴。我不信就对老班长说：首长说过，这条路从来没有人走过，这座山从来没有人翻过，怎么会有马驹和驴？老班长听了摇了摇头。他觉得我识破了他的谎言的时候，我们俩都笑了。

正笑着的时候，山坡上突然滚下一个浑圆的圆球。圆球经过我身边时，我猛然发现圆球的一侧露出一口锅。原来是我们连炊事班老王。我想扑上去截住，老班长一手将我拽住。就这样，老王连人带锅翻进深沟里。老班长说，若是我去了，肯定我也没了。

这话听了，我开始后怕。顿觉人也累了，脚也软了，很想坐在雪上歇一会儿，老班长又回阻止我，硬是拽着我往前走。

终于，来到一个坡上。远远地看见一个人在苍茫的天底下朝我们挥手。顿时，我的心中迸发出一股力量。走进一看，才知道，那是山梁上凸起的一块石头。山风吹走了它身上的积雪，黝黑的身躯就像一位高个子的勇士，那斜出的一块石头就像勇士的臂膀。

上了这个坡时，我真的累了，毕竟我是这个连队中年龄最小的一个。老班长为了照顾另一位伤了胳膊的同伴，远远地落在后面。说实话，我也想继续往更高的山崖爬，可是，腿上一点力气也没有。口里的气喘得像老家三伏天在田里耕作的牛。我想，若是翻不过雪山，走一千步与三千步是一样的结局。这么想着的时候，山那边猛然刮来一阵风，若不是我机警地趴下，很可能像背锅的老王一样要滚下山崖。几乎就在同一时刻，一个高高的、瘦瘦的、戴着一副眼镜的同伴一不留神被风吹了下去，幸亏没出多远就被一块巨石住。我和赶上来老班长他们一起把他拽了上来。

歇了一会儿，我们继续往前走。当来到一个形似鹰嘴的山坳时，突然狂风大作，电闪雷鸣，豆大的雨点横扫在我们的身上。有人说：这是翻过这座山最艰难的一段。因为山坡陡峭，地形复杂，险情不断。我们的先头部队不少战士就是在这里陷入困境的。和我一样年纪轻的或是伤号有的由人拽着，有的拽着马尾巴，一个个都艰难的、也是小心翼翼的行进着。突然，一道闪电就划在我的脚下，我眼睛一闭，心想革命就要到底了。还好，我不是其命中的目标，只是一阵震撼，我的双腿已经麻木了，几乎站都不稳了。

我的意志再次动摇。不止我一个，当时有几个都像我一样瘫坐在洁白如玉的雪地里……

也就在这时，在我们的不远处。突然有人发现一尊僵硬的躯体，显然这是刚才那阵狂风、那阵急雨后才显露出来的。这是一位上了年纪的老战士。他艰难地躺在雪地里，头和肩膀微微地翘起，一只伸向路途的手臂高高的竖立着，攥紧的拳头就像顶着的一块巨石，又像一面雕塑的旗帜。班长领着我们走近，再细看，发现他的手里好像拽着什么。班长使尽力气可就是掰不开。于是，大家想出了一个办法，每个人都用双手紧紧地捂着，一股热气从老战士冰凉的手心冒了出来。随即，他的手指被慢慢地打开：原来手里拽着的是一本皱褶了的党证和一枚闪光的银圆。

老战士瘫倒在雪地里，最后想到的是向党缴纳党费啊！老班长深情地说，这个愿望可能要我们替他完成了。小景啊！这就是我们的榜样！更是你的榜样！

我知道老班长话里的意思。我忘了告诉你：出发前，我的入党申请书他已经转交给连长了，他们都要看看我在过雪山时的表现。

在见到这一幕之后，我的心里一阵震撼。打那一刻起，我不知哪来的勇气，竟然一口气翻过了夹金山。

那时，在我心里，老战士那个举起的拳头就像座山，而老班长、老战士就是山的脊梁。

2021

最佳病人

白 茅

　　老四这人是个闷葫芦，三天难说两句话，一旦张口呢，又不大入耳，硬邦邦的像是从枪眼里打出来的。因此他老碰钉子。这天也是。这天上午上工不多时，他在"露天厕所"撞见工头，也不看人家脸色如何，劈头就说，喂，给咱弄个奖！

　　工头这家伙夜生活用度大，一双儿女的抚养费老欠着，靠卖烤红薯度日的前妻，只打电话不发微信，每天得催要好几次，他不胜其烦。这时他正在气头上，怒气似打喷嚏，简直不受控制，张口就怼，滚！哪有自己要奖的？

　　老四一头雾水，不知一向视人为人、从不高声说重话的工头何以至此，便陌生地瞅了他一眼，也不把余下的话讲完，头一缩就打混凝土去了。

　　可一想到儿子呢，他又精神起来。今年春上出门，去年已上小学的儿子非要送他到村口，分手后，不停地冲他后背呼喊，爸爸过年早点回来！他不敢回头也不敢应答，他不想让儿子发现他在哽咽……此时他想，咱人回不去，奖状无论如何得回去呀！

　　下午上班不多时，工头又躲去"露天厕所"接电话，老四轻脚轻手追过去，从背后往工头裤袋里一塞，是一包烟，经典"好日子"——"好日子"中最贵的，边塞边说，奖金可以不用，有奖状就成！工头一手接电话，一手拉拉链，准备小解，心头一惊，下意识手一挥，"啪！"吓得凤凰树上的乌鸦"噗"一下飞走了。而老四呢，一龇牙一咧嘴，鲜血"吸溜吸溜"直淌。

　　这是误伤，又是自找的，老四自然不好意思找工头算账，只好去找牙医疗伤。

　　同他自己料想的一样，右下第二齿，打松脱了，得拔掉。

　　这期间医院正搞活动，宣传单随处可见，凡不吵不闹文明就医者，均可获"最佳病人奖"，奖券10元至100元不等，下回再瞧病可当现金使，一年有效。奖状都一个样，姓名自己填。老四甭提有多高兴了，心想，哟嗬，东方不亮西方亮！

可拔牙出来，也不知咋的，他竟踹了自行车一脚。待会儿扶起来，却不骑，推着走。方城的冬天好似有意给他好看一样，都入冬半月了，绿道上的龙船花还红一片、黄一片、白一片，一片连着一片，喜气洋洋，一眼望不到头，瞧得他眼窝热烫烫的。也不晓得明年还能不能瞧见……他边走边想，不知不觉走到工地大门口，不料工头几步追上来，一把拉住车后架说，给！

老四不搭腔，使劲推车。

奖状！

老四还是不搭腔。

还有奖金！

啥！老四猛回头，工头却猛收手，温和地说，记住，咱改主意，不为旁的，只为你要激励儿子树榜样，你前脚走，你媳妇后脚就来电话了，问你几时回。

可转眼，工头脸一沉，舌头一倒，说，你十三四岁就来咱方城打工了吧？少说也有小二十年了吧？票子应该老长了吧？咋还恁抠呢？手机坏了也不赶紧新买一个，老让咱传话！还有，你瞧你都瘦成嘛样了，光吃泡面咋行？不要命呐你！说完，腰一猫，走了。

不几天工地放假了。工头买了一大堆年货，正哼着小曲儿开车去前妻家，他想复婚，不料老四媳妇又打来电话问，过年他真要照看工地吗？工头不知情况，只好边打圆场边调转车头，去老四租住的那间地下室。到了一瞧老四一年前的病历单，百感交集，没能控制住，泪水唰一下就下来了。

老四哪见过这场面，连忙打起精神劝，没事儿，反正钱和奖状都邮回去了！那"最佳病人奖"没邮，咱烧了它！早晚的事，咱不花那冤枉钱，咱还想替他们娘俩儿攒点儿……

停！工头把病历单往老四面前的小方几一拍，吼道，讲嘛呢？

肝硬化不就是肝癌吗？老四犟起脑袋理直气壮地说。

工头牙齿锉得叽叽响，好想给老四两巴掌，可气呼呼的话语在他那不停耸动的喉咙里转了几圈之后再到嘴边，却变得软溜溜儿的了。他软溜溜地问道，这儿，"是"字，瞧瞧，"是"字前面是嘛字？

　　老四连忙把病历单举到白炽灯下，正面背面翻来覆去一通瞧，可咋瞧都说太模糊瞧不清。

　　工头见这是逼牯牛下崽枉费工夫，只好破口说了，不就个"疑"字嘛！

　　第二天一大早，工头亲自"押送"老四上大医院检查。结果，您猜咋样，"疑是"变"不是"，啥病没有！

　　锤子哟！老四脸速红，骂了句，撒腿就跑。

　　工头呆在原地一动不动，凝视着老四佝偻的背影，感叹不已，好人啊，谢谢你！